月儿崖

YUEERYA

回不去的地方叫故乡，
到不了的地方叫远方。

胡冀兰 著

SPM 南方传媒 广东人民出版社
·广州·

图书在版编目（CIP）数据

月儿崖 / 胡冀兰著 .—广州：广东人民出版社，2024. 9
ISBN 978-7-218-17485-3

Ⅰ. ①月…　Ⅱ. ①胡…　Ⅲ. ①散文集—中国—当代
Ⅳ. ① I267

中国国家版本馆 CIP 数据核字（2024）第 064994 号

YUE'ER YA
月儿崖
胡冀兰　著

出 版 人： 肖风华

责任编辑： 马妮璐
责任技编： 吴彦斌
装帧设计： 成都现当代文化传播有限公司

出版发行： 广东人民出版社
地　　址： 广州市越秀区大沙头四马路 10 号（邮政编码：510199）
电　　话：（020）85716809（总编室）
传　　真：（020）83289585
网　　址： http://www.gdpph.com
印　　刷： 三河市中晟雅豪印务有限公司
开　　本： 880mm×1230mm　1/32
印　　张： 10　　**字　　数：** 240 千
版　　次： 2024 年 9 月第 1 版
印　　次： 2024 年 9 月第 1 次印刷
定　　价： 68.00 元

售书热线：（020）87716172

灵魂深处流淌的歌吟

——胡冀兰散文集《月儿崖》序

李明泉　唐浩源

我一直认为,散文是人生旅途的散步与情感火花的纪录。作为一位女企业家和散文作者,胡冀兰的人生阅历丰富多彩而且始终没有停止对真善美的追寻,她以自己的笔墨抒发自己的所感所思,或喜悦、或激动、或温暖、或悲伤,汇聚成散文集《月儿崖》的"记忆之窗""四季走笔""静夜思索""现实航行""随心小曲"五个篇章,流淌着来自灵魂深处的歌吟,激荡起波光粼粼、浪花飞溅的溪水之声。

一、提壶花间:以花为友,展现美感

胡冀兰钟情于"花",抒发着对至善至美、自由自在的"花神精神"的深切感悟。可以说,花卉是植物世界的精灵,她凸显植物世界最美的本质特征,其千姿百态的造型、万紫千红的色彩、沁人心脾的芳香、周而复始的呈现、无声无息的绽放、多种多样的功能、顽强亘古的生命力,显示出天地之纯美之大美,足以傲然于生命世界。一方面,花卉以客观存在进入人的精神世界,既具有客观美的属性,又具有主观审美意味,构成了美的对象和美的象征物,成为人们超越客观存在的精神内化物;另一方面,人们又赋予花卉以精神内涵和文化品格,成为"比德"的内容和人格化存在,构成天地之"大美"和人类道德评价的客观标准。

在散文集《月儿崖》中，胡冀兰把自己的人生寄托于花卉，以期实现自身灵魂的自由徜徉。《洛阳：花事古韵流芳》描述洛阳与牡丹之间的历史与文化碰撞，形成了不同寻常的精神内涵；《梨花风起时，等你入画来》借四川万源境内东梨村的梨花之纯净象征，表达自己愿意静心凝神坐于老梨树下，聚精会神与大地对话的隐士风范；《赴会春色，缘聚此园》既有紫藤表达重逢缘分的牵引，也有蔷薇彰显娇俏的姿态，还有品茗桂花佳酿、做客盛山的惬意。

在这些"以花达意"的作品中，《情人果之约》最为贴切胡冀兰心意，文笔如同舒婷的《致橡树》，通过"花之夙""果之恋""酒之醇"三个部分，把爱情的发展写得委婉动人。从"花之夙"女子面对爱情初遇心动，与情郎愿以生命交付，再到"果之恋"的爱情发展热情似火，达到水乳交融、彼此依赖的关系，最后到"酒之醇"的看着情郎月下独酌，写出对爱情的深深思念。这些描写把陷入爱恋的女人姿态勾勒得淋漓尽致，凸显了作者对爱情的思索与表达。如果说舒婷的《致橡树》是理性爱恋的迂回转折，那么，散文《情人果之约》则是在爱情路上的勇往直前。

二、回望历史：徜徉古迹，思索旧事

历史古迹的事象、物象、形象同样在作者笔下有足够的分量，这不仅仅是来自中国人骨髓的历史呼唤，更是作者登临古迹时触发丰富情感的真实写照。在散文《烟雨柳江古镇抒怀》中，胡冀兰将柳江古镇称呼为"一首写在烟雨里的诗"。她在里面穿梭浏览，以致仿佛忘记了自己的行为，以为是"丁香一般的姑娘就会从青石板路款款向你走来，嘴角带着一抹含蓄的微笑"。在烟雨柳江的柔美中，作者感到无比惊艳的美感体验，从主动的审美主体转变为被动的审美客体,把此刻的美好定格于一涓清梦的流韵中,惦记着“她”的身影,如此柔婉、朦胧与美妙。

值得注意的是,胡冀兰的散文并不仅仅是水墨江南的情感描写,更有对于历史厚重的掂量,甚至是对于历史遗迹的保护,都有不同的见解与深入的思考。在《怀古钓鱼城》中,以移步换景的视角,通过浏览展厅描述“钓鱼城攻防争夺战”的大体原貌,再踱步不同地点,在九口锅、忠义祠、护国门等景点记述中,逐渐丰富这场战争的立体历史原貌。无独有偶,在《“穿心”的将军街》中,胡冀兰并不满足“走马观花”地游览清河古镇,采取实地调研方式,清楚认识到目前古迹保护虽然略有起色,但是民众保护意识不强、城建缺乏历史氛围以及保护标准缺乏统一要求的种种原因,认为造成“穿了心”的将军街重新焕发生机仍然任重道远,有待完善。这类带有思考性的散文笔法,超越了一般性的抒情写意而具有关注现实处境的人文意义。

三、品尝美食:酸甜苦辣,凸显人文

我常说,一个人最深刻的记忆是口感记忆。美食是中国人舌尖上绝对不能忘记的味道,而胡冀兰推崇的一代散文大家林语堂先生在其《吃,是故乡的记忆》《吾国与吾民》《生活的艺术》等都对美食有相当详细的描写。林语堂在《生活的艺术》里说:“一碗燕窝汤或一盘美味炒面,有缓解争辩激烈度的效用,可以让双方针锋相对的意见和缓下来。”看得出来,林语堂把美食的品味上升到人文的高度,而把林语堂散文称为“心头好”的胡冀兰,自然在散文集《月儿崖》里的记述也同样如此。

在抒写童年的《米粉情结》里,一碗柳州螺蛳粉,是胡冀兰魂牵梦萦的美食。她从其中配料的择选、传统的做法、技艺的升级等方面表达对于自己童年跟着父母来到柳州的温馨回忆，正如《故乡的小河》所说，自从回到“家乡”开江县广福镇，多种原因的不适造成对柳州的思念日益增加，而这些思念汇聚到柳州的象征物——螺蛳粉中。那碗粉对于作者而言，就不仅仅是饥饿的人对于美食的渴望，更是对“到不了的都叫作远方，回不去的名字叫梦想”的人文思考与情感表达。故此，胡冀兰在《米粉情结》的结尾无比深切地感慨童年的追忆与母亲的怀念，“把更多的向往与祝福抛向遥远蔚蓝的天空”，让人从一碗螺蛳粉中感受到亲情与怀想的意蕴。

四、沉思现实：肯定榜样，积极进取

胡冀兰是一位有时代意识和现实关怀的作者，她没有沉醉于自己的精神世界而仅仅写花卉、史迹与美食，而是因职业驱动投身到火热的现实生活之中，去感悟不屈的生命悸动与奋进的时代精神。这些感悟在“现实航行”篇中，有着清晰的认识与思考。

胡冀兰在《扶贫工作组的那些人》里对人物群像的勾勒极为细腻，生动形象地塑造摇着小船、力图划出贫海的宝石湖文书阿英，还有帮扶工作上竭尽心力，却不得不在家庭与工作上有所取舍的何书记，以及宁肯愧对亲人，也绝不愧对组织的罗主任。作者深知脱贫攻坚这项艰巨工作除了依靠这些“车头”带之外，更需要被帮助对象的自我奋斗拼搏。在《用爱撑起风雨飘摇的家》中记述失去左手的丈夫丁吉良与不离不弃的妻子李德庆相依相扶、省吃俭用，用坚韧的爱，在党的政策帮助下，于风雨飘摇的岁月中撑起一个幸福的家。这些丰满的人物，就如该篇命名“现实航行”一样，哪怕人生航行的路上风雨交加、浪涛汹涌，但只要彼此之间有坚定信念贯穿，就可以在这条路上携手稳步航行,并最终走向幸福生活的彼岸。

散文集《月儿崖》可以说是胡冀兰灵魂深处的诗意吟唱,但更多的是作者在一生中,对自己学习、工作与生活经验的高度浓缩。在这个意义上,《月儿崖》不仅仅是胡冀兰个人的体悟,也是整个社会与时代的缩影。

是为序。

(作者:李明泉,中国文艺评论家协会副主席;唐浩源,四川省社科院文艺学硕士研究生)

发自心灵的歌唱

——胡冀兰《月儿崖》序

何世进

我认识女作家胡冀兰，缘于文学集会，当时只是礼节性打过招呼，未曾认真细致地交谈。今寄来的这本散文集《月儿崖》书稿，装帧如此精美，宛似出版社正规出版的新书，令我十分惊讶、感动，却又产生了深深自责。我作为开江老一代作家，对胡女士这样的女中之凤关爱太少、太微薄！

一

胡冀兰女士的《月儿崖》给我最美好的印象，便如文学大师巴金晚年一再称述："讲真话……把心交给读者！"我在《月儿崖》中所触碰到的是，心与心的交流，情与爱的沟通。如《故乡的小河》中，作者讲述了出生在开江县广福镇的故事，她的童年因父亲工作的武警部队，"时而去北方时而回到南方"。我也曾在开江广福镇外祖父家度过快乐的童年，而我出生在父亲读大学的陕西西北工学院。胡女士较我幸运的是她一直有亲爱的父母陪伴在身边，且夫家的婆婆始终那么贤淑厚道，而我不仅一岁多便丧父，母亲守寡一生，长期在外教书谋事，全靠祖父祖母连同四姨（田雁宁母）将我培育成人。胡冀兰算是最幸运的一代，她没有像我经历十年"文革"苦难，且痛失长子，后又遭遇脑梗塞，至今半身不遂。令人欣喜的是，我们共同追求与向往文学事业，即便相隔千里也都在为振兴开江文学事业敬献绵薄之力。

二

胡冀兰的散文由家庭生活入手，抒写情意缱绻的锦心绣口，从轧轧轧作响的缝纫机声中反映出家庭生活的艰辛与母亲对子女的疼爱呵护。继而转入对家乡环境氛围的描绘，《月儿崖与犀牛望月》虚实相生，若真似幻，更具文学色彩，作者从广福月儿崖的历史传说娓娓道来，分外吸摄人心。它标志着作者不是单只写家庭琐事，更多的将审美观照投向外部世界。

《忆邻居》反映出作者对友邻的关顾与珍视。

《父亲参军》更曲折、生动地讲述了父亲从十八岁报名参军，历经重重磨难，仍矢志不渝，终于如愿以偿成了一名优秀军人的心路历程，给人以不可磨灭的印象。

《有“小白”的日子》描述人与兔心灵情感相通的历历往事，在真实生动的描述中驰骋自由想象，加强了作品的感染力。

《盘点同学聚会经典记忆》描写当年同学一旦相聚那番现实与回忆相交织的亲情与友情分外真挚感人。文学乃人学，心与心的碰撞与烛照是最真切、最美好的，描画出的是力争上游的壮美前景。

《似锦红妆领春来》，从海棠花起兴，既有眼前美景的观赏，又熔铸了历代文人对海棠的独景个性特色的描画，文章的文化涵蕴也日渐厚重。

三

读万卷书，行万里路，是一个诗人作家成才成业的不二法则。胡冀兰远游河南洛阳，既观赏了名花牡丹，也平添了情感意兴，由此创作出的《洛阳花事古韵流芳》更具人间烟火气，意象也更为博大，给人更多的审美感知。

《怀古钓鱼城》作者涉笔古战场，记录历史上慷慨悲壮的一幕，是一种文化传承，不但拓展了艺术视野，也彰显出一个女性作家于温柔缠绵之中兼具的刚之美。我们可以同时感受到胡冀兰在描绘故乡的真情美景时，亦不蹈袭前人的窠臼，敢于写出独特的感知。

《荷塘光景》别开生面描画残荷的清雅，善的眷顾，是灵魂的洗礼，禅意的相遇，独具艺术匠心。

四

《生死之间的绚烂与静美》厚积而薄发，广涉而约取，乃作文的需理妙道。生与死乃人类及生物界绕不开的重大话题。此文对死亡作了富于深情挚爱与人文哲思的诠释，具有较为丰厚的文化底蕴，语言上也下足了功夫，为全书的精品力作。

《可否预约的清欢》标志着作者的阅读视域从海内延伸至海外，只有用全人类的文化知识来丰富和充实自己，才能成为大有作为的优秀作家。作者从林清玄的《人间有味是清欢》这本书中，悟到了人生哲理，并以此文作为对散文家林先生的追悼与怀念。读懂了林清玄，将会指引你更深入更广阔地参悟人生。相信循此继进，思想艺术造诣将会攀上一个新的台阶！

《天使折翼如何飞翔》，我们欣喜地看到，胡冀兰不仅重视海外文学著述的阅读，对包括来自西班牙的动画视频，皆有所涉猎，由此张开了自由思想的羽翼，翱翔在孩子们幻想的广阔空间，由此有了新的感悟。“每当人们看到这个画面，一定会怜惜起这个渐渐收敛梦想翅膀的天使,想想我们怎样对待自己的孩子吧!”由此作者想到了自己的女儿,应该尊重孩子童稚心灵的自由放飞,而不应该粗暴地干预与压抑。人生都应该有属于自己的自由选择,这思想既浅近又深远,真正做到至艰至难。

《舞》作者由常见的表演艺术舞台进而话及“漫漫人生舞台,每个人都须保持一颗平常心,摒弃急功近利的念想,找准主角与配角的位置。”作者这些年的写作少了些风花雪月、儿女情长,多了些理性的认知与人生感悟。哲思理趣日益成为新美的思想艺术追求。

阅读古代帝王将相的传记,不仅能丰富历史知识,且能正衣冠,知兴废,明得失,受益良多。《千古盛衰话玄宗——读唐明皇传有感》无疑鉴古知今。

五

《追寻美丽:做忘龄不忘本的女神》,德国思想家康德有言:“位我上者,灿烂星空,道德律令,在我心中。”胡冀兰待到中年,心中的女神亦有着自成一体的标准与法则:不失本真的美丽,是善良正义,是勇敢坚定。文章以73岁的李兰娟院士为楷模作了有力的佐证与诠释。继而又讲:不失本真的美丽,包含了优雅从容和才华底气。作者又说:追寻美丽的本质,就是要克服负能量,真诚豁达。文章也提到了张剑平女士以及女文豪冰心。我以为需要补充的是鲁迅夫人许广平、老舍夫人胡絜青、胡风夫人梅志、巴金女人萧珊等历史名人。在道德情操上不断修炼,此乃一个女作家形而上的人生追求。

《且将失意化诗意》,此乃一个执着于文学艺术事业的有出息女性的金玉良言。人生不可能事事如意,文学征途同样崎岖坎坷，有时竭尽努力未必能抵达预期目标。绝对需要的是不以一次成败论英雄，努力战胜自我，实现超越的“山重水复疑无路，柳暗花明又一村”。只要执着追求，终将获得诗意的栖居。如陶渊明所吟唱：“平畴交远风，良苗亦怀新。”

《朱宏平的创业返乡之路》值得全县人民阅读，一个武汉大学工科优秀毕业生拥有那么多发明创造，最终回开江开办科技公司，带动村民脱贫致富值得浓墨重彩加以宣传颂扬，使之蔚然成风。

限于篇幅最后需要提及的《逐梦岁月铸水魂》与《借一盏明灯照我前行》。前文讲述自己与水厂职工们团结奋斗，为开江人民喝上洁净水奋斗不息；后文抒写作为开江作家协会的骨干成员，誓志在林佐成主席的带领下为开江县作协成立二十周年引吭高歌、奋力前行。

回想二十多年前开江作协女作家寥寥无几，这些年在林主席率领下已缔造建构了多达十余人女子文学团队，在巴渠文坛一枝独秀，姿彩卓异！这是开江文学历史从未有过的喜事盛事，它标志着开江女人有着日新月异、花团锦簇的诗性人生！衷心祝愿胡冀兰与谭杰等众多女子文学先锋战士开创出一片更加姹紫嫣红的女子文学新天地。鲁迅早年预言：早就应该有一片崭新文场，早就应该有几个凶猛的闯将！勉乎哉，冀兰君！

2022 年 11 月 3 日病初愈

（何世进，中国作家协会会员，曾任达州市作家协会副主席，开江县作家协会主席。）

目录
CONTENTS

第二章　四季走笔

第三章　静夜思索

第四章　现实航行

第五章　随心小曲

第一章 记忆之窗

回不去的地方叫故乡，到不了的地方叫远方。
对，故乡穿越着时空！而我梦中流淌的那条小河，
也曾跨越过三省，
伴随着我童年的记忆一点一滴渗入内心深处。

故乡的小河

回不去的地方叫故乡，到不了的地方叫远方。

1

有一条小河婉娫流淌，入我梦境，这条小河总是那么亲切、那么唯美。

醒来，很遗憾，我觉得梦中的小河并不是我家乡的小河。

我出生在四川省开江县广福镇，然而童年的记忆里却没有太多出生地的影子。父亲是武警水电部队的干部，三岁以后，我随父母时而去往北方时而回到南方，整个童年光景里记忆最多的却是在河北和广西生活的日子。

回到家乡生活已经很多年，每当别人问起我的故乡和童年时，我却有点茫然于自己的归属感。有一天，我读到这么一段话：地理意义上的故乡，只是一个名称和方向。故乡不只是家乡。家乡不论怎么变，总是在那里。故乡却可以穿越时空，附着于人、事、物建立身份认同，成为情感所寄、内心所依、灵魂所栖居。

对，故乡穿越着时空！而我梦中流淌的那条小河，也曾跨越过三省，伴随着我童年的记忆一点一滴渗入内心深处。

2

八十年代初期，我们全家随军驻扎在河北省唐山市迁西县。那时父亲所在的水电部队正在修建潘家口水电站。

北方的冬季,白雪皑皑。寒流悄悄侵袭着去往潘家口水电站的那条小河,小河化作一条银龙,圣洁、光滑。尽管数九寒天,三五成群的孩子无忧无虑嬉戏。我和哥哥也想学习北方孩子滑冰,饶有兴致地请教别人教我们制作冰板、爬犁、冰陀螺等,虽然家什简陋,但这已足够让我们在冬季快乐无比。冰面到处洋溢着笑语欢歌,男孩子撒欢似的滑着冰车;女孩子则坐在冰板上,在伙伴儿的推助下,滑出好远,就算摔得生疼,也摔不掉滑冰的热情。伙伴们耳畔呼呼生风赛溜冰,晶莹的冰面顿时绽开了五颜六色的小花,我们闹腾着任凭双手冻得通红,却一点不觉得寒冷。

小河的身躯最为脆弱的时候便是冬去春来冰雪即将融化之际。有一次,我们看完一场电影,在夜幕中搭乘一辆吉普车往回赶。途中,车轮不经意间碾到了河面薄弱的部位,我们立刻下车,男士们想法挪动车位,母亲则牵着我绕道行走。在黑夜中滑溜滑溜、踉踉跄跄的我,终于不慎摔倒在冰面的棱角上,磕得我的嘴唇开裂,鲜血不止。那夜,在冰面上是怎么折腾着总算回到了家已经不清楚了,最清晰的印象是妈妈温暖的双手和胸怀给了我寒夜里前行的勇气。

3

1984 年,我们全家随父亲的部队又搬迁至广西。我们居住在柳州市的部队基地管理处,而父亲与战士们在广西天生桥建设新的水利工程。在柳州的几年是我整个小学时期最美好的时光。

广西的气候四季温暖,柳州河流纵横、山清水秀,美景无处不在。“岭树重遮千里目,江流曲似九回肠”的美景与壮乡人民的赛歌成海、龙舟喊号浑然相融。基地管理处是个综合院区,附近有经由柳江分支流淌的小河。儿时的我们一到周末就去河边的山洞探险、爬树、野炊,或者就在河边柳丝轻拂的树荫下奔跑、嬉戏。在小河清清的溪水里,我们总爱去捕捉黑宝石般的小蝌蚪,用篱笊去拦小鱼小虾,顺着河流的走向便汇聚到柳江边。

每年的三月三,学校老师会领着我们在江边放风筝。为了风筝比赛,大家会提前一个月精心准备制作风筝,争先恐后地邀请美术老师作指导。天空飞翔着五颜六色的风筝,和着大家的欢呼声飘荡在江面、溪河的上空,那样的画面久久萦绕在心间,弥漫了我整个清澈的童年。

夏季暴雨来袭后往往会使柳江的洪水泛滥。基地管理处就会出动一辆接着一辆的军队抢险车,不懂事的我们竟然还觉得这样的场面非常好玩和有趣,因为小河的水都涨到门口路面了,随时可以划橡皮艇了!在接受一顿教训后,回到家观看电视里抗洪抢险的特别节目,方知,部队战士们是多么顽强奋勇地在保护咱们的安全!洪水退却后,小河恢复平静,我们又奔向她的怀抱,无忧无虑地跳跃、欢笑。

4

回到家乡四川开江县,第一个月,我竟然因水土不服而生病卧床。母亲领着我途经老家一土地庙前说:“你离开老家太远太久了,回来了要拜拜这里的土地菩萨,不然菩萨不认识你了,记住,走了多远的地方都不能忘记自己的根基在哪里。”说来也巧,那以后我的病情大转,很快恢复了健康。只是刚转学到新的校园,总是有太多的不适和与日俱增的对柳州师生的思念。

时光,如细流潺潺,不知不觉从手中滑过。岁月如歌,思绪如河流,长大后明白,童年的回忆有多珍贵。那些到不了的都叫作远方,回不去的名字叫梦想。

在家乡的老屋处,亲人们给我讲了许多关于我儿时模糊记忆的片段。田野的溪河边,我见到一群孩子在河中拾捡宝贝,一种亲切感油然而生,心湖里的那片浮萍如涓涓细流于岁月长河中浸润了缕缕乡愁。

我牵着女儿的手,经过商店门口,女儿欢快地随着店面播放的一首歌曲唱起来:"我爱我家乡,我的家就在开江……"我望着孩子一脸的无忧与甜蜜,笑了,家乡,是这么生动地镌刻在每个人的心灵。

故乡的小河又入梦了,是的,无论她通向哪里、流向何方,无论能否说得清道得明,无论是远是近,小河依旧那样蜿蜒流淌,依旧载着我童年的足迹和回忆,载着我归根的情愫,融进我血液和灵魂的深处。

(原载于 2018 年第 1 期《巴山文艺》)

文章点评:胡冀兰《故乡的小河》,作者是从梦中的小河并非不是故乡的小河谈起,由此书写三岁以后便跟随父亲北去南来,漂泊不定,然而也在坚冰封锁的北国享有滑冰的乐趣,无忧无虑地嬉戏。记忆中的北方小河,在游乐中也有失事的时候,唯有"妈妈温暖的双手和胸怀,给了我寒夜里前行的勇气"。这是骨肉连心的母女之情,也是一种在逆境中不畏艰辛勇往直前的

人文情怀。紧接着又写1984年到了南方的广西，柳州河流纵横，山清水秀，美景无处不在，彰显出对南方气候风光的热爱，随又宕开一笔，写柳江洪水泛滥时的抢险，却在惊险中抒写小河涨水时可以划橡皮船的纵情戏玩，尤其是退潮后小河恢复平静后的欢欣，皆描写得起伏跌宕、错落有致。结尾也情深意长，“无论是远是近，小河依旧蜿蜒流淌，依旧载着我童年的足迹和回忆，载着我归根的情愫，融进了我血液和灵魂的深处。”文章结构严谨，有梦想，亦有现实的真切回忆。以小河贯穿全文，不失一种艺术技巧。

珍藏在缝纫机声中的记忆

从我记事起,全家人跟随父亲的部队由北方到南方再回到自己的家乡四川,搬家无数次。岁月辗转中,我们不停地丢弃、更换很多物件,唯有那台脚踏式缝纫机,依然静静地保存在靠窗台的角落里。

这台缝纫机,是二十世纪八十年代购置的。那时,我们一家人从河北搬迁至广西,父亲随部队驻扎在天生桥搞水电建设,母亲和我们都由部队安置在柳州市的基地管理处。一家人的开销光靠父亲的工资是不够的,母亲为了帮补家用,曾在柳州市的糖果厂、灯泡厂、牙膏厂相继打过零工,因为工作的地方距离家中较远,顾不上照顾哥哥和我的生活起居。

后来盼得一个好消息,部队创办了一个缝纫厂,就在基地管理处境内,目的就是为了解决部队家属的就业问题。母亲可开心了,立刻去报了名。在接受培训的日子里,家中果断购置了这台蜜蜂牌缝纫机。母亲非常用心地学习操作技术,成了一名缝纫厂的流水线工人。她的工作就是专门打裤脚直边,要求走线均匀笔直平整。从那时开始,我们就时常在"嗒嗒嗒嗒"的踩踏声中度过童年。

缝纫机在当时属于时髦的家庭设备。我和哥哥对这个新物件充满好奇和喜爱,有时偷偷坐到缝纫机前,学着妈妈的样子,欢快地踩着踏板,母亲发现后,唯恐线被卷去或缠住针脚,她一离开就把机头倒放到机膛里收藏起来,只让踏板与轮子连

接。这样,缝纫机就变成了我们不可多得的踏板玩具。有时,我们把那抛光平整的缝纫机台板当成写字台,涂抹着多彩的童年。

随着时间的推移,母亲的缝纫技艺越来越娴熟,部队的缝纫厂越办越红火,因而时常加班。母亲加班忙时没法回家给我们做饭,哥哥就给我煮面条,我觉得哥哥的手艺棒极了,但还是希望妈妈能每天给我们做丰盛的饭菜。

后来,父亲转业,我们全家从广西搬家回四川,路途很遥远,爸妈在选择带回的物件时,意见不统一而犯愁发生争执,但是对这台缝纫机的去留,意见却高度一致:必须带回。

二十世纪九十年代,我们全家又因种种原因多次换房居住。但不管在哪儿,母亲的缝纫机都如影随形。她对这个缝纫机钟爱有加,隔三岔五地从缝纫机下的一个小抽屉里拿出润滑油给它擦拭做做保养。

勤劳贤惠的母亲是个热心肠,除了缝制自家的衣物外,对亲戚邻居请求帮忙的活计,总是乐此不疲。住在楼下的阿姨,特别喜欢将自己的衣裳花点心思做点改动,想穿出特别的味道,她时常到我家跟母亲研究怎么改动,母亲总能使用缝纫机给她缝制出惊喜。为了答谢,阿姨家的好食品、好用品时常送上楼来,她的女儿还认了我母亲为干妈,两家人经常一块儿吃饭唠家常。

之后一段时光,母亲在阿姨和邻里的建议下,在我们居住的这条街口,干脆摆了个缝补的摊位,方便街坊百姓缝缝补补、修修改改,也适当收取一点劳务费帮补家用。还真别说这个小主意,一时间带动了很多人寻找生意,一年时间,县城各条街巷都先后出现了类似的摊位,有的还租了专门的铺面认真地发展起个体行业。

母亲不畏辛劳,既要上班,又要打理这些小生意,有时我们半夜从睡梦中醒来,仍能听到那略显疲惫的脚踏声,看到母亲还在昏黄的灯光下缝补衣物。这样持续一两年后,我们不忍心再让母亲如此辛劳,于是让其停止了这样的小生意。

岁月已经在缝纫机上留下斑斑锈迹,再看看母亲粗糙的双手,爬满白发的双鬓,我才发现,岁月何时悄悄偷走了母亲的青春年华,还以她苍老的容颜?是啊,如今我们长大成人,我也成了一名母亲,母亲自然也就老了。缝缝补补的母亲,操作机器的动作尽管依然那么娴熟,但她穿针引线的目光却缺少了从前的精准。有一天,我见她穿了好几次针线都没有成功,连忙上前帮她一下穿过,她笑道:"呵呵,老了,老了,看不清啦,以前我跟你一样麻利。"

历经三十多年的风蚀,缝纫机显露出凝重的色彩,曾经欢快运转的声音也变得愈加迟缓低沉。然而,母亲从不曾抛弃它,曾经双脚富有节奏地踩着踏板的画面,那份对生活的热爱与希望,源源不断地填入我们生活的缝隙。

如今,放置在屋角的缝纫机闲了,母亲用亲手拼缝的布套将它罩起来防尘。这个老物件承载了满满的爱和家人一路走来的珍贵记忆,它传承着母亲的心灵手巧和勤劳善良,它为我们缝制出了一片母爱的天空,传递着浓浓的亲情,也见证了一个时代的变迁。

(原载于2018年6月22日《达州日报》;2019年12月获庆祝新中国成立70周年四川省群众文学创作征文三等奖)

黑 花

大年初一,回乡,看见摇着卷尾巴的小狗,与孩子奔跑嬉戏在乡间小路上,那样的场景,让我感到格外亲切。我想起老家也有一条叫黑花的小狗,每次一见家人回乡,便远远迎上来。今儿个这大过年的,却不见喜欢闹腾的黑花前来迎接,这是怎么回事呢?到家后,大伯和四叔告诉我,前些日子,黑花已经死了。

黑花是一只背部黑亮的小狗,双目炯炯,两耳挺拔,颈部与两只前腿间,镶嵌着白毛,犹如戴了项链和穿着小白袜。

十四年前,四叔将它抱养回家,成为这个家族的一员,黑花从此见证着这个村落的旧貌新颜,护卫着家门,感受着亲人们的离合悲欢。

那时,老家的小院还存留着祖辈传下的土墙瓦房、青石梯步,哪边是谁家的堂屋灶房,哪边的门锁有动静,哪天的饭局有多少客人,机灵的黑花都一清二楚着呢。

八年前的国庆假期,我带着不到三岁的女儿回乡玩耍。孩子们跑田间,捉螃蟹,逗小鸭,身后总有黑花当小跟班。秋黄金穗,溪河潺潺,它陪着孩子们一起开心跳跃。

回来度假的家庭成员也算是比较齐整,大家说着开心的事:二姐家的大媳妇又添男丁了,大哥的儿子升高中了,宅院至村口的路面即将硬化……

午饭后,大家准备在老屋的院落来张大合影。大哥吆喝着所有人入镜,黑花竟在此刻窜上前来,摇着尾巴与前排的小孩子们嬉戏。大家乐了,都说可别把这位家庭成员晾在一边了,干脆让它一起合影。结果,这张生动自然的大合影,竟那么情趣盎然。

又一个双休日回乡。郁郁葱葱的草木,茂绿得刺眼,乡间盛夏的夜晚,总是比城里凉爽,我们很快进入甜蜜梦乡。半夜,四婶听到黑花狂吠,不像是追撵强盗的恶狠狠的啸叫,而是在门边和院坝之间间歇性狂叫。四婶起身亮灯,原来,一条小花蛇正往门边爬来,黑花正龇着牙,伸着前爪,一边"汪汪汪汪"吼叫,一边用锐利的前爪不停打击小花蛇。它许是担心这毒性剧烈的花蛇危及主人安全,才刻意叫醒主人并与之拼搏吧。

2014 年,四叔家在老屋不远处建起了新楼,大伯与父亲也萌生了联建新楼的想法。已过八旬的伯娘年老体衰,病情时有反复,但听到建新房的消息精神抖擞了很多。

父亲负责监督施工,母亲负责给家人和工人们做饭。黑花每天随着主人忙碌奔跑于老屋和新楼工地,夜晚,它便自觉地守在工地旁看守建筑材料。2016 年初,新楼终于竣工,与四叔的新楼相邻形成新的宅院。伯娘搬进新家的愿望达成,每天总是乐呵呵地在台阶上晒太阳。黑花的"责任地"从老屋扩展到新院,再至四叔新砌的鱼塘。

村村通的便民路早已经让回乡的亲人们直接把车开到家门口了,家家户户脱贫奔小康住进洋楼新房。幺叔家的小儿子也于春节举行了婚礼,家族中从外地赶回团聚的亲人们个个喜气洋洋,其乐融融。黑花这只忠诚、稳重的大龄狗,也在亲人们面前彰显着它得意而又尽责的模样。

人世间总免不了祸福旦夕,悲欢离合。2016 年深秋,当传来伯娘病情恶化和幺婶脑出血的消息后，大伯的神色日益凝重。伯娘平静安详地去了天堂，大伯失去了相依六十多年的老伴，茶饭不思，整日絮絮叨叨。晚辈们都想尽办法接他进城散心休养，然而大伯只是应承了晚辈们的好意，两三天后便又回到乡下。城里的亲人们都马不停蹄地穿梭忙碌，过着快节奏的生活，大伯的孤寂与落寞，唯有门前安静的黑花相守陪伴，或许也只有黑花最能懂得大伯无处诉说的忧伤情怀。

萧瑟的寒冬过去了，春天，庭前的花儿又盛放了，幺婶的病情日益好转，已经能够站立行走，与亲人们共沐暖阳了。幺婶笑容满面地告诉我们：儿媳妇已经怀上七个月了！

这个春节团聚，我们听大伯讲述：“人会老，狗也会老去，黑花真是一条尽忠尽责的好狗。三九四九，冻死老狗，它走的那天就是四九。前一晚，你们四叔听到有一群狗跟它争斗撕扯的叫声，后来在对面山下的田坎上发现了黑花。它遍体鳞伤，我们用推车把它推回来时，已经奄奄一息，看着好可怜。第二天一早，黑花用尽了最后力气，爬上老屋石梯的高处，我们发现它时已断气，眼睛仍然朝着新院落这个方向。”

“人老了不中用了，狗老了也拼不动啦！”我看见大伯满目忧伤的眼神，转而他又停顿一下，说：“不过，生老病死，世间新陈代谢不可避免。”正说着，大伯的孙儿抱来一只身着新衣的小狗泰迪，让它在地上站立做着恭喜，说：“爷爷，黑花虽然走了，你看，这个叫圈圈的小乖乖也是很讨喜的呢！今年是狗年，大家都红红旺旺的！”大伯不再说什么，但我分明看见他的眉宇白须之间，微微颤动。

星移斗转，岁月如歌，黑花的忠诚守望家园，那些记忆，值得珍藏，细数流年，从容相安……

院落暖阳下，大伯静静看着眼前这一切，昔日扎着羊角辫的小丫头长高了，孙儿孙女们大学毕业都在畅谈人生了，淘气的曾外孙也不再捣蛋了，他舒展了笑颜，默默看着大家一起与小狗逗乐起来……

（原载于2018年4月27日《达州日报》；2018年夏季版《川东文学》；2018年第29期《中国作家在线》）

米粉情结

街口开了一家柳州螺蛳粉店，虽然路过者对其独特气味掩鼻皱眉，但我的第一反应是既亲切又惊喜，因为看到“柳州”二字，一种久别重逢的乡愁油然而生。我的童年曾在柳州度过，离开那里以后的岁月里，无数次在梦中垂涎着柳州米粉。

螺蛳粉是广西柳州市的著名小吃，具有辣、爽、鲜、酸、烫的独特风味，如今的螺蛳粉已成网红特产味遍天下，但喜爱螺蛳粉还得追溯于我童年时期的记忆。二十世纪八十年代，位于柳州城区中心的工人电影院一带属于繁华区域。我们全家当时居住在新官塘（现西江路一带），离市区还得乘坐几站公交车才能到达。一到周末最幸福的事情，就是大人们领着我们去逛商场，再到电影院附近的摊位上尽享美食。柳州人历来嗜爱吃螺蛳，当时的一碗螺蛳，价格在两三毛钱左右。满满的一碗螺蛳，最上面那一颗是最大最诱人的，而我往往舍不得最先吃掉最大的螺蛳，把垫底的抽出来，学着那些满嘴流油的五香嘴客用牙签一戳一挑，嘴一吸，鲜嫩肉质和汤汁的香滑瞬间口舌生香。吃到最后那颗更是爱不释手、无法停口而又意犹未尽，那种独特的享受远比如今的海鲜大排档来得更有趣味，更加酣畅淋漓。当时的很多摊档也都同时经营着水煮螺蛳和米粉，渐渐地，人们喜欢将米粉倒入螺蛳汤中泡着享用，这便是螺蛳粉的雏形。

后来，人们越来越懂得熬制螺蛳粉汤。先将油烧热，把姜蒜、红辣椒干、紫苏放进锅中爆炒,出味后倒入螺蛳翻炒,再配以天然香料和调味料,加水用文火炖两小时以上。地道的粉汤,油水够足、辣椒够辣,粉汤以螺蛳为主要食材,石螺、田螺皆可,天然香料是由八角、丁香等十多种熬制而成。螺蛳汤具有清而不淡、辣而不火、别具鲜香的独特风味,螺蛳粉的精华就在于这粉汤。所以,当有人疑惑并抱怨:“怎么螺蛳粉里面没有螺蛳肉啊?”告诉他,正宗的螺蛳粉就是不吃螺蛳肉的,熬过汤后的螺肉会丢弃,因其精华都融入汤了。

地道的柳州螺蛳粉还有一个突出特点,就是有一股浓浓的奇葩的“臭”味,这股“臭”味源自螺蛳粉里的酸笋,它是用新鲜笋经传统工艺发酵后酸化而成的,其味道让许多人“退避三舍”。四川的朋友与我聊到螺蛳粉时,就说很喜欢它的香辣和米粉质感,但对于酸笋却不敢尝试直接弃之,看我吃得那么享受感到不可思议。其实只要你敢于试吃和懂得欣赏,就会体验到,酸笋的真正内涵是香而不腐,闻之开胃,想之流涎,嚼之脆爽,咽之打滚。丢弃了酸笋的人可别当着柳州人的面说,这真是很对不起柳州人对食材的尊重哦!一碗好的螺蛳粉,除了酸笋,还有些配菜也是不可或缺的,炸腐竹、炒木耳、炸花生、萝卜干丁、酸豆角、酸菜等等,再自由搭配鸡脚、卤蛋等不同套餐,“酸、辣、鲜、烫”在口中交融,吃过之后,够饱、够暖、够过瘾,回味无穷。

螺蛳粉已经代表着柳州、代表着广西,闻名遐迩,但更让我魂牵梦萦的却是柳州的家常米粉。柳州人的主食便是米粉,一日三餐皆可食之,堪比北方人的面食、南方人的大米,这里的米粉质地与云南、贵州的米线有很大不同,柔糯、爽滑而不失弹性,其他省份见得多的是条状、丝状米制品,但我最爱吃的却是柳州的扁条状米粉。

在我远去的八十年代的回忆里，常出现一些地理坐标，从新官塘、金鸡岭，再到鱼峰山、箭盘山，这几站内便有酱油厂、米粉厂、糖果厂。从小学二年级开始，母亲就牵着我，有时邀约上伙伴，挎上干净的篮子（那时没出现大量的塑料食品袋），步行约半小时，途经沁香醉人的酱油厂后，距离米粉厂就近了。那时的米粉厂就已经形成了流水线作业，在我们看来已经非常先进了。稻米经过磨浆、加温、铸扁拉形后，非常神奇地沿着轰隆隆的米粉机那一排排大嘴吐出来，冒着腾腾的热气。蒸汽氤氲的米粉厂房里，飘散着甘甜的米香，接收香喷喷的米粉出炉的那一刻总有一种无比富足的欢愉。母亲笑容满面地递给工人一两块钱，一篮子的新鲜米粉裹挟着亲人的期盼与渴望，速速提回家足够煮上好几大碗呢。家常米粉注重清淡口味，配上营养的卤水汤料（提前熬制好的由螺肉、猪骨、药材、天然香料等配方的汤水），这米粉有全家众口皆调的本事，让一家老小都吃得爽口舒心，邻居也一起蹭着热乎乎地边吃边聊。

若干年后，当我的思念与贪馋涌上心头，曾疯狂地到处寻问哪有米粉机卖，但我一直未曾再见到当年那样“先进、可爱、伟大”的米粉机，尝过的任何米粉系列都不是我童年时期口中的米粉模样和口感。

直到 2015 年，一场同学聚会，令失散多年的童年小伙伴们重新奔赴柳州，第一件事，就是自然而然地坐进米粉店铺，边吃边品边聊边拍。朋友圈的好友原本是期待看我第一时间晒出广西的秀丽风光，却只见频频发出的米粉画面，配上“梦里的味道”“棒极了”的赞叹，令他人百思不得其解。其实对于共同在柳州生活过、经历聚散离合后的我们，心中深藏一份米粉情结是多么弥足珍贵。

我一边唰唰地吞咽着螺蛳粉，一边从回忆里醒过来，一熟人拍拍我的肩膀："吃得这么专心啊！"是的，不管这家店铺的螺蛳粉有几分地道，我都专注地品尝，口中的鲜香，身体的暖和，记忆的升腾，这粉汤里淌着温情，淌着从过去到现在的岁月更迭，也把更多的向往与祝福撒向遥远蔚蓝的天空。

（原载于2021年5月20日《四川经济日报》）

月儿崖与犀牛望月

川东的小镇故事多。走进开江县广福镇的一条乡村便道，有一个路牌标识上画着“梁家沟”与“月儿崖”的分岔路线图，就在这一带，村民们都说稻田河沟里有几块奇特的犀牛蹄印石。听老一辈的讲，这里就是传说中犀牛望月的故事里一个重要的节点。而这个犀牛望月的故事发源地要从月儿崖说起。

我邀请了长辈带我前去寻访“月儿崖”。一条小溪，一冲稻田，在这条只有三米宽的车行道上，我看到的四面环山青翠欲滴，月儿崖就在这绿色屏障中的斜坡陡崖之上。下车步行攀爬在石梯上，两旁的竹林和草木应着和煦的春风轻舞腰身，一路闻花香，听鸟语，一切绿植精灵们像是弯着腰微笑着恭迎我们的来访。石阶总共不过百步，有几块隆起的岩石映入我的眼帘，四叔告诉我，已经到了。石阶左边的石壁上刻画的就是月亮，此壁得名“月儿岩”由来已久，后来人们口语中“岩”通“崖”，也因此山崖地形演变命名为今日的“月儿崖”。

我立刻靠近岩石中间一块平滑的石壁上，果然刻画有一轮圆圆的满月。月宫里的月桂树图案，正如我们在夜晚仰望星月时，听着嫦娥奔月的故事，想象着肉眼能见的月亮上如云朵似的阴影那样，线条柔美。满月左上侧的部分线条已经被风蚀，在日积月累中剥落掉一小块，整块石壁上都留有青苔水渍以及墨黑尘灰共同印染的岁月痕迹。我抚摸着石壁，凝神思索，到底是谁画了这些图案？难道传说中的这轮满月真的会有月光照耀？是的呢！长辈们向我讲述起来:他们的爷爷那辈就从上辈口中流传着月儿崖发出月光的故事。

很久很久以前,与月儿崖隔山相望的村民们,总觉得自己种的稻谷会无缘无故逐渐减少,经查,并无虫害,可就是找不着原因。

每到月圆之夜,月儿崖这里的月光特别明亮,照得整个村庄都如同白昼。又一个十五的夜晚,当月光照耀到山对面的稻田时,村民们正静静发呆,寻思着稻谷为何越来越少的原因。忽然见到稻田里最大的那块石头在一束月光的照射下,一道金光掠过,在月光的持续照耀下,整块石头都泛着金光忽闪忽闪的。不一会儿,令村民们都睁大了眼睛无比惊讶的是,从那块石头里走出来一头闪着金光的大犀牛！它朝着月亮望望,神气地晃一晃自己的头角,伸展活络一下身子。村民们都屏住呼吸,不敢出声,倒要看看眼前这头从石头里冒出的怪兽,到底要做什么？犀牛竟然三下五除二把身边的稻谷都吃掉了！吃饱了的犀牛又对着月光仰望,舒坦地眯着眼睛,在月光下轻轻旋转一圈,像施了法术一样,它的身子又闪着金光逐渐缩小,贴在石头上,不一会儿的工夫,便隐匿于石头之中,金光消失,一切恢复宁静。噢,原来,村民们的稻谷是被它偷吃了！第二天一早,村民们找来工具,想要捉拿这头犀牛。来到稻田,不见犀牛的踪影。大家劈开这块大石,只见这块大石头上印着犀牛的整个身形。为了让犀牛偷吃稻谷的现象不再发生,村民们将这块大石凿成小块,在稻田两侧铺就了一条青石板路,方便村民进出村庄。从此,稻谷颗粒皆收,五谷丰登,人们在满月之时总会想起月光下的传奇。

年复一年,一代一代的人口口相传着这个故事,大人们还

领着孩子们仔细观察脚下的石板路进行辨认，哪块是犀牛头，哪块是犀牛身，哪块是犀牛尾。随着时间的推移和地质的变化，如今这条青石路已沉降至溪河之中。据说，还有两块犀牛蹄印迹的石头比较大，当年铺路时遗漏了的。

讲到这儿，我们就又到了之前入村停顿的分岔路口，原来所谓的犀牛望月的故事就是在这里落下帷幕的。长辈们指着这一段道路旁边的稻田说，犀牛当时就是在这块稻田里偷吃的。这时，路旁几位干农活的村民也过来搭话："是啊，是啊，我们很小就听说过有犀牛望月这回事，虽然不太明白故事的细节，但我们以前是真的见过清晰的犀牛蹄印石头呢！跟犀牛的脚一模一样大小，连纹路都跟真的犀牛脚完全一致！喏，就在溪田边桥下的石头堆里呢！"听他们指证得这般真实确凿，让人恍觉这神话传说似乎确有其事。

我在脑海里一遍遍浮现出月儿崖那边的满月，一遍遍浮现出犀牛金光闪烁的模样，再看看、听听这里的牛蹄石的印证，心里琢磨着，这个颇有神话色彩的传奇故事里，到底犀牛是何方怪兽？是月儿岩上那轮满月发挥了神奇的力量才帮助村民找准问题所在，化解了灾难，成就了一条通向谷粒丰收、人丁兴旺的康庄大道吗？那个清丽幽美的月儿崖，人们一提起就充满了神圣和崇拜。在刻有满月的岩石旁边，我还发现有另外的石刻，例如，画有半圆石刻的弓箭，还有"长命富贵"等字样。这又是为何？四叔告诉我，这些是后来有些人为做好事求得福报，就出钱请人来刻画的指路牌。我想，由于月儿崖有史以来所沾染的神奇的玄幻之气，人们一定是对此地的灵验笃信有加。岩石上的满月充满灵气，月儿崖风景秀丽，而这一带的故事远不止犀牛望月，还有许许多多神奇曼妙的故事，这是一块绝佳的风水宝地和值得探究的人文地理资源,也是休闲旅游的好去处。但愿这些乡间古老的传说与人文古迹都能得以完整地保存下来。

(原载于2019年5月20日《达州晚报》)

忆邻居

搬家多少次，就会与多少不同的邻居结缘，不同时期不同地点的邻居总有不同的故事珍藏于锦心绣口。

很小的时候，随父亲举家搬迁到部队，留给我最早的居所记忆是在河北唐山。住房是部队统一建造的，一排排的平房挨着。邻里间相互照应着，今天一棵白菜，明天一瓶醋，后天一锅汤什么的，借来还去、端来送往都是再平常不过的了，不管平日还是节日里邻居们串串门一起吃饭喝酒唠嗑，一切都显得那么顺其自然。我记得妈妈口中的“戴胖子”阿姨，总是红光满面，见谁都哈哈大笑十分爽朗的模样。她家两个女儿长得非常漂亮，常与我一起跳绳、捉迷藏，这家躲躲那家藏藏，欢快地跑来跑去，玩到不见踪影时，家长们便四处寻找，相互告之，邻里间就如一个温暖的大家庭。

后来，父亲的部队迁往广西，我们住在柳州市的基地管理处。管理处内建有几十栋套房，每栋楼房五层，我家住在六栋三单元四楼。这个单元楼里记忆最深的邻居是两个特殊的人物：一个是我的班主任高老师，住我家楼下，另一个是住我楼上的一位调皮捣蛋的陈同学。

高老师对我不仅在学习上严格教导，在生活中也十分关怀。每逢她家吃鱼吃肉时，她总会把我叫去一块儿就餐，一边往我碗里夹菜一边说：“你呀，这么瘦，要懂得多吃些有营养的东西。”她常与我母亲在楼道里拉家常，聊一些怎么让孩子增进食欲的方法。有时她还会主动把好吃的拿上楼来,让我牵扯衣服的小荷包接下她塞进的瓜果,再拍拍我清瘦的小脸蛋,哇,我感觉拥有两个母亲的关爱真是幸福。

当然,也有被管制的时候。记得有一次老师布置的朗读作业我没完成,在课堂上,高老师便一眼盯着我说:“我今天早上可没听到你的朗读声哦!”从此,我奋发图强,坚持晨读。有一天,教语文的高老师在数学老师跟前说:“我昨晚听到小兰在阳台上反复背诵了好几遍九九乘法表,所以今天的数学测验她考了100分,这孩子有进步!”

午休的时间,小孩子一般不肯睡午觉,我喜爱用杏仁玩捡子游戏打发时间。可是啊,有个当班主任老师的邻居,她一听到楼上哗唰唰捡子的声音就知道我没睡午觉了,在学校里一提这事,小伙伴就不敢上我家来当玩伴了,因为大家都畏惧班主任老师嘛。

再来说说那位陈同学。在教室里只要课间休息的当儿,他就满场飞,一会儿扯扯女生的头发,一会儿挪挪别人的凳子,一会儿扮鬼脸吓女同学,这么讨厌的同学竟然和我是邻居!放学回家时心想千万别跟他走在一块儿,可偏就容易撞上,我上楼梯他就在我后面嚷嚷着“让开让开”,我下楼梯遇上他挡着我说“嘿嘿,留下买路钱”。有时,他还会把我家门口的拖鞋或扫帚给藏起来,唉,这个招人恨的家伙!陈同学最爱在教室借我的橡皮擦、写字板、彩纸贴之类的,借时每次说马上还,却非要等到我生气地去索要时还赖着不给!有一天放学路上,我又追着他要回我的一本图书,他扬在手中得意地挥舞着,还说抢不到就属于他的了,我俩抓抢之中把书都撕破了,我急哭了,便跑到高老师家中告状。他见我站在三楼高老师家门口瞪着眼睛

等他,就嬉皮笑脸地向老师解释起来,高老师只是轻轻批评了他几句,让他把图书还到我手上。可我恨不得狠狠揍他,他却说:“老师都已经批评过我了,你是班长,一个班干部怎么能这么小气呢! 以后我不欺负你了,有什么事一定保护你,好吧?”

到了过年,我和陈同学又开心地跑到高老师家中给她拜年,荷包鼓鼓地装回好吃的糖果,一起到楼下院子里放鞭炮,老师和家长们便在阳台上乐呵呵地看着孩子们。

多年以后,我离开了这个园区,离开了母校,离开了这座带给我童年欢乐的城市,邻居师生们各分东西,失去了联系。突然有一天,我接到了一个陌生的电话:“你还记得我吗? 我是那个住你家楼上常惹你生气的老同学! 可总算找着你的电话啦,别换号码啊,我马上把你的电话告诉高老师和其他同学!”真是个让我不知所措的惊喜。接下来的那一年,我们努力地打听其他师生的联系方式,建立了 QQ 群,把曾经生活在那个园区的同学们一个个天南海北地找回来,一个师生重聚的梦终于在分别二十七年后圆了! 年逾七旬的高老师,依然驻守在那栋楼的三楼一号。同学们坐在熟悉的高老师家中,激动地聊起童年记忆中的桩桩小事。同学们羡慕地说,我和陈同学是高老师的近邻,也是她最喜欢的孩子。其实,三言两语又怎能道得尽邻居师生的情谊?

如今人们的居住环境不断改善,可是邻居间少有走动和来往。有的同住一幢楼一个单元,却形同陌路。遇上某些奇葩的邻居,还容易发生纷争,令人闹心。但既然做了邻居,就是一种缘分,应当相互包容和睦相处。何阿姨曾是我们家的邻居,为了陪伴孙女在外地读书,这几年经常在成都居住,把家中门钥匙托付给我父母帮忙照看着。这天,何阿姨夫妇俩从成都回来,正遇上了我母亲,她们家长里短地聊着:“听说你家已经把现在的旧房卖了,买房到中央城那边去了？那里环境好的话,我们也想买到那个小区住。”“挺好的,有好几家熟人都买到那里了,正在装修呢,你家也赶紧搬过来吧,我们一起散步一起买菜多好啊!”

你家邻居长啥模样？或者,邻居又为你在心中画了什么像呢？其实“远亲不如近邻”,邻居永远是温情的代名词,邻居间的关爱和互助,有温暖、有感动、有幸福、有依恋,更有忘不掉的情感和怀念。

(原载于 2019 年 1 月 9 日《达州日报》)

父亲参军

父亲曾在军营生活了二十载,跨越了我出生前到长大后的时空。我一直好奇父亲是怎样参军入伍的,但多年来一直没有适宜的时机听父亲细述。如今父亲年逾七旬,既是一名退伍军人又是机关退休干部,喜爱修篱种花的他,生活节奏慢了下来。一个周末,父亲与我细细聊起他参军入伍的往事,我听得煞有兴致。

成为一名军人,保家卫国,是父亲从小就有的理想。但他年幼时就体弱多病,很多人都笑他这身板当兵肯定不行。1964年秋,十七岁的父亲,目睹邻居家与自己同龄的伙伴被保送参军,羡慕不已。父亲在县城读书时,爷爷奶奶早就对他说过,毕业后不允许当工人,更不能出去当兵,必须留在家中务农。那年头是人民公社化时期,集体生产,家家户户靠挣工分吃饭。因家庭缺乏劳动力,生活贫困,父亲虽然是全乡唯一被开江县中学录取的拔尖生,但还未等到毕业,就回到农村务农。很快他在生产队当上了会计员,紧接着加入共青团组织,又担任了大队的团支部书记。

1965 年,父亲年满十八周岁,迫不及待地想去应征考兵。瘦弱的父亲体重才 83 斤,体检不能通过,未能如愿。接下来的连续两年都没有部队过来征兵的消息,父亲有些失望,但是当兵的决心很大。第二次应征的机会是 1968 年春,铁道兵部队来招兵,满腔热忱的父亲报名应征。但审定名额时,因家庭贫困被作为预备名额,结果没有走成。

1969年武汉空军地勤部队春季招兵,父亲依然积极应征,身体和政审条件都合格,部队按惯例要进行家访,征求家庭长辈的意见。父亲心想,要是爷爷奶奶说句不同意咋办呢?说来凑巧,家访的那天,爷爷奶奶刚出去,大伯在家。父亲连忙向前来家访的人员介绍说:“这是我的大哥,他早年参军去过朝鲜,现已转业在成都铁路局工作。”一听说大伯当过兵还去过朝鲜,他们便十分谈得来,问起父母及家人的意见如何,大伯说当然没意见。很快,父亲兴高采烈地接到了入伍通知书。谁知天有不测风云,就在父亲准备离家的前两天,冒出了另一桩事来。一名年轻小伙子遇见接兵部队人员回访的路上,竟脱口喊出一句:“他是别人代考的!”部队当即取消了父亲的应征资格(当时正值“文革”时期)。哎,真是半路杀出个程咬金,煮熟的鸭子都能这样给飞了,父亲的心中别提有多憋屈了。

武汉空军地勤部队接兵刚走不久,父亲听说南海舰队接兵的过来了。郁闷的他,很不甘心,又再次跑去要求参军。公社的武装部长告诉他:“这次是招海军,要上舰艇的,体重要达到55公斤以上,学历初中文化以上,全县只收28人,直接到县城去接受体检,你能行吗?”父亲坚定地说,能行,要去!父亲称了称自己的体重,唉,只有50公斤,体重还差得远哪。想当兵的执着信念在父亲心中一直无法泯灭,盼了几年的机会,他是多么想穿上军装啊。回家的路上,父亲琢磨着,如何短期内增重呢?他绞尽脑汁,想出一个强增营养的法子,每天早上一勺化猪油,两个鸡蛋,加上半碗醪糟、二两白糖和着一块蒸来吃。就这样坚持吃了四天,没想到这法子很快奏效,还真是神了,奇了!体重飙升到了113斤!父亲去体检时,把身板挺得笔直,哈，身高体重都通过了，初审合格！可惜再次审定时，由于家庭缺乏劳动力，被确定为预备名额。等啊等，父亲每天期盼着他这个预备名额变成正式名额，可最终等来的结果是，并不缺员。就这样，那一年的海军梦又非常遗憾地落空了。

年近22岁的父亲，面对连续好几年的征兵挫败，灰心了。一想到一辈子只能待在农村听从父母的安排，结婚、生子、当个生产队干部，只能脸朝黄土背朝天，按部就班地生活，失去自己的理想追求，心中很不是滋味。

一个赶场天，父亲背着玉米去集市卖，一路走一路感叹自己只能安心过农村生活了，准备去买猪来喂。在集镇上，他又听人议论着招兵的讯息，暗自摇头叹息，一抬头，正好撞上了公社武装部于部长，便聊了起来。于部长问："你还想不想去当兵？"父亲忙说，当然想去得不得了啊！于部长笑着说："这回你真的可以走，我干脆把通知书直接送你手上，就不再让其他人员特意往你家中送啦！"父亲既高兴又疑惑，问："是真的吗？这次就这么容易可以走得成？我不是做梦吧？"于部长拍拍父亲的肩膀，说："这几年你的几次考兵情况我们都知晓，其实你是符合条件的！只是，你的亲属和家人的意见，我们还是要征求的，你回去跟家人商量商量吧。今天是4月3号，6号就要去县城集合换服装哦。"

领到通知书的父亲欣喜若狂，一路飞奔回生产队，跟大队干部说立刻办理工作交接。大队干部一听，根本就不相信："每年都说要当兵走，其实每年都走不成，还做梦跟我说笑话！"父亲把通知书晾在他眼前，一字一字地指着念，大队干部这才同意父亲第二天办理工作交接。

到了晚上，父亲告诉家人这个消息。家人极不情愿父亲当兵远行，全家泣不成声。父亲说："这明明是好事，你们不要哭哭啼啼的，我终于达成自己的愿望了，你们舍不得，我走的那天不要你们谁去送，免得伤心。"他看着一脸忧伤的奶奶，希望做通她的思想工作，便讲了一堆的道理，想让奶奶同意他当兵保家卫国，为国家建设出力。奶奶被他说烦了，气不打一处来："不准你当兵你偏要走，好，出去就出去，你们一家人都出去吧！"父亲忙接话："好啊，承您吉言，我当兵后一定把妻儿都带出去！"奶奶多年前的一句气话，的确应承了父亲的夙愿。

当年，贤惠的母亲对于父亲义无反顾的参军信念，是表示支持的，她愿意留在家中独自抚养才一岁多的儿子（我的哥哥），期盼父亲在部队好好表现。父亲怀揣了邻里亲戚祝福他的三元钱，无比珍惜这通过自己三番五次、锲而不舍争取到的参军入伍的机会，满怀希望地从此踏上了军旅生涯。

父亲所在的部队是中国人民解放军基本建设工程兵，1985年由基建工程兵转入了武警水电第一总队，先后参与了汶川映秀湾电站建设、宜昌葛洲坝水利枢纽工程、河北潘家口水库、广西天生桥水电站的建设。全家人也跟随着父亲所属的部队走南闯北，见证着父亲二十年来忠心耿耿报效祖国的诤诤誓言，直到1988年底父亲转业回到家乡，在机关工作至退休。

（原载于2019年11月15日《达州日报》；2020年8月7日载于《贵阳晚报》）

父亲的纪念章

党的百年华诞来临之际，父亲惊喜地收到了组织上授予他的一枚“光荣在党 50 年”纪念章，全家人也都跟着沉浸在荣光与喜悦之中。大家稀罕着这枚纪念章，围观、抚摸、拍照，父亲小心翼翼地把纪念章摆放进锦盒内，又拿出他珍藏了半个世纪的老版《毛泽东选集》和一本鲜红的小册子《最高指示》，说：“你们拍吧，把这个放在一块一起拍下。”

纪念章是 2021 年首次颁发给入党 50 年、一贯表现良好的党员。据说，在今年党的百岁生日之际，全国有 710 多万名老党员获此纪念章。父亲抚摸着“光荣在党 50 年”这几个字，激动与自豪溢于言表。父亲说：“我 1966 年入党，已经在党 55 年了。其实我没有什么显赫的功绩，只是千千万万中一名平凡的党员而已。”但我知道，父亲在党生涯里的每一时期都代表了不同身份的党员：农民、军人、干部，为党的事业坚守初心、默默奉献的一个缩影。

青春年少时的父亲，有一个理想：跟随共产党、参加解放军，保卫祖国、建设祖国。念完中学的他回到家中务农，一直想寻求机会参军入伍。17 岁的父亲当上了生产队的会计，积极工作，表现很好，1964 年担任了大队团支部书记。朝气蓬勃、热爱并拥护共产党的父亲，接着又被推荐为入党积极分子。1966 年，19 岁的父亲光荣地加入了中国共产党。

初心执着的父亲，每年都去应征考兵，历经曲折，终于在

1969年2月成功参军入伍，成为一名中国人民解放军战士，跟随部队走南闯北，开始了他长达20年的军旅生涯。

父亲所在的部队就是号称“水电雄狮”的水电61支队基建工程部队，后转入武警序列的武警水电第一总队。父亲践行着自己忠于党、报效祖国的诤诤誓言，先后参与了四川汶川映秀湾电站、湖北宜昌葛洲坝水利枢纽工程、河北潘家口水库、广西天生桥水电站等大型工程的建设。

参军第一课就是学习我党的宗旨：全心全意为人民服务，热爱党、忠于党。作为军人，就是要发扬“一不怕苦、二不怕死”的革命精神，甘于奉献，听从党的指挥，在他们心中，早已把生命交给了党、交给了国家和人民。父亲认真学习毛泽东思想，理论与实践相结合，曾被部队表彰为“活学活用毛泽东著作积极分子”。

在部队的无数个日夜里，父亲与战友们经历了酷暑严寒，体验了酷热与寒冰的挑战。在葛洲坝水利枢纽工程建设期间，宜昌的气候有时高达39度至41度，很多人中暑昏倒在工地，但工期并未因此而停滞，反而是战士们心中加快建设的烈焰激情把炎热的天气压了下去；而部队到了河北唐山投入潘家口水库建设时，战士们又体验到了来自滦河的极寒气候的磨难。冬日里雪花纷飞，寒风刺骨，工棚四面的墙上结满了冰花，恶劣的严寒达到零下二三十度。滦河之上，冰封雪裹，就连重达三四十吨的汽车行驶在冰面上，也丝毫不会碾破冰层。父亲是负责搞后勤保障工作的，为了配合一线战士坚持打硬仗，他好几次冒着风雪，深入高、险、滑的大坝施工现场，和大家一起探讨在恶劣环境下的材料供应与调度的举措，以及如何科学合理下料等事项，千方百计保障物资供应和战士们的吃穿用度，发扬艰

苦奋斗、团结协作的革命精神,确保任务按时高效完成。工地上,到处飘扬着彩旗,即使是严冬,也是一派热火朝天的景象。

1976 年 7 月 28 日,河北唐山发生 7.8 级强烈地震。父亲所在的基建工程兵 61 支队,接到上级的命令,军车一辆接一辆地向灾区驶进。随后一车又一车的地震伤员被接来 61 支队医院。父亲当时也到达灾区,用力地搬挪一块块残砖破瓦,舍死亡命地去挖、去刨、去拯救、去接应哪怕能有一线生机的老百姓。他回忆起地震时,正值盛夏,很多伤病员因为伤势过重而死亡,酷热之下尸体散发恶臭,许多苍蝇围着伤亡人员团团转,在场的很多人随时干呕,佩戴一层口罩根本抵挡不了难闻的气味,于是就想法用白酒浸湿多重口罩再佩戴,继续坚持救灾和清理工作。看见一车车尸体被拉出去掩埋,父亲心里实在痛如刀绞。地震后的气候反常,时而暴雨骤降,时而烈日暴晒,加之余震不断,可想而知,当时执行抢险、救援、修复、清理等任务的难度之大,但没有一个人有丝毫犹豫和退缩,因为人民子弟兵永远心系着人民的安危。在父亲的军旅生涯里,把赤胆忠心、危难时刻挺身而出的党性,诠释在河北唐山,记刻下了难忘的一笔。当时的我,还是一个刚出生不久尚在襁褓的婴儿,在为我正式取名时,父亲特意用了“冀”字,这个“冀”既是为了纪念在河北的经历,也是充满希望的意思,是坚强勇敢跨越一切磨难,迎来幸福的希冀之光。

时光进入到 80 年代,父亲跟随所在的部队从北向南转移,驻扎在广西天生桥,接受新的水电建设任务。这支精锐部队,不畏艰辛,历经百折不挠的探索与奋斗,用血肉之躯,在大江南北,建起了一座座“功在当代,利在千秋”的水利水电设施,完成了一项项急、难、险、重的任务。多年以后,当父亲在电视上看到有关部队的报道，便自豪地拍拍胸脯："我就是这其中的一员啊！"

结束20年的军旅生涯，父亲转业回到家乡，为地方经济建设和家乡的发展事业履职尽责，孜孜不倦，默默耕耘。父亲退休前的岗位是一名机关党务工作者，他的勇敢坚定、不畏挫折、淡泊名利、清正廉洁、一身正气的高贵品质也影响了我，使我在成长的道路中获得前进的力量。如今，父亲年逾七旬，退隐田园。但只要单位上、组织上有事或会议召集，他便立即响应，奔赴到场，参加党组织生活，并积极为党的事业和家乡建设献计纳策。

在党55年，父亲这名老党员从群众中来，到群众中去。他从农村基层走来，从嘹亮军歌中走来，从人民公仆的队伍中走来，用自己的行动践行了入党时的初心誓言。父亲也见证了从社会主义建设初期、改革开放时期直至社会主义建设新时代，党的事业一步步走向辉煌。也正是有千千万万如他这般肩负使命的共产党员，在平凡的岗位上不懈付出，默默奉献而汇聚起无穷的力量，使得这一枚枚纪念章更加熠熠生辉和无限荣光。

（原载于2021年7月9日《西南商报》）

有“小白”的日子

女儿六岁那年,她爸为了哄她开心,一清早买菜回家时带回一只漂亮的小白兔,乐得她咯咯地笑不停。我当时淡然摇头:“又是一只养不久的玩物,带回的又一只可怜虫。”真没想到,我的担心成了多虑。

全身雪白的小兔,我们自然就称呼它“小白”了。这个“小白”与从前所养的小兔、小鸟、小鱼、小龟什么的还真不一样,硬是争气地与我们相处了很长时间,有它陪伴的日子给家庭增添了乐趣,让女儿更多地了解到小兔的习性,也为我们舒缓了紧张的情绪。

小白大概才刚满月不久吧,小小的、轻轻的,但却充满灵气。记得它第一次站在地板上直立起来向我们做“恭喜”状时,简直令我们惊讶。为它取名“小白”后,经过几次呼唤,它竟真像一只小狗似的朝主人奔来,甚是招人喜爱。刚开始相处的日子,女儿和她爸总是在家追赶着小白,时不时地抓它进笼子,看到被他们吓得直发抖、被拎住双耳无奈的小白时,我很心疼,尽量不去抓它,而是用食物逗它过来跳进笼中。大概是知道我对它最温柔吧,小白容易与我亲近,当我坐下时,它试图到我脚边朝我张望并直立做“恭喜”,我总会夸它并找来食物犒劳它。

在此之前,我们还真以为小白应该如诗歌里的“爱吃萝卜和青菜”一样,便找来胡萝卜给它,哪知它却不知从何下手,小小的它啃不动,而且也并无多大兴趣。至于青菜系列中,小白最爱吃的是莴苣，其次是白菜。有一次我陪同母亲散步时，母亲说：“这里有姜竹草，其实兔子爱吃草！”我们采回来喂给它，它真的吃得很欢，并对我母亲也表示了友好，不断做着“恭喜”，而且那天它蹦跳得特别敏捷，全家人都很开心。它那样子，就像无比受宠的小孩，昂扬着头和长耳在屋子里四处奔跑，家中瞬间增添一股活力。除了吃菜和草外，水果也是小白的最爱。我们在家吃苹果、梨、香蕉、石榴、葡萄等等水果时，它都会跟随着我们讨要可口的水果吃，甚至女儿爱吃的蛋糕，它也要品尝一下，米饭它偶尔也会吃上一点。

再说说它的起居吧，很多人担心喂养兔子，它的吃喝拉撒会臭气熏天，而且不易管束会乱拉屎撒尿，但小白却很懂事非常争气。我们将它放进笼子，它就认定了自己的小窝，吃饱后会在笼子里拉撒，笼子下面有一格可拉伸取出的隔板，小白的大小便会从笼子里漏到隔板，我们会及时取出隔板拿去冲洗干净。之前它也有过几次被放出笼子，在家中木地板上或寝室角落随意拉撒的情况，我们反复地捉住它告知：不可以在木地板上随意便便！并将它的笼子固定放置在瓷砖地板的厕所。经过几天时间，小白终于有了新的悟性，不再任意拉撒，而是吃饱后主动钻进笼子里去解决代谢问题。之后的日子里，它通过我们的调教和自己的领悟，已经可以自觉地到厕所的便槽边去解便便了。它其实很爱干净，间隔一些时间会自己梳理漂亮的皮毛，洗脸的动作酷似小猫，可爱极了！

小白一天天乖巧和懂事地成长，一天天地加倍得到主人的喜爱，它也不再害怕与人相处，而是会主动伸过头来接受主人的呼唤和抚摸。因为它很听话，我们不再长时间把它关在笼子里，而是由它自由出入和玩耍，活泼的它总会粘着主人跟进跟

出。当我们下班回到家时，就已看到它在门口守候主人，我们总会第一时间与它打招呼并抚摸它。雪白的小可爱，耳朵一天天长得更长更挺括，两只眼睛如两颗红宝石，腿的弹跳能力一天天增强。偶尔它会有小小的捣乱，例如咬线，例如表演“跳垃圾桶”，例如撕扯报纸等行为，尽管有些小坏，但都在我们可容忍的范围之内，不忍责备和惩罚它呢。

侄儿们有一天听说了我家养了一只小白兔，跑来看望。当他们亲身体验到小白的可爱、乖巧之后，都称它为“神奇的小白”，赞叹着它竟能跟猫狗一样成为温顺听话的宠物。

我们很珍惜有小白的这段日子，小小的动物与人愉快相融，因为它，当家庭纷争开始后，它的可爱会成为我们激战情绪的转换；当我孤寂无聊时，可以对着它自说自话，它温顺可人的样子仿佛能听懂我的心事；当我上网听音乐时，它会伴着我在脚边静静享受；当我对着女儿功课辅导无可奈何时，小白可成为鼓励孩子学习的动力；当阳光晒进窗户，它会懒洋洋地趴在地板上，偏头打着瞌睡的样子令人发笑；当全家和它都开心时，它更会围着主人兜着圈跑跳狂欢；当它被主人忽略，肚子饿了时，就不停跟随主人做着“恭喜”，甚至用爪子焦急地抓挠主人的腿，那样子可爱而可怜……小白改变了我以前对这类动物的认知，以为只有猫狗才通人性而兔子智商低的看法，这个小兔精灵成了家中的宝贝。

虽然后来因诸多原因，不再饲养“小白”，女儿在不舍之中曾号啕大哭，但留在记忆之中有过小白相伴的日子，我们都心存感念，感谢这只小小的白兔，在忙碌生活中曾为我们增添乐趣，遣散过忧伤与苦闷。至今，孩子的画页上、童心里都装着天真可爱的小白兔，装着对世界、对生活的好奇与热爱。其实生活中不管有多么烦恼和无奈，乐趣总会存在，只要你留给自己的心灵一点空间去发现。

（原载于 2019 年 5 月 9 日《西南作家》）

风雨无阻来相会

曾经,在80年代,我们唱着“再过二十年我们来相会”,期盼的聚会已经过漫长的近三十年的等待。如今,我们迎着狂风暴雨坚定地相聚在一起。

2015年5月15日,这一天,我们从四面八方搭乘飞机奔向柳州相聚。广西柳州,这是我们曾经生活过、学习过的童年成长基地,在心灵深处,这一段记忆永远是那么闪闪发亮。好不容易,我们失散多年的童年挚友们终于联络起来,怀着无比激动的心情奔向这一方故土,期待立刻就见到老师和同学们。

但是,老天爷考验着我们,暴雨的持续猛烈致使我们的航班都不同程度晚点、迫改航线。从西安起飞至桂林的航班中途迫降于南宁,最不幸运的要属成都的几位同学,在延迟起飞后迫降于深圳,竟然被停滞机场24小时!而我算是最幸运的了,从重庆起飞晚点4小时,总算在当晚10点多安全降落目的地柳州。先到的同学们聚在酒店焦急地等待深圳机场的消息,可成都的同学们啊,他们在飞机上可可怜怜度过一天一夜也没能起飞。第二天,我们的聚会照常进行,这几位晚点的同学总算在聚会的晚宴赶来。盼来几十年的相聚,弄得老天爷感动坏了,给了我们一个“好事多磨”的深刻印象。即便是这样,我们风雨无阻来相会,感动天感动地!

鲜花映衬着慈爱的班主任高老师慈爱而又激动的面容,她一直拉着我的手让我陪伴于她的身旁,就如日思夜盼的亲人,幸福而又满足，此刻却不知所措。叽叽喳喳的儿时玩伴们开闹了，细数着儿时的趣事、当年的心情，绘声绘色地表演开了，那神韵、那风采，一如当年天真的模样与神情，欢声笑语一波一波回荡于老师的家中。我惊讶地接过高老师递来的一本奖证，原来是我二十六前刚转学后下发的全国中小学生作文大赛二等奖的证书，高老师说："这个，我一直保存着，终于亲手交给你。"我看着微微泛黄的证书、两鬓斑白的老师，交集百感，热泪盈眶地紧紧与老师相拥。同学们戏说起来："哇，班长你好得意，快留影炫你这张证书吧！"呵呵，开心了得！

午宴之上，我们有幸共请来了四位昔日曾教过我们的老师。端起酒杯，心头的话儿啊本来那么多，但此刻的我激动地不知应从哪儿抓来话说。我饮下一口茶，定了定，在场师生听着我这几句开场白："亲爱的高老师、万老师、王老师、杨老师，你们想念的疼爱的学生们今天终于回来看望你们了！这里坐着的就是小时候调皮捣蛋、天真幼稚的我们，现在长大了，懂事了，回到你们身边，一定要表达我们心中的感激，感谢你们曾经的悉心教导，感谢你们的细心呵护，我们祝愿各位老师身体健康，笑口常开！你们今天是不是非常开心？""好开心！"师生齐声共同举杯，杯盏之间已见个个含着热泪挂满笑容。我拉着班主任高老师的手，深情地叫着："你就是我们心中想念的妈妈，妈妈，我们爱你！"催泪再次！高老师激动地代表几位老师连声道谢。

晚宴，迟到 24 小时的成都同学们总算都来齐了，我们再次举起酒杯，一阵感慨："风雨无阻来相聚，万千思绪涌心头，幸福无限共祝愿！"

我们肩并肩地踏在去往校园的林荫道上，手挽手地徜徉在昔日居住的楼道庭院间。儿时的记忆,今日的感慨,这片亲切的故土,一楼一宇一草一木,万般思绪涌上心头,幸福的热泪一遍遍盈眶。慈爱的老师妈妈,亲如兄妹的伙伴,魂牵梦绕的校园,黄桷兰树下熟悉的馨香,一切都是如此真实的暖暖的幸福!

相聚几日,早餐和夜宵,贪婪地吃着熟悉而久违的柳州米粉,这味道垂涎在梦里多少个春秋;相聚几日,话题从回忆聊到当今再到展望未来,心中的感受没日没夜地如何能聊到尽头;相聚几日,多看看眼里曾亲切熟悉的山山水水,漫步于新建美丽的柳江边,心儿啊,魂儿啊,飘飘然醉得个美美滴!

再见,柳州。老师们,亲爱的小伙伴们,此行相聚,注满珍贵的记忆、圆梦的满足。分别是为再次相聚,我们的心会更近,我们下次的相拥会更紧!

(写于2015年6月)

家有"溺爱型"婆婆

都说婆媳难处,婆媳关系向来微妙。但这么多年我和婆婆相处都没红过脸,熟知我们家庭的亲朋都知道,我这个婆婆是个"溺爱"型的,"溺爱"儿子,"溺爱"儿媳,更"溺爱"孙女。这些年,我一面看不惯她的"溺爱"作风,一面也躺在她的"溺爱"之中无限享用。

从我还未嫁入他家门之前,这个未来婆婆就瞧着我顺眼,把我捧在手心上,正式成为她儿媳以后,她对我更是百般溺爱。婆婆说,让我们安心工作,做饭由她来承包,变着花样给全家人做好吃的。一下班回家,准能第一时间见到圆脸慈目的婆婆,迎出门来笑呵呵的表情,然后,递过来她削好的水果喂到我嘴边,我总是不好意思地接过来自己吃。我到厨房瞧瞧,她叫我赶紧出去,别弄脏了衣服,还开心地说:"稍等一会儿就可以吃了,饿了先吃着水果。"这不是一两天,而是十几二十年她对待子女一贯的态度。

婆婆还执意不让我们交生活费,我们实在过意不去,经过协商,象征性地每月交300元生活费,其实做爷爷奶奶的每月花在孙女身上的零花钱都不止这数。别人都说我真是他家的"金媳妇",被婆婆每天开心伺候着,不让做事不让交生活费,还嘘寒问暖地饭上手、茶到口,这是哪辈子修来的好命?

每一年的母亲节,我都变着法想给婆婆赠送礼物表达一下心意。有一年,我买了一身衣服给她,她怎么也不肯收,让我退

回去说不必花这些钱,孙女在旁边发话了:“奶奶,你快收下吧,今天是母亲节,子女给妈妈送礼物让她开心是应该的,我也给妈妈准备了礼物,她收下了开心我也才开心!”婆婆迫于我们娘俩的挚意盛情,收下了。但这衣服就是一直压着箱底不穿,我问起来,她说:“平时都在忙家务,穿惯了普通家居服,不必穿着好衣服做家务事。”

逢年过节,我要么想法添置家电用品赠给他们,要么就给现金让他们自己置办所需要的,总被他们拒收。有时推推攘攘反复多次,经过我耐心地劝说,阐明过硬的理由,他们才肯收下,一转身,就再添几张人民币在红包里,反馈给孙女了。

前年,从没听婆婆提起过她的眼睛难受,直到公公说起要给她做白内障手术。虽然是个小手术,但一家人挺紧张的,我和老公立刻安排请假陪护,她却念叨着别误了工作,年轻人有很多自己要忙的事就甭管了。我坚持请假陪她去市中心医院做全面检查,动用亲戚熟人为她找资历、经验最丰富的医生诊疗。婆婆看着我们在医院的人潮涌动中穿梭忙碌着,为她办手续、咨询、等候检查结果、拿药,一脸不好意思的样子,生怕麻烦了我们,她说:“我现在不服老也不行了,看不清了,也弄不懂医院的流程,听不明白医生讲那么多,真是拖累了你们。”婆婆生怕我们为她花了钱,忙说:“拿我的银行卡去刷,你们别垫钱,你们还有的是需要用钱的时候!”婆婆接受检查的时候其实很紧张,全身发抖,我一直陪在她身边,跟医生做着沟通,提醒医生尽量使婆婆放松,婆婆抓着我的手才觉得放心。事后,她逢人就说:“我儿子儿媳都非常孝顺,这个儿媳妇很贴心,没白疼!”

手术很成功,遵医嘱,婆婆需要休养半年时间,不能劳累不能下冷水。我们决定不再让婆婆做饭,婆婆觉得自己很没用,就同意我们暂时不与他们一起开伙食,让我们自己在一边开伙食带孩子。女儿在短短的二十几天,离开了奶奶的庇护,又逢外婆也正好因腰椎病住院,我和她爸两头跑照顾病人,女儿这些日子学会了自己炒菜,吃饭也不再像往常那样在奶奶的伺候下慢吞吞的还诸多要求。我们觉得虽然辛苦些但也挺好,可以改掉依赖婆婆"溺爱"的习惯。

可不到一个月,婆婆三天两头地打电话过来,问孙女什么时候回奶奶那边吃奶奶做的饭菜。我说,不要再让婆婆给我们做饭了,我们就一直自己开伙吧。婆婆让我们周末过去吃一天饭。她说:"我的眼睛能看清了!手脚都没事,我会注意用温水不下冷水就是。你们工作忙,又要照顾学生读书,还是回这边来一起吃饭吧!"我没同意,坚持说让她休养,我们不过来一起开伙食,其实我内心的理由是希望改掉她"溺爱"一家人的习惯。

过了些时日,我母亲病情有所好转,出院后与我散步的一天,向我说起:"兰儿,你怎么可以这么伤你婆婆的心呢?"我不解,母亲又说:"前天,你婆婆特意来,告诉我说,她的身体完全可以再给你们做十几年的饭没问题,现在就开始嫌弃她了。人家处处为你们着想,想帮你们减轻负担,你想想,一起开伙食又节约钱、菜式又多、又营养,多好啊!你们生在福窝窝的怎么就还不乐意了呢?""噢?她还请你来当说客呀?我们哪是嫌弃她呢,一是希望她休养好,二是希望培养孩子独立能力,谁还不喜欢享福呢?"

婆婆第二晚又打来电话,说特别想孙女,又特意让我接电话,说:"你们想自己独立开伙也没错,但是就快要过年了,这腊月间的,你们工作这么忙自己做饭也累,反正过年时你们总得跟我们一起吃饭的嘛，不如现在就过来一起吃饭，过完年后，你们再决定还要不要单独在一边，好不好？”我怎么忍心再伤这个“溺爱”到极致的婆婆的心呢？于是，第二天，一家人又欢欢喜喜地踏进那个脸都笑开了花的婆婆的家门，吃着她做的香喷喷的饭菜。

女儿小升初，考入私立学校。婆婆得知消息，当晚就在电话里跟我说：“我孙女升学，这学费也够贵的，你们别着急，我们做长辈的每年给孙女补贴 3 万元学费！”我说：“妈，不成，你们别把自己养老的本儿都给拿出来用了，别总是省吃俭用攒点钱出来都为了我们。你孙女以后上学就住校了，也不用劳你们每天忙里忙外赶时间做饭接送她上学了，你们真该自己享享清福，对自己好点！”婆婆执意要我接受她补贴学费，我明白，这种“溺爱”型的婆婆感情很“脆弱”，依了她，就知道她会巴了心巴了肠地要对我们“溺爱”到底，她这一辈子都改不了这“溺爱”后人的德行啊！

（原载于 2019 年 5 月 17 日《达州日报》）

盘点同学聚会经典记忆

2009 年是中专毕业后的第 13 个年头,同学们互相想念已久,决定于 1 月 10 日来一场聚会。

十几年才第一次安排的这么一次大聚会,不容错过。刚一见面,女同学都惊喜地拥抱;一见到男同学:“哇,变胖了,哇哇,变得不一样了!”“哇,排长更排了,团长更团了!”“哇,那是他吗？天哪,完全认不出啦!”男同学普遍有所变形,瞧瞧 Z 同学,一看那肚皮,便知这些年是有着“凸出贡献”的人。女同学们算是保养有道,尽可能都锁住青春。

同学交流迫不及待。十多年前,高谈情,阔谈爱;这次相聚,阔谈“混得如何”,阔谈婚姻,阔谈家庭,阔谈生儿育女;估计十多年再次相聚,细数“东家媳妇,西家女婿”……

当年的学校建于凤凰山上,重游故地,一路拼凑记忆往事。那片地是我们曾经去偷摘花儿和蔬菜的园子;那个难忘的圣诞之夜,我们是如何烧烤的鸽子,是谁那么不懂事偷来的鸽子还让大家不知情地吃得那么津津有味;那条蜿蜒的小路,留下了多少窃窃的私语和你追我赶,还有调皮的恐怖探险……

登上半山腰,在新建的纪念馆前合影吧。大家预备造型,但这时,组委会的摄影师告诉我们,相机没电了,噢! 不过,接着很快找到了熟人解决了问题。组委会的同学们,辛苦你们啦。

晚宴前,同学们想念的、期待的、神秘的班主任就要闪亮出

场啦！哈哈，神采奕奕的何老师青春依旧，漂亮的师母微笑迷人。掌声雷动，老师和同学一一握手："噢哟，你是W，变了样了；呵呵，你是大竹的；哈哈，你是万源的；嗯，我知道你当官喽；嘿嘿，你现在从事什么？同学中有'换叫'的么？"老师记忆惊人，消息灵通，激情溢于言表。

掌声再次雷动，何老师讲话："今天我很激动也很高兴，看到一张张曾经稚嫩的脸而今天是一张张成熟的面孔出现……同学间的情谊是纯粹的、珍贵的，你们可以相互交流，交流成功的经验，交流人生的感悟，也可以交流失败的教训……只要听到你们叫我一声老师，心中真的很满足……"老师讲得深情，同学们个个听得入神。如此的场景，如此的讲话，同学们很难再如此聚坐一块听到这样一堂生动的课。

晚宴气氛浓烈，校长和老师成了"抢手货"，敬酒不断，合影不断，同学们的干杯声不断……

校长侃谈，一语叫绝：十几年前，总是担心你们一不小心就成了家；十几年后，总是担心有人还成不了家。

那些参与同学聚会心愿目标是为重见梦中情人的同学，绝对不会放过时机，尽情表白。T同学立刻想为那个"她"汇报工作情况，汇报生活情况，汇报婚姻状况；W同学这样表白："虽然我结了婚，有了个年轻漂亮的老婆，但我不爱她。"L答："噢，天哪，幸亏我的老公不会讲这样的话！"Y同学说："我前几天就一直激动，期待同学聚会，真的是想圆我的一个梦，只是想让你听到我深埋于心的表白，这个要求也过分？"其实表白于谈笑间，真正的意义是与熟悉而又亲切的伙伴共叙人生，畅快倾吐，总结提升。

热舞时分，尽情挥洒，大展歌喉，开心极致！这个夜晚，是我们的狂欢与感慨,不会介意有人喝得酩酊大醉,不会介意有人搞搞恶作剧,毕竟毫无拘束感的最佳玩伴就是老同学啊。

此次聚会,最叫人佩服的莫过于“排长”夫妇了。就快要生产的大肚子老婆陪同老公携手并进,白天一块登山一块聚餐,夜晚则漫舞歌城。“排长”舞艺超群,与女同学们共舞翩翩,老婆雅兴十足,尽情欢唱,活跃一整天,身怀六甲居然丝毫不见倦容,同学们竖起大拇指刮目相看。

下榻的酒店房间,让我们重温昔日同寝室的旧梦。几个人横七竖八躺在床上,聊得起劲。发现这跟以前那上下铺的寝室最大的区别是,豪华的房间是全透明的玻璃幕墙风格。而想起当年那简陋的男女宿舍里,因为一两只老鼠而闹腾得鸡飞狗跳的场景,顿觉校园生活的趣味是那么纯粹和不假思索。什么都不要紧,玩笑话一如当年那样开个不停,嘻嘻哈哈的同学聊天模式一打开就不知不觉聊到通宵。

次日,我们带着黑眼圈一一告别,宣告聚会散场。

分别感言,一致曰:同学聚会办得很成功!

(写于2009年2月)

食苑偶记

面对如今随处可见的美景雕琢和美食打造，却不见得让人滋生几分心动几分惊喜。七八年前偶然的一个去处，曾经的画面却在我的脑海里挥之不去。

记得那是高温酷暑的一个周末，与同事下乡后到邻县办事。三人一行清早七时出，高效办事走村串户，察民情解民意，工作结束，已到晌午时分。暴雨突至，三人就近奔向一家食府避雨果腹。抬眼一望，此处名曰“竹湖食苑”。

前庭已停车无数，食客满座，老板招呼我等入后院小憩。静待午餐筹备之时，暴雨已住。呼吸着雨后的清新空气，三人漫步于庭院细细打量周边环境。在这么一个路边的食苑内，不仅有林木修竹，还有热情绽放的凤仙花、鸡冠花、小雏菊铺就的一条花草小径。沿着小径蜿蜒至庭院深处，我们来到农家的鱼塘边，忽见后园有荷若隐若现，前行近步观看，惊见人间仙境一片！想不到这庭院深处竟别有洞天藏着一片荷塘，满塘菡萏轻轻摇曳，湖中更有竹亭搭建可供休憩与就餐，美哉！

按捺不住心中的喜悦与兴奋，三人奔向亭内欢呼雀跃。一阵清风送爽，一扫连日疲倦，暑意尽消，只觉馨香沁脾醉心田，美景销魂！看那还挂有雨后露珠的小荷娇艳欲滴，那开得正盛的一朵美轮美奂，那如仙桃般的粉蕾令人馋涎欲滴，那半解罗裳侧羞于绿盖之中的芙蓉仙子，那荷尖的桃粉，那莲蕊的金黄，那花瓣的冰清玉洁，每一朵都那么令人心动和艳羡！一片片连绵不断向亭的四周扩散,一泼泼绿床之上托出一个个粉嘟嘟的绝色佳人。纵闻咏荷诗词千百句,不如亲临其境一声赞。竹亭的空隙之处,有俏皮的小荷探出脑袋来,偶有伞叶之上荡漾滚动不成圆的雨珠滴泻在我们掌心,一切是那么触手可及。我们举起相机不停地拍着这人与自然的和谐之美,多少次在梦中幻想着的画中游今日竟在不经意间实现,心醉……

食苑的菜品属鲫鱼烹饪得最为可口,鱼肉鲜美,酸辣入味。而独创的藕饼,更是酥脆清香,令人大快朵颐,还有竹笋焖鸡以及时令蔬菜都是地道的巴蜀风味。我们一边品着美食,浅酌小酒,一边听老板聊起经营之道。老板从江浙一带回来,此美荷品种从外地引进,观赏性强。众人皆爱这画般美景,不少摄影协会的天天来此横拍竖拍,远拍近拍,晴天拍,雨天拍,朝拍,暮拍,被这美景时刻吸引着。老板说这里的环境是吸引不少回头客的原因,但重要的也是菜式的可口和美味与众不同,而且老板总会不定期地四处走走,品尝新的菜式,听取顾客意见,食苑还要开发另一种荷叶烹饪的菜式,不断改进服务理念和质量。

老板还讲述了美景美味的背后,采莲的辛苦。这里的花期和采莲时期是在每年的 5 月至 9 月。我们所想象的采莲情景乃画中优美浪漫的想象,其实不然,采莲并不好玩,全身可能会被刺得红肿痛痒,踩在淤泥之中的灼热和行走的艰难是不可想象的,而且淤泥奇臭,只是开出的花儿竟然是这么的清香扑鼻,真不愧"出淤泥而不染的"的美誉。莲藕真的全身都是宝,从花到叶到根都是实用的,到了莲蓬采摘时,新鲜的莲米经济效益也是不错的。老板说,这片荷塘种植有两年了,莲藕把以前的水葫芦之类的植物都给压住了,并很快扩展开来,明年估计会扩得又有一倍的地盘了。荷塘的周边栽种了桃、李、枇杷、柚等

果树，让这庭院内四季芬芳，有看头，有尝头。尽管农家乐的兴起日益增多和繁盛起来，但来过这里的回头客有的甚至想天天寄居于此，可见美食加美景也还要加上主人的创新与厚道才是魅力之所在。

听着，吃着，想着，经历了闷热与暴雨，偶遇竹湖，赏析了美景，品尝了美食，更悟得了一些人生道理，幸经此苑，不枉此行！

之后的几年间，大片的荷塘种植、大量的农家山庄如雨后春笋般充斥在我们的休闲生活之中。可我未曾遗忘雨后的那片荷塘，也曾带过朋友聚此共享。而最后一次坐在竹湖食苑品尝，适逢去年夏季的又一场暴雨冲刷，我在雨帘之中眺望曾经搭建的竹亭已残旧散垮，问询得知，此苑的地盘已被政府征用，这片荷塘正是与双桂湖的接壤之处，一年之内即将拆除。或许改头换面之后的湖面将有一番更为广阔而隆重的美景吧，但是老板不舍，顾客不舍，这里曾有的惊喜、惬意与舒心，一切与此苑结下的缘，我相信并不会随之飘散。所以，笔下记之，心中留之，依然美味恒久。

（原载于2019年6月11日《商洛作家》）

探　舅

母亲念叨着好些年没回去看看娘家人了。因疫情影响，举家走亲戚的想法一再搁置。到底，找到了一个大家都腾得出时间的日子，全家驱车前往新街乡，去探望几位许久未见的舅舅和舅妈们。

一路上，母亲心情激动地与我们聊起来："现在的生活条件比起以前真是翻天覆地的变化。这一家子，就只有你大舅命苦，唉，他走得早，没享受到现在儿孙满堂的幸福。"母亲在家排行老四，如今年逾七旬，前面三位哥哥，后面一个弟弟，几兄妹就她嫁远了点，跟着我爸随军，多年走南闯北。只要一有回乡相聚之时，全家都稀罕她。

三十年前，母亲曾带我返乡看望舅舅，那时的路途感觉是那么遥远。一大早从县城出发，先乘坐公交车约两个钟头抵达任市镇，到了镇上，再寻三轮车载往新街乡。在坑坑洼洼的土路乘车的滋味啊，至今都记得，颠簸起来，人被抖得仿佛五脏六腑都要翻出来，在拥挤狭小的三轮车厢内，摇得晕晕乎乎的还得保持清醒，以便清点大包小包的行李。大半天的行程之后，再分别步行赶赴每位舅舅家，途中还要爬坡上坎，如遇下雨，泥路溜溜滑滑，随时会跌倒，探亲之路可谓艰难险阻，费时周折。

正回忆着，车行驶不到一小时便抵达大表哥家门口了。但见洋房小院，哪还有当年马路边的破旧土屋模样？宽敞洁净的柏油马路两旁，早已乡间别墅林立，庭前花草此开彼落。大表哥迎上前来热情招呼，闻声而出的大舅妈拄着拐杖从卧室挪到厅堂。“大舅妈！我们来看您了！”听见我的大声呼喊，激动不已的大舅妈赶紧过来摸着我的脸说：“哎哟喂，你们怎么舍得来了哟，快进来坐，兰儿啊，好多年都没听到你喊我这个舅妈了啊。”大舅已仙逝多年，大舅妈年事已高，眼睛和腿脚不好，与大儿子住在一块。记得大舅妈很早以前就患有哮喘，但如今医疗保障好、生活环境好，已八旬多的大舅妈老毛病并未加重。

随后，大表哥带我们参观他们的新居洋房：底楼是自家开的副食店，还有宽敞的厨房、客厅，大舅妈的卧室在底楼，方便老人家起居进出；二楼是表哥一家大小的五室两厅套房，室内装修用料、品位风格都不比城里差，舒适美观；三楼即是顶层，留作储物和自由拓展空间。整栋楼水、电、气、光纤设施一应俱全，房前屋后有花台和菜地，绿油油的蔬菜和淡雅的小花平添了田园生气。整个景象，的确让人感受到了改革开放后的剧变，特别是凸显了国家的脱贫攻坚、乡村振兴政策的真实成效，曾经的晴天是灰、雨天是泥的土路、土墙以及破旧不堪的居住环境，与如今的乡村宜居生态田园相比，真是令人惊叹的变化。

我们刚坐下，大舅妈一把攥住母亲的手说：“妹妹，这么难得回来，可得多待两天哟。想当年，你年龄还小，我认识你哥哥时，就很喜欢跟你这个妹妹在一起摆龙门阵、一起耍，你看现在我们都是老太婆了，我都86岁了还活着，可惜你哥哥还有我的大女儿都走得早……”说着便哽咽起来，老泪纵横。我们一边安慰着，一边递上礼物，并向她讲明，几家人都约好了，中午一块在幺舅家聚餐。

我们挽着大舅妈，前行十来分钟，就来到了新村聚居点。但见整齐漂亮的一排排洋房出现在眼前，二舅和幺舅已双双从紧挨着的洋房走出来迎接我们。记忆中,二舅家曾是高山上修建的石头房子,靠着会做点棕榈编织的手艺勉强维持一大家人生计,每次出门赶场,都要翻山越岭,跨过无数弯弯曲曲的田间小路;幺舅以前做过石匠,现在还兼做水电工,能过上安逸舒适的日子,对于他们来说曾是一种幻想,如今在党的政策引领下,竟奇迹般实现了。

唯有三舅家的房子仍坐落在老宅地,但他的两个儿子和儿媳早已分别在临县修建了新房,子孙们有在国外的,有在一线城市创业的,收入和生活境况远在我们之上。前去三舅家的溜滑小径,如今变成了水泥路,路旁鸟语花香,橘果亮眼,金柚飘香,蔬菜蓬勃青绿。踏进家门口,一只可爱的狸花猫咪从厨房蹭出,歪着脑袋好奇地瞅着我们,接着便一跃撒欢跑向池塘边玩耍。一群白鹅引颈戏水,而一旁的草丛空地里,有一只大白鹅却纹丝不动,三舅妈走上前去摸了摸白鹅盘踞之处,惊喜地掏出一枚新鲜的鹅蛋,把我们都乐坏了。三舅想去给我们捉几只鸡,我哥哥直接拒绝鸡鸭相赠:“我们就只稀罕这里的原生态天然蔬菜,我现在就自个儿去菜地里拔!”我一个眼神只要看中了哪棵树上的柑橘、哪棵树上的蜜柚,三舅妈立刻就为我摘果进篮。不一会儿,我们的车后备厢就堆满了南瓜、冬瓜、白菜、萝卜、辣椒、橘果、柚子、香葱……

幺舅妈领着表嫂们在厨房里准备丰盛的午餐,炖的、蒸的、卤的、炒的,各式菜肴香气扑鼻,令人垂涎。他们忙而不乱,一边做菜一边与我们家长里短。原来,幺舅妈这几年已成了远近闻名的乡间大厨,专门承办坝坝宴席,她精湛的厨艺,获得了很好的口碑。由此,不仅自家人都有了口福,还找到了一条生财之道。

很快，几大桌鲜美可口的饭菜都盛上桌，众亲小酒浅酌，举杯言欢。母亲见亲人的欣喜满足溢于言表，高兴得时不时抹一抹激动开心的泪水。她说起以前走娘家，天不亮就起身，连走带奔的还是免不了天黑到家，又聊到他们小时候所吃的苦头，也有辛酸的童年中藏着的亲情乐趣。如今头发花白的母亲和舅舅们满脸的笑容，如历经风霜开得极美的金菊般灿烂，他们用心地珍爱着这衣食无忧、尽享天伦的幸福晚年生活。晚辈们也都喜不自禁，一家老小其乐融融。

临别，家家户户争先恐后地往我们手里、车里塞土特产。满载着一路深情，行驶在蓝天白云下，眼前掠过的稻田示范基地的壮美风景，让我们感受着乡村的巨大变化。这路，似乎是越走越宽阔，越走越通畅，越走越漂亮了。

（原载于2022年2月28日《西部散文选刊》;2022年11月14日载于《达州晚报》）

多变的秋

这一季，注定是多变且多舛的多事之秋。

今年立秋，一改过往的温和与清爽，气候变得异常酷热难耐，从纽约到伦敦，从德里到重庆，这热浪几乎席卷全球，高温天气就像失控了一样在全球蔓延，很多国家气温突破了40摄氏度。而巴蜀大地，就像掉进了一口大煎锅里，经受着各种闷蒸炙烤。与高温相伴的是极端干旱，重庆、川东等地江河水库水量骤减，就连嘉陵江都裸露出河床。

从未想到的是，水电第一大省四川省竟然停电限电。为了保障其他兄弟省份的正常供电，四川人拉闸限电节电省电，默默忍受着高温下的苦楚。好在国家电网及时支援，有序调度，我们众志成城，渡过了这个难关。

然而重庆缙云山山火又让人紧张起来。可这熊熊烈焰，并未湮没人间大爱，从消防员义务冲锋到全民自发救援，上演了一幕幕感动人心的守护大片。

可这多变的秋，又让地震袭扰人间。

9月5日，泸定县发生6.8级地震，一时间山崩地裂，房倒人亡，此后共发生了2715次余震。灾难面前，全国人民守望相助。地震后，各方救援力量及时赶赴灾区，群众排百米长队自发献血，成千上万的人们踊跃捐助。这反复多变的秋啊，不依不饶考验着人类的适应能力。人们感叹着，事事多变，命运多舛。

悄然惊觉，自己的人生已迈入中年，上有老，下有小，事业关键期，孩子青春期，时间一晃即将步入更年期，身心的压力已然无比巨大。

这一季，我与家人陪伴着公公奔赴各大医院就诊、化疗，在最为炎热的高温气候下，默默地送走了小叔子的半辈子遗憾人生，安慰着婆婆要保重身体撑住家庭；而孩子的中考升学，单位的应急抢险，与各种时间节点的交集，让我不知不觉间平添了不少白发。

世界在变，国情在变，生活在变。俄乌冲突，“伦敦桥”倒塌了，英女王时代的余晖消匿了……国际形势的微妙变化，牵动人心，影响着国际秩序与经济格局。国人的心起伏跌宕，我们见证着这一年度太多的变数。

倔强的秋虎，在咆哮中、在震怒中、在诡异中、在善变中，终于在天高云淡之中静谧下来，在暴雨的冲刷之后，天空出现了彩虹。

其实再多变的秋，都改变不了人们对秋收的企盼与赞美。

春日里种下的树苗，已生根发芽开花结果。金灿灿的稻田，沉甸甸的玉米和高粱，嗅着果实的馨香，人们在心中把希冀继续点亮，哪怕我们经历了如此多的艰难困苦；工作中无数的困难阻碍在我们的坚持和努力下，一个个迎刃而解。在描绘蓝图的会议桌前，执着的创业者热烈地讨论着关于田园梦想的落地夙愿：稻香里、星空里、阡陌里，带着无比热忱的事业心，我们把对秋的唯美期许耐心细致地倾注在家乡的建设之中；还有在疫情中厨艺提升的宅男宅女们，相互交流着心得与体会，似乎所有的日子因为秋叶色彩斑斓的渐变之美，因为秋的收获与内心的充盈，都不再苦大仇深。

秋就是这样，有枯萎与死亡，也有喜悦与忧伤。因为坚持，所以突围，因为执着，所以收获。

当经历那么多惊涛骇浪，当领略那么多人生历练，当看透那么多人间悲欢，我们懂得了生命的哲理。它就如浩瀚历史中的一页页篇章，嵌入人类永无止境的探索与跋涉。我们咀嚼着秋的变幻、秋的赐予、秋的考验、秋的抚慰、秋的憧憬……时光依旧，生活依旧，奋斗依旧。

（原载于 2022 年 9 月 22 日《达州晚报》）

文章点评：2022 年的“多事之秋”格外地让人揪心：大到疫情、高温、地震、俄乌冲突，小到自己生活的变故坎坷。作者以立秋着笔，其敏感的心思、细腻的笔触在描绘着大千世界的多舛与自己小家的亲人伤痛，一层一层予眼下荡漾开来，字里行间流淌的总是作者满满的家国情怀。更难得的是，作者并未停留在简单的描述中，而是加入了自己理性的思考，使读者更多的分享到作者的那份睿智、那份平和，那份即使在亲情的伤痛中依然放眼观察世界大事的“小人物大格局”，那份“其实再多变的秋，都改变不了人们对秋收的企盼与赞美”的向上的人生态度与正气力量。

有人说，写作不失为一种心理治疗的方式，我相信，阅读也应是。在这样“多事之秋”里，在这样朴实的文词句篇里，不管是作者本身，还是我们读者，相信都能从中感悟收获到启发我们学习、工作与生活的某些真谛，然后更加热爱自己的学习、工作与生活。选刊此文，幸亦！

——摘自文学社刊《新星》2022 年第 5 期肖时海评语

从清河坊走来

清河坊披着冠挂着红灯笼,在璀璨的霓虹灯闪烁下,枕着开江县的旧城记忆,踩踏着欢快的喷泉音乐,展现着她的红尘诗意与新兴繁盛,叹浮华不过一盏诗酒茶,见小城作画又一轮冬夏。

清河坊商贸中心在新一轮的升级打造中闪亮登场,以原清河广场步行街为中心,辐射连接了大小西桥、万博街、建业街、三元商业街、文化馆、水电局、自来水厂,连片打造,以开江新宁记忆为文化根源,将沿街建筑风貌和景观融入商业街区、历史文化、老工业元素等载体,使清河商圈再次呈现复古与崭新的蜕变。

从清河坊走来,伴着初夏阵雨的洗礼,我踏步于清河广场上的石阶。广场上有两幅大型浮雕石画,以古铜色勾勒出怀旧场景。一幅画的主题是“稻香祈跑迎丰年”,刻画了官民同耕同乐、造湖治河等各种劳动画面,讴歌了开江人民勤劳朴实、艰苦卓绝、移山造湖的精神。配有杜甫的《刈稻了咏怀》以及晚清诗人周绍銮的诗《登省耕亭》,展现了稻谷收获的田野风景,寓笔波澜于宁静如画的田园仙境之中。

广场另一侧的大型浮雕石画则是描绘了国营丝厂的记忆兴衰。从“开江丝厂投产典礼”“鼓足干劲,力争上游”“厂兴我荣,厂衰我耻”这些字眼里,不由得牵动我们的记忆回到八九十年代开江缫丝业的辉煌时期。当时的丝厂大门就是如今改造后的清河坊与三元商业街口处。八十年代丝厂规模日益扩大，员工两百多人来自于全国各地，待遇在当时可说是令人羡慕。厂内美女如云，被称为“丝妹”的她们心灵手巧，是工厂一线的生力军，曾涌现出一大批缫丝能手。充满活力的年轻女工从大门鱼贯而出，在这个县城的中心地段构成一道美丽的风景线。时移世易，在改革竞争的浪潮中丝厂走向了衰败，1997年工厂全面停产直至最终解体，成为开江历史中的一抹云烟。而那时三元商业街的建立是将曾经的丝厂大刀阔斧劈开，打开了开江县城南北新区的扩充开发通道，率先在三元和清河步行街修建了两座天桥，为开江县城增添了东西南北的立体延伸感。

茶坊酒肆，瓦舍勾栏，市井情调，曾是开江县城最为繁华的商业街区，这里承载了清河广场产生前后的陈年记忆。因为有了2010年的两河治理，方才有了西桥两侧封盖绿化打造而成的清河广场，此广场不大，主要连接大小西桥之间的河道距离，但却成为当时开江城市居民的第一个可以暖阳下晒娃、花坛前闲聊、奏乐起舞的休闲广场。广场对面，从西桥到自来水厂的进进出出里，几十年的历史影像清晰地记录着我的参工、调动、升迁，我的恋爱、结婚、生子，从老厂的简陋到新水池、新楼房的耸立，从三十余人的小厂到一百多号人如火如荼地忙碌生产、热情服务的自来水公司新面貌……反反复复的每一天，我们从不厌倦广场上朝夕播放的广场舞曲和踩着欢快节拍的大妈们，或许这里的人生基调就是脚踏实地、不畏艰辛而又知足常乐吧。

从主打美食与娱乐休闲的万博巷穿行过来，径直走向清河广场中端，便见到以莲花世界、宝泉塔为主题的金色立体雕塑，以圆形包裹着“开江”二字，身后还有大幅摄影作品展现莲花之上的开江县城。在保护一棵老黄桷树的旋转梯上,可与古树近身相偎,听鸟儿们叽叽喳喳,见脚下金碧辉煌的老字号珠宝店、服饰店,喷泉涌进,人来人往,老幼皆欢。

清河坊一带,还收纳着文化馆的兴衰与商贸的繁华起落。南向延至龙门街的单位有政协、进修校、幼儿园、教育局、司法局,北向延至中国银行、农贸市场,西向延至名人超市、建设路、老开中,众多的商品零食批发、药房、早餐、夜宵、发廊等商铺使得这一带形成了政治文化交流与百姓商贸休闲的综合盛区,古朴而热闹。

人们对开江县城的早期记忆,是“东街摔扑趴,西街捡草帽”的独街印象,久远的开江县城就是这么小巧直白,而在这狭长的淙城街道上,不知曾经留下我们多少的奋斗踪迹。如今的清河坊,存留复古情怀的同时,更插上了欣欣向荣的希望之翅。开江的清河坊,虽不及俞平伯《清河坊》里的江南风韵,却在小城人民的心目中,如淙淙流水不间断地注入着暖心和力量,是一扇隽永的怀旧之窗,是毓秀田城的新希望。

(原载于2023年夏季版《魅力开江》;2024年1月17日载于《达州晚报》)

第二章 四季走笔

候一场花事，仰一座城池，
来或不来，洛阳牡丹，她都在静待君往。
挽着春日的清芳，带着仰慕和崇拜，
我目睹每一株牡丹的三生三世，与洛阳共舞。

似锦红妆领春来

当人们还埋头于办公室，锁事于家宅，披着厚重的外套以为春还早寒气未消，不经意的，窗外的春色已艳丽铺洒。

三五好友邀约着姗姗来到了城南的苗园。初见园内一片片绯红花树，被惊艳到颤动！走近了，原来是一树树贴梗海棠花儿热情地开放了。那些经历刺骨寒风洗礼之后的花儿，竟是那么努力地珍爱自己的季节，她召唤着所有仍未醒的信徒们奔赴春姑娘的盛会！

海棠在万物刚刚朦胧睡醒时，已娇艳动人地开在乍暖还寒之际，大秀芳姿。细看，这绯红的花朵三五成簇，鲜润丰腴、绚烂耀目，紧贴于黝黑的枝干上，花芯里紧镶着小黄蕊。"只恐夜深花睡去，故烧高烛照红妆。"苏东坡把海棠比作易醉嗜睡的美人，是如此贴切尽显其美容美态。

海棠被喻为"国艳"，有"花中神仙""花贵妃""花尊贵"的称号，惊为"天下奇绝"。海棠花姿潇洒，花开似锦，自古以来是雅俗共赏的名花，也有"解语花"的雅称。海棠的花语有游子思乡、离愁别绪、温和、美丽、快乐。古人称它为断肠花，借花抒发男女离别的悲伤，花语也就有"苦恋"了。文人们用海棠寓意佳人，表达着思念、珍惜、慰藉和从容淡泊的情愫。那些于唐诗同醉、于宋词同伤的情怀是否已经沧桑？富可敌国的石崇，曾对着海棠叹息："汝若能香，当以金屋贮汝！"明代唐寅的抒怀寄情《题海棠美人》："褪尽东风满面妆，可怜蝶粉与蜂狂。自今意思谁能说,一片春心付海棠。”李清照《如梦令》:“试问卷帘人,却道海棠依旧。知否?知否?应是绿肥红瘦。”周紫芝《好事近》:“春似酒杯浓,醉得海棠无力。”“半卷湘帘半掩门,碾冰为土玉为盆。偷来梨蕊三分白,借得梅花一缕魂。月窟仙人缝缟袂,秋闺怨女拭啼痕。娇羞默默同谁诉?倦倚西风夜已昏。”这是林黛玉的咏海棠……真是道不尽古往今来人们对海棠的咏赞以及借花抒怀的感慨。

枝间新绿一重重,小蕾深藏数点红。爱惜芳心莫轻吐,且教桃李闹春风。春天易逝,赏花惜春!海棠有四名品:一品是贴梗海棠;二品是垂丝海棠;三品是木瓜海棠;四品是西府海棠。令我沉醉的这片红彤彤的花海正是一品贴梗海棠,“占春颜色最风流”。查看她的花语方知原来有:平凡,热情,早熟,妖精的光辉,先驱者,领导人。难怪,这一树树洋溢着光彩的娇美人,引领着春色的先行,褪祛了寒凉与感伤,令我内心充满感动。

海棠院里寻春色,日炙荐红满院香。站在初春的路口,所有心底封存的记忆,即便历经澎湃,历经沧海,眼底浮华,刹那间变得云淡风轻,万千柔情,眼眸里都是热情斑斓如花绽放的爱的足迹,沿着美艳脱俗的海棠指引,我们相伴美好时光,赴这场春色无边的约会……

(原载于2017年《魅力开江》春季版,原题为《城南踏春话海棠》;2019年2月28日载于《石榴花文艺》)

洛阳:花事古韵流芳

候一场花事,仰一座城池,来或不来,洛阳牡丹,她都在静待君往。

挽着春日的清芳,带着仰慕和崇拜,我目睹每一株牡丹的三生三世,与洛阳共舞。

千古流芳

四月芳菲,来自天南海北的人潮,跋山涉水,千里迢迢,如滔滔黄河之水涌进洛阳城,不为别的,只为花开时节,一睹牡丹芳姿丽容。

此前,我不曾爱上牡丹,而此刻,亲临洛阳,不由心生赞叹:洛阳牡丹雍容华贵,绚丽多姿,惊世骇俗。此见,震撼于牡丹的美动容于千古流芳。

洛阳,一座花城,一座历史文化的名城,十三朝古都,多少尘事留丹青。

踏着流光溢彩的古都,追溯历史的云烟。情不自禁地会想到盘古开天,想到三皇五帝,想到伏羲演八卦,想到河图洛书,想到历朝历代,想到好多文人武事,感悟帝王之都的厚重和辽远……

一千多年过去了,岁月斑驳,一切浮华随时光剥落,唯有牡丹芳华依旧,也唯有洛阳,中州故地,从容悠远,才配得起牡丹这份绝世的美丽。

牡丹栽培始于隋,鼎盛于唐,宋时甲于天下。这个比唐朝还要古老的植物,在唐诗宋词之间流芳千古,惊艳百代,令世人无不动容。“闻道洛阳花正好,家家遮户春风。道人饮处百壶空。年年花下醉,看尽几番红。”“唯有牡丹真国色,花开时节动京城。”“洛阳地脉花最宜,牡丹尤为天下奇。”“落尽残红始吐芳,佳名唤作百花王。”

花和城、历史和文化的深度碰撞,使得牡丹惊艳的娇容被浓墨重彩地增添一笔不同寻常的底蕴。

繁花似锦

洛阳牡丹盛开时,犹如解冻的江河,一夜间千朵万朵纵情怒放,排山倒海,恣意盎然,宏伟浩荡,她把积蓄的所有精气神,都轰轰烈烈地迸发出来,不开则已,一开则倾其所有,惊天动地,让人应接不暇,好似五彩缤纷的凤凰展翅。那硕大的花冠和艳而不俗的色彩,就像丰腴的唐代美妇,一展她高贵的丽容芳姿。

搜索太多词汇:倾国倾城,缤纷艳丽,庄重矜持,国色天香,华贵典雅,如火如荼,娉婷娇美,婀娜妩媚,俊秀婆娑,花团锦簇,盛世之花,不屈不挠,幸福美满,花中之王……还是未穷其尽,这世上还有哪种花可以当得起这么多词的形容和赞美!

美到目不暇接!洛阳牡丹花冠群芳,百般颜色百般香。红、白、粉、黄、紫、蓝、绿、黑,简直惊爆了眼球。

瞧瞧这一片,雪映桃红惹人爱,粉中皇冠温润无瑕,红白相间二乔巧遇赵粉王;看看那一片,洁白丝绸仙气飘;再品鉴一下,娥黄魏紫深沉红,豆绿花蕊浅含羞……

傲人风骨

牡丹被世人谓之为花中之冠，不仅仅是因为它的雍容大气、国色天香，更是由于她那美丽的传说和她不畏权贵，坚守节操的傲人风骨。

话说唐朝女皇武则天，酒醉戏言，大雪纷飞之时，降旨长安城："明朝游上苑，火速报春知，花须连夜发，莫待晓风催"。次日，百花违心地服从则天女皇的命令在一夜之间开放，唯牡丹依然独守自己的那份执着，抗旨不开守住生命的季节。女皇大怒，将她从高贵的皇宫里贬到洛阳凡间去。被贬凡间的牡丹没有了一层层宫墙的阻拦，反而更加旺盛地生长。武则天闻讯后，派人赶赴洛阳，意欲将牡丹花烧死。大火后的牡丹枝干已焦黑，但盛开的花朵却更加夺目，因此，牡丹花还有一别名"焦骨牡丹"。即使被贬被伤，牡丹依然气节凛然，以独特的香魂神韵，在洛阳生根开花，繁衍色香盈袖，从此被众花拥戴为"百花之王"。

诗意升华

牡丹不娇柔不做作，使得古往今来文人墨客都为之倾倒，留下诸多朗朗上口的经典诗句。"有此倾城好颜色，天教晚发赛诸花。""云想衣裳花想容，春风拂槛露华浓。若非群玉山头见，会向瑶台月下逢。"更有"牡丹花下死做鬼也风流"的名句，文人雅士们已着实被牡丹彻底折服，以至于将她的美凌驾于自己的生命之上。"十里丹香醉消魂，艳冠群芳真国色。暮春迟开为群芳，京郊处处牡丹香。秀艳绝伦人无语，岁岁年年福满堂。"

洛阳的花事由牡丹唱响主旋律，徜徉在花的城市、花的海洋，感受花的香艳，感受城市的浓情，感受自己化身为香气四溢芬芳扑鼻的牡丹，成为花海的一朵浪花，欲仙的欢乐、欲仙的浪漫……

洛阳的诗意，以牡丹的花蕾伸进史册，在这里，城不是简单的城，花也不是简单的花，从盛开的花朵里你学习如何不输狂妄，不沉落寞，不含忧伤，用内心的安放去聆听和感受历史与新时代的灿烂与辉煌。

一城花香诗意浓，盛世美颜，穿越时光，岁岁年年。

趁年华尚好，莫负春晖的光焰，去赴一场惊心动魄的牡丹之约吧。

（原载于2018年5月9日《企业家日报》）

梨花风起时,等你入画来

一处风景,能吸引朋友连续三次相邀前往的理由是什么?我已错过前两次的邀约,这一回,正值梨花风起时,我如约前往,不再错过一睹古老村落的芳容时节。

位于四川万源境内海拔一千多米的东梨村,隐匿于蜿蜒绵亘的大巴山麓深处。行进于此,方知置身于世外桃源般忘却烦忧的惬意与美感:古朴院落,木楼青瓦,老宅炊烟,篱墙围栅,参天古树,梨花似雪,桃花浅笑,菜花迷离,阡陌田垅,牛耕人织,鸡犬相闻,孩童欢愉。当这样一幅隽秀画卷呈现眼帘时,我被这纯净的山野气息惊艳住了,大巴山腹地竟有如此怡然自得的栖息之地!

放慢脚步,细抚古树年轮。每一丝纹路里,许是一份操持,许是一份喜悦,许是一道泪痕,而每一棵古树见证、亲历、记载下时光里所有刻骨铭心的故事。

东梨古村落始建于清朝年间,梨树种植已达200多年。至今,这个村庄较为完整地保留了37户木质结构的宅院,有十来户人家为典型的川东全楔式木结构建筑,历尽沧桑延续百年却风貌不改。这里没有城市的喧嚣,只有原始的木榫穿斗房,篱笆院落,村民们沿袭着古老的生活方式,恬淡地过着宁静的生活。

梨树花开的风景其实各地皆有,但东梨村的老梨树的确别有一番特色,形态各异,不得不让你感叹它空前的沧桑艺术感。

肢体交错，妙趣横生，有的呈螺旋状盘绕整个树干；有的树躯干仿佛已被掏空，树洞的内边缘却又探出一枝新绿，依然生机勃勃；有的树根裸露，似章鱼身体又似巨多的人参根须盘踞在房前屋舍，应着青瓦木楼的原始古风，层次丰富，优雅和谐，村后的山峦多姿，映衬着与大自然完美的融合。在这里，寻常人家，入眼即画，加之并未完全商业化的淳朴民风，处处散发着自然古朴的魅力和独有的美学价值。张隆先生的"老梨树客栈"，是当代油画研究的写生地和万源市摄影协会的创作基地，陆续前来的绘画和摄影者，以自己的手笔记录古村落的世外美韵，乐此不疲。

清明时节，细碎的小雨在夜里和清晨淅淅沥沥飘洒，深山的气温再度清冷起来。旁枝斜逸的老梨树上，吐着新芽和花蕊。梨花带着追忆的些许忧伤，她们仿佛知道世人心事一样，如白衣天使般依旧翩然而立于风雨之中，展露的是她冰清玉洁的体肤与坚毅的心志。雨后的青草上挂着晶莹剔透的露珠，松软的泥土沾湿鞋口与裤腿，空气中弥漫着泥土与花朵的芬芳，远山若隐若现，云雾缭绕，如同水墨画。

"梨花淡白柳深青，柳絮飞时花满城。惆怅东栏一株雪，人生看得几清明。"不经意地，花絮飘飞，邂逅一场梨花雨，应着苏东坡的诗句，一朵朵小花，恬静纯粹，安守着命运的萦绕，绽放在红尘一隅，清澈莹亮得让人的灵魂干净如洗。伫立于此，闻着花香，人生恍若往世，杜牧笔下"砌下梨花一堆雪，明年谁此凭栏杆"的寓意又油然而生。走进东梨，蓦然发现：人和花一样，为了一方土地的绚丽，需要默默地学会舍弃与吞吐，一种岁月愈久弥香的顿悟升腾于心，沐浴春光，如痴如醉。

"乡村春色惹人醉，开尽棠梨几树花。"盛开的梨花，已如皑

皑白雪把山川村舍点染得风光无限,美若仙境。而一畦水田稻香,数间瓦木房舍,一坡缓地花黄,村民躬身锄地,还有我们牵手漫步田埂,在远山的背景下,构成了一幅高山田园图。再看看,有了老屋老树做底色,加上历史的厚重感、斑驳感,生命的沧桑感、曲折感,春天的花色,浓郁而富有勃勃生机,一切是那样欣喜和美妙!东梨村的风景,就是这么人见人爱。

游毕村落,聚于火塘。东梨的火塘,弥漫着温情。当柴火燃起光焰,铁鼎罐架上灶炉,再朝炭灰里扔进几个土豆,火塘便飘逸出悠长的清香,勾引我们对食物的期待。这种火塘,下凿地平面约两尺,旁边壁面与屋顶设计了熏置腊肉的架与钩,以柴火烟灰的烟熏火燎自然烘制腊肉乃川东传统古法。炖锅里的跑山鸡鲜汤香味四溢,三四种我们叫不上名的野菜,是城里吃不到的山珍美馐,刚抽剥的新笋、黑木耳,还有刚煮出锅切成片的登板腊肉,一摆上桌,便令人垂涎欲滴。

“共饮梨花下,梨花插满头。清香来玉树,白议泛金瓯。”古时梨花盛开,人们花下欢聚的“洗妆”,我们竟在东梨的老宅花树前体验了一把。村民以梨花、面粉炸制的梨花饼,外黄里嫩,清脆酥爽。这里所有的美食都是独有的现摘现制土特产,就着当地酿造的香醇美酒,吞咽下的每一口都是独有的风味,餐桌上每一筷、每一语都添夹着村民的友好、纯朴与厚道。

深山静夜,我们坐在火塘边,围炉夜话。猫狗绕膝,它们与人时而撒欢,时而安静乖巧地伴着人煮茶温书,时光,是如此清心、舒缓与安然。

次日,再次漫步于田间,我们呼吸着清新的山野空气,跑跑跳跳,闻风起舞的场景已入镜成画;随处可见的画家手握画笔,凝神定气坐在老梨树下,聚精会神与山野对话。

这是一个隐藏在深山比传说更美好的地方，一个充满诗情画意的古朴乡村，不舍离开的我就把心留在这里吧。待到来年梨花风起时，我等你，一起置身东梨来入画，好么？

（原载于 2020 年 4 月 23 日《四川经济日报》）

赴会春色,缘聚此园

循着春风的引领,我们走进盛山植物园。

烂漫山花,芬芳遍野,快来听一听百花园的每一场诉白。

重遇紫藤

在哪里,曾遇见过你,丝丝缕缕的忧郁种植在串串花瓣里;在哪里,曾把心事编织,挂满相思的藤蔓里;在哪里,曾默许誓言在一片紫色的海洋里;在这里,记忆的轻纱又被撩起。

君驻此园,我寻梦而来。

重逢,是缘分的牵引。

我聆听着每一串紫藤的碎念浅吟,拾捡一片片飘落在风中的花絮,一篮子的相思化为动听的柔情蜜语。

忍不住,张开双臂,轻歌曼舞,忍不住,一定要把钟情的心意埋进这片园子,在每一年的春光里,都来收获数不尽的馨香和千言万语。

蔷薇姊妹语

盛山春来时,满架蔷薇一院香。此园生得蔷薇三姊妹,相似相知亦相伴,各有娇俏各抒怀,拾得花语怡心田。

闻香游人醉,无风花自飞,飘絮惹人怜,拾花忆旧颜,蔷薇花谢前,君惜把情牵。

叫关月季姓名同,不与蔷薇谱谍通,火红浓情爱相赠,荆棘密布勇往前,铿锵玫瑰心相伴。

蔷薇颜色,玫瑰仪态,休数岁时月季,仙家难槛长春,花落花开不间断,吐芳姿媚四时春。

姊妹花意各相投,共沐春风盛放时,正当花期莫错过,为惜芳红速速来。

提一壶桂花佳酿

来来来,花间一壶酒,浓情香悠悠。

品一品桂花酒,尝一尝桂花鸡,山庄香阁走一走,暗香浮动时,昨日故事悄然入酒。盛山游人多流连,皆此因由。

一盏桂花酒,馨香馥郁,醇厚悠远。

饮一口,它的娇媚与轻嗔,如这园中杜鹃花般浅笑嫣然,如这山中黄鹂鸟儿般轻唱婉转。

酌一杯,对饮小诗醉酣犹。谁备料,谁发酵,陈年的旧事步履飘飘。恰似吴刚捧出桂花酒,梦里羞牵嫦娥手;伊人寻梦不复在,醒来泪点花枕流。

干了这一杯,望尽山麓枫峦如海,红叶翩翩做轻舟,舒袖起舞月满西楼。

提一壶痛饮,豪气冲天有情有义,浪花朵朵潮涌心头,欢歌阵阵环绕山岫。

做客盛山忘烦忧,佳酿沁心,美食饱腹,朋缘聚此,何不乐哉乎?

(原载于2019年4月30日《乡土文学》)

怀古钓鱼城

从钓鱼城归来,心中久久不能平息对历史烟云的感慨,看罢“迄今中国保存最为完好的古战场遗址”,怀古凭吊,意味悠长。

钓鱼城位于合阳之东,也就是今时的重庆合川,一个仅2.5平方公里的弹丸之地,名头却颇为响亮:“上帝折鞭处”“东方的麦加”,为何?到此一游,得以解惑。

钓鱼城原为钓鱼山,上枕嘉陵江、涪江、渠江交汇之口,三面环江,峭壁千寻,可谓雄、奇、险、秀、战、古、幽,古城门、城墙雄伟坚固,俨然兵家雄关。传说有一巨神于此钓嘉陵江中之鱼,以解一方百姓饥馑,山由此得名。750多年前的南宋晚期,钓鱼城军民在守将王坚、张珏的率领下,婴城固守,浴血奋战,从公元1243年到1279年,历经大小战斗200余次,击毙蒙哥大汗(元宪宗),迫使蒙古帝国从欧亚战场全面撤军,钓鱼城持续了整整36年的攻防争夺战,创造了这一古今中外战争史上罕见的以弱胜强的奇迹。

走进钓鱼城,参观景区内五个历史文化陈列厅,展厅内以军事布局图、壁画、器具展示以及电子科技影艺等手法生动地再现了南外城之战、镇西门之战、护国门夜战、夜袭石子山、马军寨战斗以及开庆之役等战事风云,令人仿似置身当年硝烟滚滚的战场。

宋蒙(元)战争时期,成都沦陷,1242年,余玠出任四川制置使,为防止蒙军的进攻,采纳冉氏兄弟献谋,在四川境内依山凭险修筑了史称“川中八柱”的钓鱼诸山城。1251 年，蒙哥登大汗位，大举侵宋。合州守将王坚增筑钓鱼城，屯兵积粮，作长期抗战之谋划。王坚凭钓鱼城之险，击退了来犯的蒙军兀良合台的舟师于嘉陵江上。蒙哥汗亲率蒙古军主力强攻巴蜀，大军所到之处，宋军节节败退，转眼便接连攻陷四川北部大片区域。1258 年，蒙古军分三路侵宋，大汗蒙哥亲率主力军号称十万，进攻四川。开庆元年，蒙哥亲自上阵督战，意欲围攻屠城。蒙古元帅汪德臣夜袭钓鱼城外的马兵寨，杀寨主及守城兵，继而又击退南宋四川制置副使吕文德救援钓鱼城的水军。汪德臣至钓鱼城镇西门下高喊：“吕文德援军已被击溃，王坚，我来活汝一城军民，宜早降。”这时，钓鱼城内军民以飞石回击作答，汪德臣被击中，回营后死于缙云山军中。

蒙哥汗大怒，亲命军士筑台于新东门外的脑顶坪上，以窥钓鱼城内情况。七月，蒙哥亲临脑顶坪台上指挥瞭望，不料攻势刚刚展开，攀桅人刚至杆顶，王坚便下令飞石炮击台楼。霎时，“鱼跃火云翻阵黑，炮摧赤日压营红”，桅断台毁，蒙哥遭受重创，撤还石子山。开庆之役意外地宣告结束。

王坚令城内军民以鲜鱼、面饼掷城下蒙古军，且附书于蒙哥：“尔北兵可烹鲜食饼，再守十年，(城)亦不可得也。”蒙哥阅信后，伤痛迸发。遗诏曰：“我之婴疾，为此城也。不讳之后，若克此城，当尽屠之。”蒙哥汗的死因，文献中有多种记载，但是蒙哥汗阵亡在钓鱼城的历史事实是毋庸置疑的。

参观遗址“九口锅”，其实是当年钓鱼城守军碾磨硝、磺、木炭，用以配制火药的碾盘，这是中国最早的兵工厂遗址，蒙哥汗就是被在此制造的火炮打伤而死的。蒙哥汗征钓鱼城时的兵力有七八万，而王坚统领的兴戎司部队仅 4600 人。蒙哥汗命殒于此,成为中国古代历史上唯一战死沙场的皇帝,“舍得一身剐,敢把皇帝拉下马”的儿谣在合川一带流传至今。

蒙哥忽然暴毙,蒙古各部贵族遂蠢蠢欲动,战于湖北的忽必烈和进军欧、亚的各路亲王闻讯后,回师大本营争王夺位。钓鱼城之战打乱了蒙军西征计划,一统天下的脚步戛然而止,改写了世界中古历史辉煌战绩,钓鱼城之战起到了改变世界版图的作用。因此钓鱼城被欧洲人称为“上帝折鞭处”,西亚阿拉伯人则认为钓鱼城是拯救了伊斯兰教世界的圣城,称其为“东方的麦加”。

忽必烈登基建元后,又麾军南下,攻克临安,谢太后捧着传国玉玺降元,小皇帝恭宗被囚。1278 年初,重庆失守,钓鱼城已然孤城一座,在这种情势下,继张珏之后的钓鱼城守将王立亟待作出“战与降”的最后决策。他对众将领说:“某等荷国厚恩,当以死报。然其如数十万生灵何?”为保城中军民的生命,他接受义妹熊耳夫人宗氏建言,由其亲兄(时任成都总兵的李德辉)接受王立开城降元,不屠城中一人。换得全城百姓的生命安全之后,王立与 32 位将军集体自杀殉国,开城降元并非为自己苟活,毅然向南宋表达忠烈,实乃可歌可泣。

“滚滚长江东逝水,浪花淘尽英雄。”钓鱼山上建有一座“忠义祠”,纪念着对钓鱼城的修筑和保卫战贡献最大的几个人:四川安抚制置使兼重庆知府余玠,提出了筑城建议并筑城的冉琎、冉璞兄弟,钓鱼城守军的主帅王坚、坚守钓鱼城多年的战将张珏等等。

抚摸着护国门上那青绿斑驳的门环,还有门外石壁上当年搭栈道留下的石洞,在参观钓鱼城的时候,对南宋守城将士和军民那种忠贞的节气和顽强的抵抗精神,不由得肃然起敬。站在古城墙的垛口，阳光折射着波光粼粼的江面，隔着700多年的南宋，隔着遮天蔽日的竹林，依然感受着骁勇、壮烈与豪情，似乎掠过江面的风声里传来阵阵穿越历史的厮喊。

现代人补修的校场上，演绎着战鼓起、旌旗摆的练兵架势，再看看不大的钓鱼城内，竟有14处天池和92口井，这里有丰富的水源支撑全城军民熬过36年的艰难岁月，军事家们总结出了钓鱼城“以攻为守，主动出击”“耕战结合，坚持抗战”的战略战术，抵御了当时世界上军事最强大的敌军。那些风化的城墙上，附生着白色的石花和苍绿的苔藓，以一种不屈不挠的姿势在石壁上匍匐蔓延，平凡谦卑的姿态里却有着顽强充沛的生命力，像极了这座古城池的先民。

这里不只有战火纷飞，硝烟散去，历史的缝隙里还留有历代文化印迹。在钓鱼城的主景区内，现存有炮台、水军码头、兵工作坊、军营、天池、脑顶坪等宋、元军事及生活设施遗存，护国寺、唐代悬空卧佛、千佛石窟、三圣岩等宗教遗址，以及800年古桂树、薄刀岭、三龟石等自然奇观。保存有文天祥、刘克庄、陈毅、郭沫若、张爱萍、刘白羽等历代名家的吟咏及蒋中正、何应钦、张治中等军政要人的摩崖题记。

“钓鱼城何处？遥望一高原。壮烈英雄气，千秋尚凛然！”钓鱼城之战与世界格局的变迁，八百年功勋历史的留存与积淀，众志成城、守土抗战的坚韧与顽强，古战场攻防构筑物遗迹和遗址，的确无与伦比。

踏足钓鱼城，令世人感叹，也令人充满着对英雄的民族气节和大无畏精神的敬佩与景仰。

（原载于2021年5月12日《中国旅游文学》）

荷塘光景

晨曦之时

荷塘的寂静被一群白鹤的飞翔划破，振翅间，天空就在此刻露白。

咕咚一声，晨露滴清响，碧荷随风涌。清香的呓语伴随整个村庄从梦中苏醒，奉迎天边一片片温婉的云彩。

每一朵花的苏醒与绽放，一如处子的眼神，微匀的呼吸，是那么顺其自然。谁也不曾去追问，即使昨夜曾经受过狂风骤雨或地狱般的历练，只要晨曦之时醒来端坐，可知她已将满腹心事砸碎，将苦涩揉进莲心，把千年的风骨种进了梦想的胚芽。

晨曦里总有一股神奇的力量传递，纯净、馨爽、豁然、憧憬。

现在就开始，舒展，播放心空最悠扬的那段晨曲。因为，我们用一生去仰望的美好就在晨曦。

诗遇雨荷

雨，在我们相聚之时，特意薄风霏雨，情意绵绵。

远方的朋友在车窗里，已经按捺不住对烟雨荷塘的欣喜若狂，随拍一张水墨晕染，碧叶流莹珠，幽香暗袭人，荷事倾心，只为这个浅笑嫣然的清凉一夏。

你撑起一把雨伞，忘情地欣赏一朵迎霖出浴的莲花，如你一般娇姿百态，玉肤凝脂，洗尽铅华，宛如在水一方的佳人，尽显本色。

你划动小船，摇曳荷塘在微雨里升腾的缕缕仙气，飘飘欲仙。

花瓣生出诗的翅膀，携着无数的风花雪月，润泽了乡愁，从荷塘飘飞至书院，化作吟诵朗朗。

众荷喧哗，从川渝的每个角落跳跃汇聚的每一颗心，在开江这座宁静的小城集结一片诗海汪洋。

因荷而聚，文旅之约。

这雨荷，不带一丝的矫揉造作，每一片粉黛，抒发着热情的表白；而雨露是莲叶的佛提，每滴落一粒，都曾响过一声木鱼将光阴禅定，将缘分牵引。

莲的世界，荷的诗意，真诚的莲（联），友爱的荷（合），在一场毛毛细雨里，充盈了诗情画意与琴瑟和鸣。

夕阳遐思

宝塔坝的夕阳，给万亩荷塘镀上金色的光晕，赐予莲花世界最美的一件纱衣。从接受白天炽烈的喷薄转向此时坦荡、柔软而甜蜜的释放。

粉红的、玉白的脸庞，偷偷挤眉弄眼，将暗香沿着绿裙一层一层推上岸沿。

一方乐园隐于荷叶田田，男女老少踩在摇摇晃晃的吊桥上唱着歌谣，肆意挥洒着欢笑；岸边喜爱垂钓的大人和孩子，提着水桶，嬉笑着捕鱼抓虾，尽享夏日傍晚的荷田之趣。

倚栏凝望，一串串心语心愿，顺着天空缤纷的云霞坠落浸染，黄昏播撒的美，令人毫无抵抗的闭眼遐想。

夕阳之下，宝泉塔永远忠诚护卫，金山寺的梵音空灵，藕花

深处的蛙鸣虫啁，无边的幸福，时光正铺就着宝塔荷塘最舒适惬意的画卷。

残荷之季

荷塘日渐褪却夏日的美艳多姿，在众荷喧哗之后，清新淡雅的花瓣纷纷坠落，唯见半舒半卷的荷叶立于塘中，稀疏的莲蓬偏垂着头，怀念一些心事，期待有缘人最后的邂逅与采摘。

这世间的花开花落，这尘俗的情情爱爱与颠沛流离，一路风尘，走走停停，抑或怅然迷失，抑或离合挣扎，而渡过劫难，推开心窗，是立于心中不弃的信念，如这残荷，萧条、孤寂，却那么纯粹。

懂得，所以包容欣赏残存的清雅；善的眷顾，是灵魂的洗礼；珍惜，所以有禅定的相遇；虔诚，所以心自有安放之归处。

感恩残荷之季，收获，开悟与重生。

（原载于2020年《魅力开江》荷花节专刊）

雨雾穿行金丝大峡谷

炎夏寻清凉，金丝大峡谷果然是个避暑好去处。

金丝峡是中国秦岭的“封面”，在陕西省商南县，大峡谷以窄、幽、秀、奇而闻名，被誉为“峡谷之都”“天下奇峡”“中国最美的大峡谷”。景区内山谷奇特、河流密布、森林茂密，野生动、植物繁多，是一个保存完好的原始生态区域。我们此行，途中适逢烟雨濛濛，一切美景掩映在神秘朦胧的面纱之下，更显仙气漂渺，无比曼妙。

进入景区，我们便被这水雾偎浮的奇观给吸引了。幽谷深远处，水汽迷濛、雾霭升腾，让人仿佛置身仙境，一番隔断尘嚣兀自修行的冥想立刻充盈心间。沿欢畅的溪流而上，峡谷内流泉众多，这些瀑布银泉流进峡谷形成黑龙瀑布、魔女瀑布、双溪瀑布、锁龙瀑布、连环瀑布、彩虹瀑布等十几处瀑布，气势磅礴，风情各异，瀑布之间形成了深浅不一、形状各异的好几十个碧潭。水声时而潺潺清音，时而哗哗豪放，令人应接不暇，赞叹不绝。

过了仙人石，行百余米转过一个怪石，一眼清冽的泉水从巨石下喷涌而出，流水哗哗，如同掌声，原来这就是景区最大的天然涌泉“马刨泉”。相传秦汉时有一位苏娘娘，身怀有孕，避难时请命剿灭义军，在危急之际，娘娘的坐骑乌龙马引颈长嘶，奋蹄刨地，霎时，一道白光闪过，一眼清泉喷薄而出，娘娘大喜，与众将士痛饮！有这么古远的传奇底蕴，快来戏水留影吧，沾

此幸运，哈哈，以后面对任何问题都无所畏惧，迎难而上！

"清泉石上流"的景观十分形象，一湾清流顺着斜坡面的石壁滑落入溪河，果然有"空山新雨后"的秋意袭来。尽管外界依然"秋老虎"曝晒，而这里溪涜清凉，游人们或赤足戏水，或踮着脚尖跨过圆柱形石墩，体验着"飞渡轻功"的畅快欢愉。

精华景点集中在奇险、神秘的黑龙峡，谷深狭窄，壁绝峰险，瀑群奇幻，溪潭珠连，原始幽深。峡谷风光独特秀丽，集峰、石、洞、林、禽、兽、泉、潭、瀑等自然景观于一体，步移景异，景象万千，有绿意滔天的林海，千姿百态的山石，刀削斧劈的悬崖，如练似银的瀑布，碧波荡漾的深潭，植被茂密，花草繁盛。特别吸引我们的是那攀附岩生的古藤，学名赤壁草，它蜿蜒而顽强地吸附在岩壁上；还有兰花，融生于林间植被，移植路边，使峡谷平添一分靓丽。这里冬无严寒，夏无酷暑，空气清新，气候温和，真可谓"一日历三季，十里兰花香"。

经过各大瀑布的一路行程，雨雾飞沫，雨瀑相融，峡谷中雨声与水声混响哗然，令人震撼。魔女瀑布，水流喷洒而出，似白发魔女凌空飘动的丝丝银发，亦如诸葛亮手中轻轻一摇的羽扇，仙风迎面智慧飘然；双溪瀑布，形似一对调皮的双胞胎欲跳入潭中嬉戏，由此拾级而上，方感地形陡峭奇峻，攀上瀑布顶端，可脚踏青石，手触兰花，与瀑布零距离接触；锁龙瀑布两边的山崖，如两扇厚厚的门，锁住了去路，在这里可以租上竹排，沿竹排摆渡靠近瀑布，抬眼望去，瀑布飞流直下，一波三折，如拂尘抖落的颗颗珍珠，随风飘摇，便又宛如仙女面纱，丝绦飞舞，飘飘洒洒；而丹江源水沛连瀑，更是溪流高湖，直泻万丈，气势宏大，美不胜收。

黑龙峡的最窄处，一面是旗杆峰，一面是猫耳崖，两山错落叠置成壁立峡谷。从谷底仰视,两侧绝壁千仞,谷底窄如一线,迷濛的雨雾中透出微弱的一丝光源,如此景象的“天坑地缝”“天隙一线”在峡谷中穿越过多次,我们仰天大吼,试图穿破天际,冲破狭隘的山石阻挠,山谷里回荡着我们的呐喊,时弱时强的雨水考验着我们步履的坚定,前行,没有捷径!

金丝大峡谷的中心位置,称为“无极山”,山上的“石燕寨”,建有玄武神庙,乃道家圣地。庙顶的悬崖之上一天然石洞,狮子形态的奇石横卧其中,故称金狮洞,洞侧似猫耳亦称猫耳洞,甚是奇妙。人们接踵登山,有为祈福求安,有为登山远眺,而我竟不由自主地在雨雾之中清唱:“情深深,雨濛濛,多少楼台烟雨中……”这雄伟壮观的道观给险峻的峡谷增添了一道雅静宁神的风景。

这里桥多。一座又一座的桥,连峡谷一程一弯,一峰一林,一水一涧。桥造型各异、情趣不一。仙人长桥、谷影双桥、甩甩桥、情人桥……每一座桥架设着山谷里欲说还休的秘密,架设着游人心中甜蜜的梦想,增添了游玩的乐趣。经过黑龙泉口吐玉帘这一景观的桥头时,已是下午四点多,我们即将游完全程,走出峡谷。凝望着依然雨雾缭绕的迷幻美景,我撑起雨伞倚在桥头,那情景,便是回眸依恋,向尚未穿行而过的你道一句:“天青色等烟雨,而我在等你,你,来了吗?”

如果你也来过,你就会知道金丝峡谷里每一处景致都是那么的鬼斧神工,精而不炫,巧而不拙,如诗如画,有险有趣,有情有韵,回味无穷。

(原载于 2019 年 8 月 30 日《西部故人来》)

花田絮语

与五黄六月的热情共舞，是需要勇气的。

可我还是来了，为聆听蓝天白云下藏匿花田中你的心事。

1

穿过青竹翠林，踏着优雅的步伐，探寻。

盛夏里疯长的青草，蜿蜒的青石，跨过筑在你胸口的栈道，被一丛丛嬉笑的高粱穗儿撩拨。青涩的梦啊，你何曾告知我对成熟的渴望到底几分热烈向往？

低头，土里排列着的火红美人椒，个个苗条而妖娆，她们猫着腰妩媚地诠释了这一季滋长的渴望。

撞个满怀的，是这遍野的格桑花。

格桑花儿开，浪漫染云彩，摇曳生香含情脉脉。遇见，留存心湖里一抹圣洁的执念，高原的情书撕裂成碎片泼洒在这片山间，惊艳了我的心弦。

真挚的格桑花，每一片瓣香都是一阙念想。

涌入壮丽的花海，不负你我一场盛大的遇见。

是的，我信，你穿越梦中的誓言。

2

碧绿，朦胧了花田的层层叠叠，映衬了花朵缤纷的裙袂。

茸茸的狗尾草，无关世人的目光，合着季节的节拍，在微风中轻摇蓬松的穗子,伸展着纤细与柔韧,如一弯浅月,月晕莹莹,在烈日如火的季节里为炎热的空气吹进青青的草香,为炎夏的热烈不声不响地抹上一笔沉静的味道。

没有一丝娇柔,没有一点做作,在热浪中默默无语,坚贞不屈地守望着对天空的爱恋。

静静地杵立在狗尾草的曲线里发呆吧,让热烈的青春有一点沉静的安放之处。

沿着狗尾草的淡泊、怡然、轻灵,我触摸着平凡而真实的温柔。记忆中,仿似串起了儿时用狗尾草编小狗狗、小兔子,编小戒指的美好画面。心,回归幼小童年,脚步奔跑在田间,空气中满是欢笑。

狗尾草的清新自然,给你安然自若的心境。

3

石垭口的风,拂过花田,落在了小石潭碧绿的眸子,涟漪丝缕,泛起梦想闪亮的银色薄箔。

夏风挽着葱绿与蓬勃,和着泥土的芬芳,花鸟的姿色,还有一份独特而又朴实的青涩。

我踩着潭边的碧水,享尽一面坡的习风清凉。快乐的是这河水,还有农民们在田园间吟唱的欢歌。

撩起水花,抖落心灵的枷锁,看那每一朵浪花的开落,饱含农民丰收的渴望,挽一缕夏风,书写一垄垄辛苦构思的篇章。

石垭口的风,已经涂抹一片片炫目的花果芬芳,摇曳一阵阵盈袖的穗香,在盛满阳光的笑靥里,去拥抱热气球般美妙升腾的梦想。

(原载于2017年《魅力开江》荷花节专刊)

消暑美食:斑鸠豆腐

万物繁茂,气温上升,炽热而绚丽的夏天来了,我想和你约定,采撷一份大自然的清凉馈赠,制成纯天然美味,你准备好了吗?

走进山林的途中,先听我讲一种传奇植物的故事吧。话说明朝年间,出现了一场大旱,田地龟裂,庄稼颗粒无收,灾民无数,村民们只能靠野菜和树皮充饥。眼看着死神一步步逼近,一天,村里的一位老人又饿又困,就躺到一块大石头上休息。迷迷糊糊地看见一位慈眉善目的老妇人,把树叶做成了豆腐,还送给他吃一碗,他吃完后正欲感谢,却只见那老妇人化身观世音菩萨脚生祥云升空而去,原来这是一场梦。他心想这肯定是神仙点化,于是便告诉乡亲们:观音菩萨托梦,山中有一种树叶可做成豆腐食用,渡过天灾。按照观音菩萨的指点,这位老人带着乡亲们上山找到梦境之中的神仙树,采摘叶子,制成了色香味美的绿色豆腐,渡过了灾荒。于是,乡亲们便给它起了一个神奇而又美丽的名字——神仙豆腐,也叫观音豆腐、斑鸠豆腐。

其实这种“神仙”树叶,学名大臭黄荆,是马鞭草科豆腐柴属下的一个种,主要分布于我国西南部地区。在各地有不同的叫法,而我们川东的乡间便称之为斑鸠叶。至于为何称之为斑鸠叶,传说远古时代,这种生命力极强的灌木植物,在洪水淹天的情况下依旧顽强存活,一对相依为命的美丽斑鸠也躲过洪灾,栖息在这树上,绿色的树叶成为它们唯一可吃的食物。原来,这种树叶是观音菩萨有意赐给这对情侣斑鸠延续生命、繁衍后代的魔树。虽然传说的版本各有不同,但皆得一结论,此树叶神奇可食,利于生命的生长与保健。

我第一次听说并品尝到斑鸠豆腐,那还是中学时期的一天,放学回到家中,见来了一位从老家过来的亲戚,带来这种绿色菜肴盛上饭桌,我新奇地吃进嘴里,有点像凉粉,但又不是凉粉,口感特别,越吃越欢喜。妈妈告诉我,这叫斑鸠豆腐,是老家山上采摘的树叶做成的。那时萌生的记忆舌蕾,便伴随着美妙与好奇,伴随着悠长的渴望与向往,逐渐成长,直至后来与家乡渐行渐远,心中总不能忘怀一种独特的味道。

这回难得有一机会,感受一下斑鸠豆腐的传统制作。按照村民们的指引,深入漫无边际的丛林中,看见一些长满黄绿小叶的灌木,寻见了斑鸠树。树叶有铜钱大小,叶边缘呈锯齿形,叶面光滑细嫩,散发出一种似荆芥的芳香气味。凡有“神仙叶子”生长的地方,整个山野都弥漫着沁人心脾的芳香。

采摘回一篮子神仙树的嫩叶,择净杂枝,洗净,接下来我们就开始绿色、纯手工技艺的展示。将洗净的树叶放入盆中用开水烫,开水大概淹过树叶的三分之二就可以了,然后用木棒将叶子捣碎呈糊状,用手捏揉直到全部黏稠状,再用纱布网包裹挤压过滤残渣。如此反复进行几次,直至树叶无法流出浆汁为止。

收集到了全天然绿色的浆汁,我们还要收集过滤一碗草木灰水进行混合,边添加边用手进行搅动,搅至均匀后便可放置在阴凉处使其冷却凝固。1 ~ 2 小时后,便可看到一盆精美绝伦、绿若翡翠、状如凝脂、细滑柔嫩的墨绿色半透明固体呈现于眼前。平平常常的树叶,一通捣使便成了豆腐,好似变魔术一般，真是神奇啊。这个草木灰（最好选用柏树枝叶烧出来的，带有特别的香味）是纯天然植物碱，添加草木灰水这个环节有助于树叶汁凝固起来。注意，叶汁和草木灰水剂的比例，正是掌握制作斑鸠豆腐的难点环节，具体比例要靠实践中摸索呢，幸得长辈手把手教授，这盆斑鸠豆腐才得以完美成型。

将翠绿的豆腐用刀切成小块，浇上油辣子、醋和蒜泥，看着赏心悦目，闻来清新草香，品尝一口，感觉一股香滑凉润的气息迅速涌向喉咙，然后在五脏六腑中恣意弥漫，食后令人神清气爽，浑身舒畅，果似神仙般安逸！神仙豆腐不仅细腻润滑，而且Q弹韧性足，这神奇的斑鸠叶是当前提取果胶生物资源中较为丰富的一种，可以运用制作果冻、酸奶、饮料等，真是天然实用。据查，斑鸠豆腐可以清热、解毒、活血，是一种稀有、天然、绿色的美味佳肴，在这个炎热的夏天来一碗斑鸠豆腐可谓是"一腐难求"，如一股清流沁入心扉。

在过往几十年的岁月里，这种美味陪伴着人们克服饥荒，度过艰苦岁月，乡间的天然美食慢慢淡出了人们现代的生活，成了逐渐远去的夏日记忆。而每到这个时节，久别故乡的游子那份莫名的怀念便萦绕在心头，它成为淡淡乡愁的一种寄托，一种慰藉。吃上一碗消暑爽口的神仙豆腐，感知山野间的自然风光，聆听鸟语花香，佳话传奇故事，传承乡间的纯朴手工技艺，赞叹百姓的智慧勤劳，仿佛流逝的时光，依旧鲜活，挥之不去，回忆的馨香愈发浓烈。

你也来一碗吧，接受这大自然的纯天然美食，品味人间值得。

（原载于2022年6月30日《重庆科技报》）

烟雨柳江　古镇抒怀

柳江古镇,一首写在烟雨里的诗。诗里有画,画中那位丁香一般的姑娘就会从青石板路款款向你走来,嘴角带着一抹含蓄的微笑。当微雨在空中化作一层淡淡的青雾轻轻荡漾过来,姑娘的裙裾便飘飞着细柔的水花,似仙境一般。如此邂逅的场面,令人神往。

落脚入住于柳江古镇时,我们正赶上落日那一抹昏黄。古榕砖瓦尽收眼下,仿佛这里的每一个笔触都镌刻着时光印记。始建于南宋年间的柳江古镇坐落于玉屏山脚下,位于四川眉山市洪雅县,历史上称为“明月镇”。清代中期,据说是因为镇上柳、姜两姓族人合资修建了一条石板长街而更名为“柳姜场”,而后定名为“柳江场”。尽管历代屡废屡兴,古镇依然裹挟着历史痕迹,一砖一瓦保持着自己当年的时空。

“一街石板泛青幽,两岸古树写沧桑。烟雨风情意朦胧,明月透纱映柳江。”之所以被称作“烟雨柳江”,是因为这里一年四季雨雾朦胧,河岸边绿树掩映下的座座吊脚楼错落地分布着,若隐若现,古镇的沧桑古朴与自然清新相映成趣,就像一幅浓墨重彩的山水画。到了晚上,灯光次第闪亮,小雨淅沥,江畔又是另一派景致。青石路面和房顶青瓦都被细雨浸润得泛出了光泽,远处群山如黛,透过朦胧的灯火,听雨望江,再滋生一番邂逅丁香笼着轻纱的梦境,“烟雨柳江”的诗情画意便油然而生。

“曾经颦笑掩红尘，山水烟雨成背景。时间万物朝夕变，唯有古树忆佳人。”古镇以临河天生的古树为依托，仿佛整个镇都生在树上，树木成为古镇的秩序。这里有108棵千年古树特色景观，还有川西风情的木质吊脚楼、中西合璧曾家园、访古寻悠水码头、百年民居汇老街、世界第一大睡观音、圣母山碑林等都沿河而建，镇域内有山有水，有峰有岭，有树有石。一些石阶旁古朴、典雅的院墙房顶上爬满了植物，墙头上的青苔和瓦楞草长势旺盛，间或夹杂着一两株鹅黄的、淡紫色的不知名的野花，静静地开着。一酒吧门前的千年榕树高大繁茂，其根如一条盘曲的虬龙，牢牢嵌入大石缝中。从远处看，就好像一把擎天巨伞伸向河边，此树被封为神树，透着禅味和古韵。我看见两位年轻人牵手经过于此，在红丝带上写下心愿，而后虔诚地将丝带挂上树梢。

曾家园子是少见的民国时期的民居庭院建筑典范，四个四合院，三个戏台，从空中俯瞰整体布局呈现繁体的“寿”字，真是令人佩服如此的匠心独运。沿着古码头漫步经过曾家园子，我手持折扇，踏上曾家园门前的几步石梯，倚在“美人靠”凭栏望江，想象着曾家的家眷们在当时过着的日子是怎样一番姿态呢？此刻，夜幕已降临，好几处古桥的霓虹灯光闪烁在江面，变幻着色彩，似星光，似明月，迷迷糊糊地，我的耳畔传来一曲《流年望月》，正符此时意境：眼眸似星河流转，谁把流年偷换，不闻耳边呢喃，空余声声轻叹，人影纷乱灯火正阑珊。

烟雨柳江的魅力，不仅因她的静谧空灵和古朴，还延续着人气与活力。一条哗然动感、充满灵气的花溪河，给古老的小镇带来了明媚的活力。河中有S形的跳墩桥，石墩间距比较宽，堤坝有较大落差，河水流经时白浪翻滚，哗哗作响，形成湍急水流，人每迈一步会提心吊胆，头晕目眩。这充满“险”趣的石头路墩，更加吸引孩童和勇敢的游客们尝试！我选择一组游人过往较少的石墩去体验一下，其实并不危险，置身流水画面，凝眸而定，脚步轻快地飞跃，我的一袭白衫临风游走，啊，美美的山水画、美美的心情已定格于一涓清梦的流韵之中。

这古镇还是一个绝好的亲子妙地。孩子们可以耍水嬉闹，玩水枪，穿越铁索渡桥，或是探秘一些水边的幽石，大人们则可以在水上喝茶聊天。这里有一道别致的风景线——安放在水里的一排排各具风格的椅子，坐在那里将赤脚涉入水中，品茗聊天，避暑休闲，别提多么惬意了。

拥镇而过的花溪河内有一座河心岛，将河水一分为二，上面有小院、树林，两侧各有一石桥连接两岸。在河心岛，我参观了柳江古镇的书画院，这里保留传承着传统的造纸工艺，以老旧照片、远古故事以及器具设施向今人展示，从一草一木的选材、制作和工艺处理的诸多流程依次呈现。当看到一张张宣纸终于从水中捞出成形铺展晾晒时，我由衷地佩服在为传统文化和工艺传承坚守于此的工作人员。

在古镇游玩，自然少不了逛逛吃吃。进餐馆品美食，一定有盐煎肉或回锅肉，佐上二两跟斗酒，唇齿边有这里特色的藤椒鸭的焦香，一碗鸡汤面浓香扑鼻，最后来个清爽不腻的甜品——红糖糍粑冰粉沁凉爽口……

月色溶溶的柳江古镇，周遭一片静谧，远山深黛的剪影，在夜空里隐约可见，唯有河边草丛里传来昆虫鸣叫的声音尤为清晰，窗户透出的灯光引人遐思。这样的古镇之夜，可以让人的思绪飘飞得很远，逝水流年，浮生若梦；走向这条路沿途的风景，还有那青葱岁月里相遇的人，经历的事，以及起起伏伏的心绪，终将被这一湾溪水携入行囊。

离去时，我回味着“轻纱薄雾锁柳江”，惦记着她的柔婉、朦胧、曼妙，更有厚重与悠远……

（原载于2020年第四期《西南文学》）

情人果之约

花之夙

我们是否相识？或许你无法确定。可你知道吗？我把生命里与你的邂逅料理成风花雪月，在荏苒的时光中，静候你的回眸，坚信你的到来。

我把每一季弥漫着的风情、花香、酒香，编织成凝脂蝉衣收藏于绿枝干头。我与那些仙人掌科的同伴们一样，花期虽短，却清丽芳香。虽然我不像昙花那样的矜持高傲，但我的每一次绽放，也只在夜间吐露我的心声，直到次日清晨得到人们的问候便渐渐收起华衣，进行一场果实的孕育蜕变。

初秋的斜风细雨，拂过我的遥望，抚慰我千年的相思，迎来了你的爱恋。错过了夏的曼丽，你再也不会辜负我的寄望。见你来到我的面前，惊喜地欢叫："好美的火龙果花！"我心满意足地收起蝉衣，把梦想挂在了枝头，将交予你的，是秋的绚烂，收获满满。

既有爱，愿将生命交付。生食我，浸泡我，或是制干、煲汤，抑或是留挂蜕变新果，我亦无悔无怨，将陪伴与滋养，深深窖藏于心间，让爱相守在凡尘俗世的烟火里，共浴重生。

请记得，生命中遇见过的那朵纯洁的火龙仙子，便是我。

我愿以一袭清香，呢喃出祈愿，让那些曾经的忧伤随风流散，让明媚写满心田，让生命的情韵永不漫漶。

果之恋

红红绿绿的心事，碰响了欢愉与怨恨的以往。有时，一张惊艳的情网，会滋生热血的沸涨，红心砰砰地弹跳，果实默默地成熟。

总有一种期待与猜想，梦中的你碰触到我时该是如何的心境？

偶尔，想起你的视而不见与怠慢，开始不满，那时，你若见我，是不是像个愤怒的红魔头？

偶尔，想起你我曾有的情缘与美妙，我是温情的红鲜肉，内心装满了芝麻粒般的无数相思，静静地等你把我深情采摘。

偶尔，成熟的我恐惧着自己的皮肤皱纹，暗自伤神，在你眼中，其实在乎的是我内心的甜美与丰盈吧？

你来了，带来一帮伙伴走进雪峰农业园——我安适悠然的果蔬家园。你们的热情，正如我的炽热红心，洋溢着欢乐与激情，在欢歌笑语中，被你小心翼翼地摘取到篮里，释然安心。

从花季早已修炼成果的容颜，诉说着绿色、生态的执念，我愿用我鲜红的生命来换取你的开心。

允你，撕碎我的鳞片，剖开我的身躯，任你把我千变。脱下外衣的一刻，便成就我一生的辉煌。

在你手上，我静坐成一朵莲，婆娑了泪眼，凝香在花瓣，我愿意，被你赏心悦目的吞噬与赞赏，我的一生，旨在赐予你美味和健康。

这味道，甜胜初恋，沁入心田。

酒之醇

见你在月下独酌,静静的呆萌,令人遐思悠悠。

莫去理会那些旅途中的辛劳,莫被尘世间的烟熏火燎所缠扰,轻轻地闭上眼,宁静地享受这杯情人仙果蜜酿。

悠然地滑过舌尖,润润地过喉,滑滑地入嗓,她飘着芳香,散发着甘甜,轻轻柔柔地、暖暖地沁入心田、融进血脉,多么惬意舒展。

思绪在流岚中潜腾,梦香浓酽的一怀情思,流淌进或深或浅的酒杯,秋风朦月诗意遐想,醉意心怀。

仙果的韶美时光醇化为花间一壶自酿的“女儿红”,在罐中沉睡,时光雕刻的火龙果酒,沁心悦性,薄醉酡颜。

前调的润甜,一路上的那些活力与骄傲,烈焰与包容,回旋其中的厌倦与慵懒,复活,摇曳,最后的收敛,丝绒般温暖,芬芳悠远……

别再害怕猛烈的伤害,花青素的保护为心护航;别再耿耿于怀不平之事,仙果琼浆助君消化舒畅;别惧流感的泛滥侵扰,多酚屏障温婉梦乡。

爱意悠悠,情路漫漫,你可以的,像醇香的火龙果酒那样,赴一场无畏的爱恋,于生命的底色上,涂一抹绯红,勇往直前……

(原载于2017年第10期《散文诗世界》;2017年10月14日载于《丽江文艺》;2018年2月载于《巴人文学》)

泼彩秋韵

秋姑娘的魔法棒已经泼彩了！漫山遍野的秋色彩韵令人震撼。

秋风渲染了层层山峦，染红了山林树叶，染红了溪水，染红了山石，染红了草地牧场。山间树林一簇簇鲜红的、金黄的、绛紫的、粉的、绿的、灰的、白的，间或可见飞瀑与小溪穿插于五彩斑斓。

晨光里的雪山云雾缭绕，山巅的金光熠熠生辉，积雪如柔美的白缎倾泻。

行走于层林尽染的秋韵里，攀上多情的冰山。阳光穿透云与雾热情地照耀在峰巅雪湖，反射着刺眼的亮白，睁不开眼的冥想，任凭雪与风在耳畔互诉。

山下的精灵猴儿们在回程候着我们了，可爱的家伙们令人顿感解乏失困。

有蓝天白云的映衬，有绿波静湖的倒影，神奇的油画泼彩画卷靓爆了人们的眼球。让我在浓浓的思念里，锁住醉人的金秋，如痴如画的缤纷里，放逐逝去的回忆，爱在最深切的秋意中绚丽地落幕。

如此秋色，倾倒众生！

却是那些悠然自得的牛羊，淡然面对游人们对美的惊叫，悠闲地游走吃草。

藏家的欢歌载舞在夜幕中无限欢腾……

秋游吧！走出来感受大自然的馈赠！

（写于2016年11月）

木楼阁里的聆听

每一场旅程,都是缘分的牵引。山野之旅的神奇,在于能让你的心贴近山谷生灵,生出无限美妙的遐想。清晨的我,倚在潘家大院的木楼阁里,思绪沿着烟雨濛濛的烟霞之地探望、聆听,从万源的花萼山到烟霞山,翻山越岭,迂回蜿蜒,去往归来。我把采集到的生灵之语装进脑海里,回味,思索。

昨日的天空,艳阳高照,在花萼山下,我们认识了珍珠花里开出的一个庞大妈,这真是一个不简单的人物。第一眼见到庞大妈,身材高挑,着一件深色碎花连衣裙,一开口便知口音并非正宗万源本地人。原来,这是一位来自大竹县的女子,正当三十年华的她被此山吸引,倾注了满腔热忱,在这里一待便是三十个年头,驻守在万源的大山之中,找寻、探究、研发一系列珍珠花健康食品。我注意到,年过六旬的庞大妈竟然还能精神矍铄地脚蹬十厘米的高跟鞋,不畏阳光暴晒,神采飞扬地向游客介绍着这号称"天府七珍"之一的珍珠花,是如何在她手中盛开得更美艳、挂果更丰硕、企业更强大、生态链更环保……从未关注过珍珠花这种植物的我们,在庞大妈的讲解下,领略到这花朵的美丽和果实的神奇保健作用。我想,庞大妈的青春芳华甘愿落宿于这花萼山,看来这山野开出的花、结出的果真是魔力万分啊。我仿佛看到眼前的这一株珍珠花以神奇的力量照耀着山里人的致富之路,大山将灵气与祝福赋予了勇敢、善良、勤劳、聪慧的人,庞大妈的身影与气场已奔出山间,走向世界,而心的归属依然贴着山中生灵所向,贴着初心的神圣而如此笃定。

落日余晖下,我们翻越山岭,落脚于烟霞山的潘家大院。石梯,石阶,石柱,青瓦,木门,木楼阁,四方院的上空升腾的炊烟袅袅,映衬着夕阳拉出的一抹抹绚彩,宁静而美好。院坝中晾晒着咸菜,绣球花儿引得彩蝶翩翩,友好的大橘猫和大黄狗热情相迎。石阶上置放着风箱、石磨,我禁不住吸引,立刻去摇起手柄、推起磨来,感受一番农家劳作的场景。

在木楼阁的四方院,可以使人从现代的喧嚣穿越到古朴的宁静之中,也可以从现实生活穿越至传奇秘境。入夜,我们围坐院落里,细细聆听老村支书为我们讲解覃大仙的来龙去脉以及大仙显灵的神奇现象。

相传,在万源的曾家乡,出了一个得道的覃大仙。覃大仙本名覃意,曾隐居于烟霞山脚下老林沟修行,不食人间烟火,苦苦修炼十二载。适逢烟霞山脚下流行瘟疫,为解除民苦,大仙走遍大江南北,尝尽千虫百草,寻得解救黎民之灵药,解救一方百姓。但因其误尝毒草过甚,奄奄一息,重入深山,又经十六载重新修道,终成正果,于老林沟万仞峭壁上留下"笑傲林烟"四字后飘然而去。自此,覃意以半仙之身,游历天人之间,驱逐邪恶,造福百姓,当地百姓为其修庙供奉。烟霞山也便名声四扬,招来八方信徒,虔诚朝拜。真可谓:山不在高,有仙则名。覃大仙的故事令我们听得神幻缥缈,煞有趣味。熊熊篝火炽烈地燃烧,不时发出木柴呼呼哧哧的炸裂声,沉浸在传奇色彩的我们心中感慨,得道成仙者须历经千般磨砺啊。这一场旅程,不单是欣赏幽雅宁静、林木苍翠、花草繁茂的烟霞山风景,还使人冥思空远,走进了超然脱俗的世外之境。

翌日,观树赏藤,另有一番收获。覃家坝村挂牌保护的三

十三棵古树，述说着许多传奇，既神话，又现实。听说过吗，树与人相通？学生高考，大树会为学子着急？还真有这么一棵状元树，这是一千八百年的香樟树，每到学子高考前，老树与学子一样紧张忧虑，树叶枯黄，若村子里有学子金榜题名，此树立刻枝繁叶茂变绿复原。大家纷纷在这株希望之树前留影、祈愿。

当然，还有更神奇壮观的，那是千年古柏孪生四树绕石而生的景观。四棵同根古柏长在一起，笔直参天，同气连枝，展开想象，就好比中国大陆、宝岛台湾、香港、澳门都是在一个根的前提下生存、前进、开枝散叶共同强大。孪生古柏的正前方左边，还长着十二棵三百年的古柏树，整齐似哨兵般护卫着四棵参天大树，这一奇异景观令人大开眼界，惊叹不已。

藤树痴缠的画面，我也是第一次近距离观察。一株君迁子树藤与一棵五百多年的油樟树紧紧偎依，它的藤枝蜿蜒环绕与樟树相拥相抱，一株笔直粗壮，一株柔韧细密，而它们的根系也盘踞相近，肉眼分辨不出哪一枝哪一条为哪株所生，已融为一体，无人能将其分离。此刻，濛濛细雨飘飘洒洒，浸润得古树油泽发亮，愈显藤树痴缠犹如神仙伴侣般心意相通，忠贞不渝，直至地老天荒，如此画面，诗人们伫立于此，定生出无限感慨。

徜徉于山林间，漫步，听雨，也聆听大自然道不尽的传奇故事，这使人心静，使人惬意，充满梦想和希望。这深山，树中夏蝉，蝉下秋花，花里冬眠，写尽一世繁华，而我们，从潘家大院的木楼阁里走出，让耳朵装满一筐烟火往事，也装满了一腹山珍美味和山民的盛意拳拳，虽来去如风，纵隐于咫尺天涯，也深切感受这大山所孕育的淳朴丰厚的精神底蕴，心中自然而然生出尊重自然、敬畏自然、保护自然的理念来。

（原载于 2020 年 8 月 10 日《中国西部散文学会》）

握　秋

是谁的笔墨一挥而就？便让秋的眼眸穿越岁月的迷茫，诗意顷刻遍洒山峦。

曾以为行进至秋的足迹里，记刻的是凌乱和感伤，以为薄凉的时光里，摔碎的是捧在手心的情深过往，辜负的光阴里，无力打捞那些风中的诺言。

红叶轻舞，秋深几许，思虑悠长，多少故事，发表在时光的信笺，多少风烟尘往，刻骨铭心。

你忘了，大地依然会书写丰盈的篇章，四季依然承接变幻的色彩，当你触摸红枫的脉络，我缓缓而至，呈现在你钟情的向往里。

握紧这一季的秋，或许适合远行，或许适合遗忘，或许适合期许，或许续一场重逢的圆舞曲。

头顶的天空碧蓝高远，秋高的白云细腻绵长，如多情的丝絮拉长了爱的海岸线。

桥畔飞瀑挚烈地拥吻红枫的激情，燃烧着四季的纠缠，把爱的呻吟记录在怦然心动的山河间。

在拨动心弦的秋色里，洋溢在脸颊的灿烂，是内心的饱满，即便繁华绚丽落幕，我们依然把憧憬与爱恋重叠在秋色暖阳间，感恩相遇在光阴飞逝的流年。庆幸，未曾再次错过这一季秋的惊艳欣喜。

你说不懂描画，却在柔美的光影里悟出了最赏心的画卷，你说不懂写诗，却在惊艳的风景里读出了彼此的依恋。

我倚在深秋的门楣，展开梦的翅膀，任思绪在天际翱翔。轻触那一树树金黄，拥一怀清风如醉，捻一缕秋色，捡拾你深邃的目光，在秋的质朴中享受爱的绽放和小确幸。确信，好的光阴，便是遇见美好的人，然后一起美好下去。

人生，总是在一半明媚，一半阴郁里跋涉，那些一路上遇见的、擦肩的，拥有的、失去的，快乐的、悲伤的，经过光阴的涤荡，在一季季春华秋实里终沉淀成心底的清欢与温暖！

不必许我太多，我只要一叶秋枫，制成素雅的书签，落在诗里梦里，把生命里的每一页都染上斑斓的色彩。无论命运被时光如何编排，握紧这一季的魂魄，在它的悲喜里，藏着云霭，藏着落花，藏着溪水，藏着呼唤，藏着拥抱，藏着惊喜，藏着爱的香气……

秋叶如歌，剪辑岁月风尘，且做时光的有情人，执手相握，结伴相惜……

（写于2018年11月光雾山，原载于2018年11月27日《甘宁界》）

大橘大丽,大吉大利

开江县城的西北方,有个叫骑龙的地方,以前虽不曾踏足,但早已听闻骑龙橘果香园的美名。今年的深秋,我随文艺创作采风团一道前往,如愿以偿见识了橘园风光,感受了这方水土的自然魅力。

驱车半小时即可到达目的地。天空晴朗,青山如黛。

你瞧,如海的橘林一片又一片,博大、多彩、丰满。橘子用金灿灿红澄澄的外衣换下了嫩嫩的绿绿的小果,漂亮极了。橘子犹如秋风中最恬静的处子,它们集结枝头,渴望以内心的澄明,托起金色的秋天。橘树压弯了腰,好像在向我们招手致意,热烈欢迎。

你听,橘海的风声带着山里人淳朴的问候,还有我们引吭高歌的音符,触摸我的指尖,滑过我的指缝,重复着一支歌,一支橘园之歌,一支沃土之歌。

随行的乡党委郝书记如数家珍向我们介绍,骑龙乡种植的柑橘有三十多个品种,每一个品种都有不同品质,但每个品种个儿大,色彩艳丽,像一个个红扑扑的小灯笼一样挂在枝头,十分喜人。

小鸟在橘园上空盘旋,叽叽喳喳叫个不停。啊,好一派迷人的橘园丰收景象!橘园,你的美丽迎来了八方嘉宾,使一个荒凉而偏僻的山村,逐渐兴旺发达。

我看到这满山的橘黄格外兴奋,快步向前,带着压抑很久

的渴望,从层层贴紧的果枝中选中一枚黄熟的果子,伸手摘下,托在掌心,仔细端详。轻轻一剥,一阵属于橘子特有的清甜便溢入鼻腔让人迫不及待想吞进嘴里。和伙伴们分享橘子是幸福的事,就算只摘一个,每个人也都可以分到一抹甘甜。橘子之所以如此招人喜爱,是因为它是有着特殊意义的食品。

民俗有载,小辈向长辈拜年是向长辈致敬,长辈自然要犒赏小辈,至于用什么食物赠给小辈,自然是要选择孩子爱吃并且有吉利意义的物品,就是橘子。后来这种风俗简化变为赐红包,虽然意思相同,但还是传统的送个橘子更有意义。人们把柑橘叫大橘,它的谐音又是“大吉”,因而,到亲戚家贺年都要带橘子,主人就拿自家的大橘和贺客带来的互换,以表示互尽好意,各得吉祥。

橘子是在树上汲取温暖的阳光,清澈的露水,一天天成长起来的,带给我们品尝的是自然的气息。人生何尝不是如此呢?像橘子的成长一样,过好自己的每一天,品尝着生命带来的温暖与芬芳,纵然成长的四季中会有风雨,但总是在勇敢与坚强中增长智慧,迎来最终的吉祥如意。

我们在橘园采摘品尝后散去,依然能看见远方橘梗金黄的内涵,闻见清纯的芬芳。美丽的橘果们驻守山岗,醒目地站在秋风里,点燃自己,温暖仍在艰难跋涉的行者。

骑龙橘乡,果大橘丽,还真是大吉大利的吉祥物呢。村民们靠它脱贫奔康,丰收的喜悦让大伙儿笑靥如花,携着乡音的甘甜,撞击着艺术的火花,让美好的感受与更多人分享。

(原载于 2017 年冬季版《魅力开江》)

冬的际遇

呼呼地，风吹来寒凉，看遍山水，拂过岁月冷暖，冬驻守在瑟瑟发抖消瘦的枝头。寒风把一路缤纷潇洒的季节渲染得凉薄而又凄厉，可冬捂住胸口，相信自己会有一番奇妙的旅程。

准备着，相约碰触心弦的冬。

当炽热与寒冷转换，当流年飞逝坠落烟火微澜，当放弃与苦撑反复纠缠，当拾起与放下抉择太难，当忙碌疲惫身心酸软，当风霜满身无处可泊，累了吧？犹豫过，迷惘过。而冬，只是在你满腹心事堆积如山时，静默地陪伴你度过漫长的煎熬。

遥望冬的小径，轻叩时光。北方的你，可在白雪皑皑之夜，忆起我们共度的一程程山水，由北向南，自东往西，一处处风景，一段段岁月。曾经的沸沸扬扬与激情澎湃，在跌跌撞撞、起起落落中历经四季的轮回洗礼，体味落幕与登场，一指流年，光阴似箭。在风雪中负重前行，有多少事，还需一份坚持，让磨难与历练去丰满生命的羽翼，抵御寒冷与孤独的侵蚀。

冬在过滤，滤掉任性乖张与浮华，蜕变出沉稳与真切。

片片雪花启程，时光落在岁月的书笺里是如此洁净、素白、纯粹。听听雪落的声息，抬头凝望，谁的思念又写满了天空？

你说踏雪寻梅的相约，是不可辜负的期盼。梅香的魂里，系着缘分的意念，藏得下万物的喧嚷，容得了岁月的寂寞，眼里，眸里，都是把忧伤捻碎，把锋刀剑影收敛于宿命的淡然，把红尘的纷乱融进花瓣的镇定与恬淡。

冬既描摹着清浅淡泊,寂静安然,也珍藏着人间安暖。即使你在北边,我在南面,也可围炉夜话靠近温暖。等你,回到家乡,在街口的面馆,哈一口热气,叫声:“老板,我要七(吃)个格格七(吃)碗面!”对,热气腾腾的羊肉格格,是乡音萦绕温情的召唤。此刻,一颗漂泊的心随滚烫的泪安定下来。你说,北方的饺子包裹着思念,一口一口嚼下惦念与相见时的满心喜欢。

冬的滋味,一味一味地在噼里啪啦的鞭炮声中袭来,送走了腊月,驱走了地冻天寒。年味里的团圆,交接了年尾与年头,承接收获与出发,牵你温暖的双手,踏上开往春天的列车,驶出干枯,播种绿色的希望。

(原载于2018年冬季版《魅力开江》)

异象传神的八庙

立冬的日子,从薄雾氤氲到暖阳高照,好天气,莫辜负,我们的目标是朝着充满传奇色彩的八庙镇进发。一路上,道路两旁色彩渐变的树木和远山时隐时现于云雾缭绕之中,如临仙境,似乎为今日之行铺垫着传神的色彩。

有人说,到八庙镇走走看看,定能收获不少历史文化和有趣的民间故事,这话不假。位于开江县南部的八庙镇区位独特,地处四川和重庆两省市三区县交界处,和重庆市开州区、万州区接壤。奇特的物景,神秘的传说,历史的变迁,大自然的鬼斧神工,使得这个小镇充满着人文智慧。

缘何命名为“八庙”?一经探寻,牵出了“八命桥”的故事。在八庙,有一种非常有趣的非物质文化遗产,那就是桥拱修建在了房舍内。如此奇特?原来,相传古时,这里时常河水泛滥,有一年水势汹涌,眼看就要漫过村里的拱桥,后果不堪设想。为了保住拱桥和人的生命财产安全,全村人奋力抗洪,有八位好汉舍命挡水,最后搭成人桥咬紧牙关拦截洪水,洪水无情地吞没了这八条生命。他们的英雄气概感动了上苍,天降异象,骤雨急停,奔腾狂野的河水也突然改道流向了另一侧,拱桥保住了,村民的安全保住了,而八条好汉为此壮烈牺牲。为了记住英雄,村民把这座桥命名为“八命桥”,并修建了庙宇进行纪念和祈祷。

据说,这座桥在明朝的时候就有了,一直保存至今。后来,扩大镇域建设,八命桥这个地方划成了居民住地。新修街道和住房时,人们仍然舍不得将这座桥拆掉,就在拱桥的上面加盖房子,想尽办法保留拱桥的完整,于是就形成了桥拱隐藏在屋舍之内的奇特景观。

我们走访了两家,观瞻了两座相连的桥拱,半圆拱位置都处于家中厨房之处,虽然进行了一些装饰遮掩,但依然露出了一部分青色的桥拱石砖。我轻轻抚摸,想象着当年那洪水的冰冷和悲壮的场景,从古至今,历史的印痕和英勇的精神从未被冲刷。尽管后来的这座拱桥只是干拱桥,被称作“八洞拱”,无论在哪个时代,它们都静默而壮烈地存活在人们心中。只不过,若不是今日近距离触摸,还真没想到外表看上去如此现代的建筑之下,在闪烁着众多商业广告的铺面和居所内,竟珍藏着如此历史悠远的拱桥建筑,古今相融,令人惊叹,妙趣而厚重。

穿过修竹绿林,登上山坡,我们来到八庙的石和寨村。抬眼一望,山崖上矗立着五六十米高的大石,像一彪形大汉身着衣衫的背影,大石之上有一块小的方石,并不似人头形但又牢固紧贴身体。这又有什么典故和来头吗?

建于清代时期的石和寨村流传着石和尚的传说。相传很久以前,一位有法力的巨人和尚,为与别人斗法打赌,要在天亮之前挑两担泥和两座山堵在巫山下,当时村民们正在开挖两条河渠进行分流,他这么做分明是在搞破坏。观音菩萨得知后,便禀报玉皇大帝,玉皇大帝命雷公立刻前去制止。只见夜晚的天空骤然电闪雷鸣,“咔嚓”一声巨响,石和尚的头被雷公劈下(也有人传说是观音斩下他的头),顷刻间血水四溅,向天喷射,冲红了半边天,其场面何其令人惊恐!雷公便急忙从青烟洞下的深滩里摸出一块石头来，压在恶和尚的颈部止住了血，这就是我们所看到的，镇压在石和尚身体之上的这块方石的由来。石和尚终于无力作恶，他肩上所挑的山和泥撒手扔下。这两挑泥就形成了不远处的宝城寨峡谷，他所用的扁担就幻化成石和寨水电站那边的一座自生桥，他所挑的山峰一头堆在了甘棠镇与开州交界处，形成的地名叫高寺，另一头山峰堆在了长岭镇与八庙镇交界处，也就是连城山。

如此说来，如果不及时制止，石和尚的一场打赌，将会致使四川内陆成为一个大湖泊。那么这块大石矗立于此历经千百年的风霜面壁思过，的确应该警醒后世，恶有恶报，告诫着人们要行善，不得作恶。石和尚的修行，何尝不是人间百态的一个缩影？

顺着石和尚脚下的丛林，我们披荆斩棘，奔着名声远播的传奇石洞——青烟洞慕名而去。这是一个天然岩洞，在不规则的圆弧洞顶下，我们一边欣赏瀑布，一边聆听神话故事。很久以前，青烟洞的潭底有一斜洞，与青烟洞相连，洞里住着一位龙女，她看到贫穷的百姓遇上困难祈祷时，总是有求必应，笑盈盈地从洞前的水潭里走出来，为贫苦大众排忧解难。她的美如出水芙蓉，胜过天上的仙女，她的善良更是让人们在心中对她无比敬重。但是后来，一名粗鲁汉子馋涎于龙女的美丽，意图趁其不备偷袭拥抱，龙女遁入潭中从此不再露面。

青烟洞之所以得名，不是应该有绝妙的青烟吗？只是，我们眼前的瀑布，如温柔小溪坠落潭间，哪有什么似青烟般的缥缈水雾？原来，青烟洞瀑布奔腾壮观的场景只有在汛期才难得一见，除非上游水库开闸发电，那么我们可以想象一下绝妙的美景：浩浩荡荡的江水从高洞水库奔涌而出，冲向下游的宝城

寨电站,尔后从半空跃向下面的水潭,那是怎样一种惊心动魄的轰鸣,飞珠溅玉之下,潭面已与瀑布连成一体,水雾缥缈,形成奇妙的仙境！呵呵,我想,青烟洞的青烟和龙女,该是何等有缘之人才能一见呢？我想起《半壶纱》中所唱:“倘若我心中的山水,你眼中都看到,我便一步一莲花祈祷,怎知那浮生一片草,岁月催人老,风月花鸟一笑尘缘了。”浮想联翩之中,宛若一仙女显现在瀑布之下抚琴吟唱,笑看苍生。

八庙的一山一水一石,每一处都自带神韵,无论是自然景观、民间故事还是历史遗产,无不异象传神,自成一气,彰显着人间惩恶扬善的精神,妙趣横生。这一趟,不虚此行。

(原载于 2021 年 3 月 10 日《西部散文选刊》)

追梦宝石湖

水墨雾语

四季轮回，竟不见今日此番雾境。许是平日里匆匆擦肩，不曾停步座爱宝石湖的这般静美？

宁静的湖面，黑白深浅晕染的光影里，把隆冬峭寒的尘埃散落在天涯，不容你去辨析哪里是山的峰，哪里是树的影，一纸水墨便涂抹了淡淡的清雅，由着水天一色的雾霭装扮了宝石湖的漂渺和神秘。

天幕，原本它是留给心灵自由飞翔的理由，不需要笼罩的梦。可水墨里的心事，仍然系于时光，一路飞奔到移山造湖的号声处，让记忆的风携带六十年前的澎湃激昂穿越至今晨，呈现给游人的淡然里，是开江人在沧桑中成就的练达，在磨难中修缮的轮回！

宝石湖，是前辈以鲜血和汗水换来的生命之源。心能听到的地方，是路过的风拧干云的呼吸，辗转的岁月里，是一代代人以斗志拼搏，以坚韧挺过，在汹涌的惊涛骇浪中，以顽强和智慧撑开这母亲湖的碧波。

宝石湖，是开江人在岁月中雕琢的一颗明珠，天空在动情的时候孕育了她的神秘。哪一个人不是大海里的一叶风帆？又有谁不曾在指尖上染满了风尘与悲欢？

一滴墨，两行泪，顺着时代的东风晕染在沧海里开怀一笑！

这水墨,使天地的融合成为最自然的事,轻描一抹淡泊的心痕,让平静成为对世界的最佳诠释。

爱上了宝石湖的水墨,宛若仙境。我醉享着,雾是漂渺的,水是灵动的,风是透明的,人是逍遥的,心是自由的。

湖面的雾霭,如记忆的薄纱,被风轻轻撩起;雾霭是梦的翅膀,又飘散在天籁的归宿中。

起航吧,神秘的呼吸;起航吧,追逐时代的梦。

潦草之忆

坝上春秋,且听冬至的草语。

约在花红柳绿的春色里,伴着堤坝泄洪的雄壮,目送你的豪情万丈,扛了满背的嘱托奔向远方。

斑斓夏日,满坡的妖娆妩媚里,草色青青,行走的风儿,频频叮咛我不要把急促的足音带来,生怕我疯长的思念,一不小心就惊碎了远方的甜蜜梦想。

我寻着足印深浅,将乡间的风景描绘,捎去的乡愁思绪,缠绕你的誓愿,却是望穿了秋水,轻叹岁月悠悠。

秋逝冬往,沧海桑田。有些记忆,在葱茏的生命里渐渐模糊,飘忽年华,融入了曾经历的喜乐哀怨,青丝变枯发。

湍湍流水伴,劲风冽寄情。忆湖畔青草堤上柳,为问新愁,何事年年有?渐行渐远的脚步,沉淀了无数刻骨铭心,期盼与时光并肩,远行的游子,请记得回来的路,莫忘了故乡母亲的相守。

这湖面的风,掠走了多少流年,吹过了多少心门,远方的追忆随这坡成片的枯黄摇曳飞舞。

不知道,这曾经的韶华是否芬芳依旧,那远行的脚步,是否已经找到了自己想要的梦。

游子的思念是两粒砂，一粒落在左眼，一粒落在右眼，而你，这汪汪的母亲湖，就在泪水的中间；游子的思念是两根针，一根扎在眉头，一根扎在心头，而你，就在疼痛的背后；游子的心在岸的另一头，趁迷雾消散，借冬日暖阳，让风捎回音讯，抚醒冬的记忆，似箭的归心意气风发盘旋而回。

此刻，允我捧一泛黄的书页，聆听这忘情徜徉于山水间的冬语，在满含草香沉默中灵犀相通共醉红尘。

潦草之忆，心意融溶，春的瞭望便以冬日情怀携遂心之脚步欣然而来……

虹桥水韵

我数了数，在半弧之上有依次大小不同的两边各五孔，横跨于两岸的宝石湖新桥，把湖两岸的程家沟村和中心村贯通相融。所谓新桥，修建于 2012 年，当中国全面驶进小康社会之际，宝石镇全面打开了对外连接与伸展的通道，百米大桥竣工，天险变通途。桥梁，看似冷冰冰的钢筋混凝土建筑物，却体现着人民劳动的智慧，它守望着这川东第一大人工湖日新月异的低吟浅唱。

这座新桥，它虽不像小桥流水人家般那样的古朴隽秀，却如一道彩虹卧于湖光山色之间，在蓝天白云下以厚实硬朗的胸怀服务于库区的穿梭来往。

新桥的美，是不同角度不同时段都能发现的。

乘船游湖时，惊见镜头里的新桥倒映在水面，如一只明眸慧眼，时刻洞察着、守护着库区百姓的安康。瞧，一叶小舟缓缓穿过眼眸，响起“哗哗”和“吱嘎”的摇橹声，湖面翻出一道道水花，婆娑的倒影被晃动、打碎，身后逶迤的银色涟漪眨眼间便又很快水过无痕。无风的湖面是一盏天然的明镜，映照着桥上桥下的人、车、船和静美如画的风景。

立桥头可观田野，青山环抱，绿水绕村，湖坝景观，浪花滚滚，溪水潺潺，田畴井然，阡陌如织，好一曲天公笔下的田园牧歌！

每次下乡帮扶贫困户，驾车往返于桥面是必经之路。记不清驶过桥面多少回了，但一到这里，心情豁然开朗。去时，新桥是我们前往目的地的指引坐标，归时，是消解疲惫怡神养眼的法宝。

最美时节，莫过于立于桥面，感受夏日黄昏晚霞铺洒的曼妙。夕阳的余晖映照在湖面上，天空与水面流光溢彩，微风轻轻吹拂，水面泛起金灿灿的粼光。小岛、树木、山水被霞光镀得温馨典雅，柔情无限。白鹭翱翔优美的姿态，在落日的绚丽辉煌中扑棱着翅膀渐行渐远，桥下的湖水似温柔的母亲为它们轻抚哼唱起《摇篮曲》……

（原载于 2018 年春季版《魅力开江》）

闻香佳酿醉盛山

三次造访盛山植物园，三次品尝桂花酒，一次相遇，陆续往来，佳酿沁心，芬芳相随，常来常新，回味无穷。我总会眉飞色舞地向朋友说起，这个地方就是与我们山水相依一脚跨川渝的重庆开州区镇安镇永共村的盛山植物园。

初访此园是去年春天，紫藤花开了，一串串紫色心愿，一园子的相思梦幻，令人激动晕眩；蔷薇花也开了，一坡的粉黛佳人，满山的馨香，姐妹们提着花篮不停收集零落一地的花瓣，尽享这花絮飘飞的浪漫诗篇，在镜头前过足了千姿百态皆成画的瘾。上瘾的何止是醉于花间，特色美食桂花鸡、桂花酒，令人开胃开怀，这一花一草，一食一饮，加之庄园主人的热情款待，我们便无可救药地陶醉于盛山，夸赞这网红打卡地果然名不虚传！

第一次品尝这里的窖藏桂花酒，轻啜一口，顿觉桂香怡人，软糯甘冽，绵润细腻，咂咂嘴，回味甘芳，口感极佳，令人清新愉悦，韵味悠长。推杯换盏中，得知庄主乃颇具情怀之士，喜交文人雅士，擅纳贤才，他的创业之路历尽艰辛依然不落俗套，坚守着自己的初心与信仰。这一坛坛桂花佳酿，酿造的不仅仅是他的一口酒，更是他不懈奋斗的人生。宾客们酒醉微醺之时，庄主又引领我们进入他的茶室，一屋的艺术收藏，包括他最爱的名酒、根雕，看得我们眼花缭乱。品茗畅谈，酒意渐消，而我们却已深深迷醉于植物园的每一个角落。

一发不可收拾的喜爱与向往,又迎来了盛山植物园的玫瑰文化节。再次到访,如火的玫瑰热情相迎,这象征着爱情的浓烈围氛已经遍洒山间,鲜红的玫瑰摇曳着娇艳的身姿吸引无数的美女与之一竞芳姿,一时间,美景、美女令人应接不暇。这种人气超旺的氛围,再品佳酿,应景的吃法便是庄园门口的摔碗酒,大口地喝,痛快地砸,如若不碎,三碗不过冈,毫无保留地热情奔放一回吧!摔碗酒一喝,助兴的音乐响起,情哥情妹亮开嗓子你侬我侬倾诉衷肠,游客与食客,悠哉乐哉无比开怀。不错,醉于盛山的感觉便是"日日深杯酒满,朝朝小圃花开。自歌自舞自开怀,无拘无束无碍。"

时隔一年多,在丹桂飘香的金秋十月,又迎来了与我心心念念的桂花酒的亲密接触。这一次的到访,是情义的升华,更是一场意义非凡的川渝文事。来自万州区、开州区、云阳县以及达州宣汉、万源、达川、渠县、大竹、开江、通川十个区、市、县作家协会的100余名会员,应邀来到拥有美景、美女、美酒、美食的"四美"之地,我有幸随行,三访盛山植物园。这次,自然少不了与众多文人墨客开怀畅饮,共话春秋,品鉴佳酿。

然而,酒未斟,人先醉。醉在爱情湾、醉在情人瀑、醉在思源井……我惊喜地发现,去年未曾见到的一面山崖仙雾弥漫,悬崖天河的飞瀑相伴着琴音缭绕,油纸伞下的竹林缥缈着禅意,众人"啧啧"称赞沉醉于仙境,醉在盛山,醉在开州!有人开始吟诗朗诵,有人登高望远,有人一展歌喉……

走进农耕文化苑,窗前串串金黄的玉米挂着丰收的喜悦,土车、簸箕、爬犁、木桶、扁担、竹篓等无数农耕文化的符号映入眼帘,还有复古的自行车、八仙桌、花轿,立刻让人情不自禁地牵起怀旧的乡愁;滴答竹雨顺着屋檐散落池塘,抬头一望,农家咖啡坞的楼阁轩窗，佳人静坐，听雨冥想；民俗文化陈列馆内，还有使人跃跃欲试的推磨、打豆浆、蒸馒头的上阵体验。平日里难有锻炼机会，我赶紧与伙伴配合推磨，前倾、后仰、伸展、回拉，踩着节奏点找找感觉，热热身，出出汗吧。看到加工后的粮食作物演变出的劳动成果，在热气腾腾的劳作清香之中，心儿都醉了，食欲也大大打开了。

筵席之上，非遗食品桂花鸡、盛山阴米、腊味拼盘、七贤烤羊，配上芳香沁脾的桂花酒，这些地道的川渝口感实在巴适！人文配美景，佳酿配美食，着实让我们领受到了开州人把最美最好的东西倾情奉上的盛情。这四季花开、诗情画意的盛山植物园的创新与文旅融合，正如庄主用心、用情酝酿的美酒，带着他对乡村旅游的独特见解和对非遗文化的传承创新而发酵、升华，溢出的自然是精华，是真善美浑然天成的美酒佳肴，酒醉，情醉，心醉……

游园、品食之后，欢聚一室座谈交流，万达开云一家亲，共创盛世之美必秉承“文化先行，凝心聚力”的精神，畅谈与讴歌，深思与探索。在这一道文旅大餐之中，我相遇老友，结识新友，拓眼界，长知识，在相互增进了解中，品味人生。

激情，开怀，感恩。感恩与一杯桂花酒的结缘，这一杯又一杯香醇佳酿，如一次又一次更美、更好的遇见，一遍遍地飘香，一遍遍地酥心入骨，一遍遍地预见盛开的希望之花。

（原载于2020年10月29日《达州晚报》）

汉风寻根之旅

五一假期，我给女儿安排了一场汉风之旅，那就是去“汉人老家”寻根。当代散文大师、作家、学者余秋雨说：“我是汉人，我说汉语，我写汉字，因为我们曾经有一个强大的王朝——汉朝。”而汉朝非常重要的一个重镇，那就是“汉中”。于是，我们一家三口驱车前往陕西汉中，去感受历史烟云下的民族故事。

到达汉中市，站在古汉台前。所谓“汉中开汉业”，刘邦当年登楼望汉江，万里江山在眼前，筑坛拜将兴西汉。古汉台现存7米高，它坐北朝南，代表着汉朝的基业。古汉台的最高处，是望江楼，始建于南宋时期。刘邦在这里招兵买马，拜将授信，后来终于成就汉室四百年，有了汉人、汉服和汉话。从此，汉文化的根就扎在了这里。这里是“一带一路”的鼻祖张骞的故乡；是“造纸术”的发明者蔡伦的封地；“萧何月下追韩信”的美谈，也发生在这里。

兴汉胜境，是必去打卡景点，气势恢宏，风景如画。位于汉中兴汉新区的兴汉胜境依汉源湖而建，景区内建有汉文化博物馆、汉乐府、兴汉城市展览馆三座宏伟的宫殿群落，汉源湖上还有七个文化岛屿和汉人老家街、丝路风情街两条商业街。

进入景区大门，跨过精美的汉白玉拱桥，在乘上观光车之前，女儿在汉服出租店挑选了一套汉服换上，老板还为她做了发型，配上发饰，然后，我们欢天喜地进入兴汉胜境的核心建筑——汉文化博物馆。步入馆内，庄严汉韵、恢宏大气展露无遗，顷刻间心灵深处的震撼无以言表。大厅中央摆放有大型金瓯玉盆器皿，采用多种工艺在金丝楠木上匠心雕刻而成的大型《汉云彼绰》壁画，细腻地刻画了陕甘茶马古道的风貌。展览馆共计五层，分三个展览区域，展示和表现了汉中地区的过去、现在和未来。历史馆内展示有“石门十三品”，即从汉魏至明清时期百余摩崖石刻中切割下来的十三件书法石刻珍品，还有鎏金四足鬲等各种弥足珍贵的工艺品，令人大开眼界。“水下长廊”布有仁义、信节、礼智和忠诚等主题的开汉十二品画像作品；“知守厅”展示有孔子讲学图等工艺作品；“三圣殿”展示有孔子、老子、释迦牟尼三位圣人的高大形象，以及历代明君、思想巨匠、贤才豪杰主要历史人物的石像，配以大面积的拼花造型穹顶，变换的灯光，造就出宏伟工程，令人惊叹不已。展厅内空间开阔，装饰富丽堂皇，不管是门窗、雕塑、地砖、壁画，抑或是烛台、天顶、浮雕，每一个细节均渗透着汉风建筑的精华，行走其间，仿佛置身于千年前的汉朝皇宫大殿。

汉乐府以展示汉代歌舞和宴饮文化为主，让你身临其中，目睹汉代传国玉玺，一眼千年；而“兴汉城市展览馆”则是一座浓缩了汉中过去、现在与未来的高科技的展馆，彰显砥砺前行的时代画卷。

景区白天和晚上分别有“汉颂”和“天汉传奇”大型实景演出。馆内游玩至 6 点会闭馆两小时，我们出去风情街边逛边品尝美食，然后再入景区另一通道，观看 8 点的大型水上真人实景演出《天汉传奇》。根据《诗经》上记载“汉有游女”的美丽传说，以“汉水神女”人物脉络展现故事情节，通过与水有关的各种创意,200 多名演员在汉源湖水面上借助现代高科技的大型喷泉列阵、激光特效、变化扇形水幕、烟花绽放等系统,在浩瀚星空下演绎美好传奇,带给观众一幅又一幅令人震撼的画卷,整个演出美轮美奂,观众掌声四起,女儿看了直夸很值得!

漫步于景区内的任何地方,都能看到带有浓厚汉文化特色的宏伟建筑及小桥流水的隽永之美,既有煌煌大汉的威武霸气,又有秀丽温婉的景色宜人,所到之处时刻都仿佛置身于两千多年前的强盛汉朝时代。作为一个汉文化综合旅游度假区,可真是将两千年汉文化浓缩于此并呈现的淋漓尽致!

次日,我们来到勉县的石门栈道。"明修栈道,暗度陈仓"的故事就发生在这里,公元前 206 年,刘邦用韩信之计,派少数人修建栈道,以转移镇守关中的雍王章邯的注意力,而暗地里沿着西边艰险的陈仓北出大散关,进军咸阳。现在的石门栈道是石门水库建成后新建的仿古建筑。景区既有两汉三国时期厚重的历史文化底蕴,又有众多风景秀丽的自然风光。全长 235 公里的褒斜栈道,是古代通往南北的军事要道,古人为了翻越秦岭山脉,沿河谷悬崖凿孔架木,让车马悬空行走,场面蔚为壮观。景区山势险峻,怪石嶙峋,翠峰林立,仿古栈道独具一格,凌空飞架于褒谷陡峭悬崖上,栈道下方是老川陕公路遗址,在抗战期间,为战略物资的输送做出了重大贡献。景区内有很多成语典故和名言锦句的石刻。下午 2 点,我们在汉帝刘邦、韩信、萧何三位巨石雕像前又观看了一场汉剧表演,演绎了曹操所书"衮雪"时的场景以及杨修之死的剧幕,给我们上了一堂生动的历史文化课。

最后一站我们去了诸葛古镇。这是集三国文化、诸葛文化、旅游休闲、亲水体验、餐饮娱乐、民俗民艺为一体的休闲文化旅游目的地。在这里，既轻松游玩，又将历史文化寄娱乐中加深理解，还满足了女儿一路走一路吃的“吃货”愿望。

“出师一表真名世，千载谁堪伯仲间。”在《三国演义》里，诸葛亮是神一样的存在，在中国人心中，也给八卦阵赋予一圈神秘的光环。而诸葛古镇，就是以诸葛亮的八卦阵为布局理念，以一条水街一条旱街为主线，象征八卦的阴阳，具有奇妙的特色。“非淡泊无以明志，非宁静无以致远。”古镇中的青瓦农舍让人耳目一新。这里以诸葛亮的生平为线索，通过七种建筑风格、二十余组雕塑景观、三大博物馆、一场大型实景演出，全景展现了诸葛亮的超然智慧、忠贯云霄的一生。八卦广场中间有一辆历史悠久的古车，人们纷纷拍照留念。孔明灯广场，数不清的孔明灯造型，形态万千，是诸葛亮的发明创造之一。“三顾茅庐、草船借箭、火烧赤壁、空城计……”这些围绕在诸葛亮身边的故事，在这里都用实景生动塑造出来，游人穿梭其中，感受历史传奇。街边还有许多店铺，各种食品、特产，还有文创纪念品等随游客挑选。这里的冷兵器博物馆，梳理了古代兵器的样式，予以全景式的陈列；还有武侯祠，现存建筑大都保持着明清时代风格，融建筑、园林、雕刻、绘画、书法、文学于一体，是一座代表陕南地方传统建筑风格的千年古祠，有“天下第一武侯祠”之美称，都值得参观。

汉中如此多娇，引众多英雄竞折腰。刘备刘皇叔自命“汉中王”，曹操曹孟德挥笔书“雪衮”，诸葛孔明也“英雄泪满襟”。连李白，杜甫和苏轼等文人墨客也纷纷踏足这片土地上，留下许多瑰丽的诗篇。如果说，游园赏景、逛景区、品美食，这些是我们外出旅游的“物质享受”，那么穿汉服、写汉字、品历史、观演出就是一种“精神享受”，同为讲汉语、写汉字的汉人们，这里的“寻根之旅”真的是令人流连忘返。

（原载于2023年5月31日《中国旅游文学》）

游太蓬仙山

“何处飞来海上山，两蓬高峙白云间。曾传仙子乘羊去，不见令威化鹤还。”此诗乃明代王廷稷称赞“蜀北名山”——太蓬山所作。五月微风不燥，我有幸在四川省营山县文朋诗友的引领下，登临太蓬游览仙山真容，聆听千古传奇，品味其俊秀灵气、神秘厚重的文化底蕴，令人印象深刻，意境悠远。

早在隋唐时期，隋朝的中国地图上已有“太蓬山”的标识，古称绥山，曾为川北佛教圣地，与峨眉齐名，乃千年佛道兼修胜地。极目远眺，群山环绕，景象万千：十二峰蜿蜒起伏，拥翠叠绿，岚霭氤氲，状若“蓬壶”飞渡，宛如海上仙山。古诗有云：“楼阁参差耸茂林，危梯曲径几重深。周行岩麓四十里，下视井尘千万寻。”这首诗道出了太蓬山景福寺所处的环境，也道出了它居高临下的地位。寺内经声阵阵，香火鼎盛，这座千年古刹给太蓬山增添了古老而神秘的色彩。据说每年农历的二月、六月和九月十九是观音菩萨生辰。（观音菩萨有三个生日，但其实并非是三个出生之日，只有第一个农历二月十九是其真正的诞辰日，而农历六月十九日，是其成道日，最后一个农历九月十九日，是其出家之日。）朝山拜佛的人来客往，川流不息，香火异常旺盛。

随行的毛老师饶有兴致地向我们介绍这座山上很特别的一棵松树。此松堪称黄山迎客松的双胞胎姊妹，其高度、胸径、冠幅、枝干以及姿态都与黄山迎客松极为神似，生长在悬崖峭壁。关于它的生长年限推测有几百年之久,它历经沧桑曾经生命垂危,现已被保护起来,“孤松压雪根还固,病叶逢春色更新”。据说,红军的将领曾到这里来打过卡,还有人在松树不远处挖到过茯苓,当地人称“松花照茯苓”。这里的松林中还有很多的双生树,树桩发杈成双成对共生共长、高耸于蓝天的松树比比皆是,一方水土孕一方生灵,真是奇特。

迎客松不远处,是天子读书台。位于太蓬山透明岩悬崖间,绝壁之上有一天然石洞,从岩下仰视,双目难见读书台全貌,登顶俯瞰,视线却又无法进入洞中。传说李特幼时在太蓬山得到奇书,后依书教子,其子李雄获智慧,在成都称帝,建立成汉政权。李雄感念父亲教诲之恩,追封李特为“景皇帝”,故李特曾读过书的石桌,被称为“天子读书台”,亦称“秀士岩”。

我们跟随营山文友沿阶而下,继续探寻它的神秘险峻和奇幻传说。透明岩有一个巨大的穿岩石穴,径直穿过山腹,长约数十米,两端透明,一眼望穿,西边为一深壑,东面出口系绝壁。在洞口的石壁上刻有一副对联“有门无门是为佛门,是洞非洞自成仙洞”,寓意释道都可在此兼修。这“一洞天”的鬼斧神工,令人对大自然心生敬畏和赞叹。相传周成王时葛由等十二人在此飞升成仙,留下了“飞仙桥”的胜迹。

透明岩环岩四壁全为各种石刻,有非常珍贵的摩崖造像、佛教经典、碑记、诗词、游记等。历代摩崖石刻中唐宋时期居多。千佛岩为唐代中期镌刻的密宗摩崖造像,雕刻技艺精湛,神态各异。一舍利塔上刻着的浮雕,有飞禽走兽,有手持吉祥果的沙弥,有打“莲花落”的艺人,千姿百态,引人入胜。还有古人所书的“吞月吹云”四字中,那“吞”与“吹”的口形笔划生动形象,惟妙惟肖。

我们一边观看，一边听毛老师娓娓道来“才人祈嗣”的故事。相传，宋徽宗生母即神宗宠妃陈才人是蓬州人，曾回乡到景福寺敬香祈嗣，次年便诞下皇子赵佶。透明岩下镌刻的《降香碑》一诗便史证于此。人们深信此山灵验，前来以香火祈福的善男信女络绎不绝。经过此处，还有人朝岩壁石缝扔小石子趣玩“打子洞”、饮圣水，看看谁的愿望先实现。

众多的石刻题记中，最能引起史学家和游人兴趣的当属唐代石刻《安禄山题龛》。因为此石刻是中国乃至世界研究杨贵妃终老之地的唯一珍贵石刻。关于杨贵妃的下落，学界说法不一，比较主流的说法有三个。一是自缢马嵬坡。安史之乱爆发，杨贵妃香消玉殒，但后来专家却发现，“马嵬坡下泥土中，不见玉颜空死处。”二是偷渡东瀛。三是归隐太蓬山。杨贵妃当年是死是活，至今仍是个未解的谜团，但太篷山却出现了一座“杨氏之墓”。白居易《长恨歌》后半部分有写到：“忽闻海上有仙山，山在虚无缥缈间。昭阳殿里恩爱绝，蓬莱宫中日月长。”营山境内的太蓬山曾是杨贵妃的避难处吗？专家们经过勘察，发现其他地方所谓的杨贵妃墓，都明确的刻有“杨贵妃墓”，但太蓬山的杨贵妃墓，却只刻有“杨氏之墓”四个字。照常理来说，杨贵妃是个逃亡之人，即便是死了也定然不会刻自己的名字。据世代生活于此的村民反映，杨氏之墓就是杨贵妃墓，因为当年杨贵妃逃过一劫，“马嵬还魂”后归隐于太蓬山。专家们经过深入研究，更加倾向于贵妃归隐太蓬山的说法。之所以逃到这里来，一来是因为此地地势偏僻，利于躲藏，二来是因为杨贵妃信奉道教，与道教的关系密切，更容易被收留。《安禄山题龛》就是杨贵妃逃亡到营山时，为安禄山祈福所刻，毕竟她与安禄山关系特殊。一曲《长恨歌》传唱至今，“天长地久有时尽，此恨绵绵无绝期”，让后世之人不无感慨至深。对于杨贵妃的谜团，历史传说是非真相众说纷纭。杨贵妃的一生，既是幸运的，又是悲哀的，凭吊贵妃香塚，或许人们更情愿相信贵妃是逃过一劫，算是对浪漫爱情的一种期盼与释然吧。

在这里，我们还听闻一桩事：文革期间，很多佛像的头部被损毁，而此寺中的慈普定师傅便是曾经参与者之一，他曾回忆到，当时召集了200多人来打石像，毁坏佛像用了整整两天时间。但后来所有参与此事的人下场都不好，而他与太蓬山结缘，终年守护于此，一生与佛相伴，为前来朝拜的人们引路讲解，静修行善。回返途中，我们与慈普定大师相遇，但见大师慈眉善目，话语柔和，面容红润光滑，难以置信，这是一位七十多岁经历风云变化的人，许是这仙山与心灵的同修静养让他看起来非常年轻吧。

经过圆通殿前的清水池，我发现一只小石龟浮出水面，栩栩如生，便伫立细想，来时经过未何不曾细看这池中是否还有更大的福龟呢？正要向同伴发问，惊见小龟头部灵活转动起来看向我，仿佛是要告知：我不是石刻的，我是活灵活现的福龟哦！文友说，这是只有佛性的小龟，偶尔露出水面打打招呼以表迎客之道，见者福寿吉祥。果然，待我们驱车离去时，小龟又潜下水去了，真是可爱又有趣。

清代举人蔡抡科曾写诗赞叹：蓬莱宫阙望中山，每到辄闻风引还。何自飞仙游海上，竟将灵迹堕人间。太蓬仙山趣闻多，听松涛，揽松影，史记或坊间传说皆为世人津津乐道，游访仙山，获益良多，不枉此行。

（原载于2023年6月12日《四川散文》）

第三章 静夜思索

清明的雨，是入夜的泣涕涟涟，
也是不负春光的清朗滋润。
万物历经生死更替，延续世间芳华。

生死之间的绚烂与静美

清明的雨，是入夜的泣涕涟涟，也是不负春光的清朗滋润。万物历经生死更替，延续世间芳华。

这样的时节，免不了一场回忆、一场缅怀、一场关于生与死的领悟。

“人生除生死，再无大事。”比起“生”的欢欣，人们往往谈“死”色变。不论死得轻如鸿毛还是死得重于泰山，我们对于“死”的方式中最排斥和嗤之以鼻的是自杀。然而不同的人，从不同的角度有完全不同的态度，也会做出完全不同的选择。“即便我做不到生如夏花之绚烂，但我期待死如秋叶之静美。”这是《求是》杂志副总编朱铁志自杀辞世前的绝唱。他的遗言中无不流露着一名哲人的看透与豁达。在面对癌症这一死亡杀手一直没能被人类攻克之前，他呼吁安乐死立法，为的是减轻病人和亲人的痛苦纠结；他希望死后，将所有能用的器官免费捐赠，假如它们能在其他的生命里获得新生，将感到莫大快慰；他希望将自己的尸体交给医学院作解剖教学用，假如学生们从他身上能够学到一点有用的知识，又将感到莫大快慰；他把一切死后麻烦亲人、同事的繁冗后事都统统交代免去。他说：对个体生命来说，生命是短暂而脆弱的。不论你是荣华富贵，还是穷困潦倒，生命的起点与终点不过咫尺之间。这是新时代一位活着奉献于人民，谢世为大地的通透学者，他让我们深感钦佩，真真是大地的儿子、天堂的天使。

不管如何死去,生的过程中就应该认真地活,当闪耀过自己的生命亦曾经照耀于他人时,便不再妄言贪图生命的长短是非。十五年前的今天,被香港艺坛亲切称为“哥哥”的张国荣,选择愚人节给世人开了一个天大的玩笑,从24楼飞身跃下,奔向天堂。年复一年,人们依然重复哼唱他的歌,一遍又一遍缅怀他的出色展现,他经历过很多次人生:无论是深情错付的程蝶衣、憨憨的书生宁采臣、细致温文的十二少、莽撞少年阿杰,还是冷劲锋利的西毒欧阳锋、吐着烟圈的何宝荣……他就是有本事,让自己成为那样一个个鲜活的角色。哥哥的音容笑貌曾让多少观众和亲友为之倾倒,演艺事业中他敬业极致,惊艳闪耀,他是一团永远激情燃烧的火焰,他像一缕不羁高傲的风飘向唯美的天堂。很多人都会说“哥哥不曾离去,一直闪耀在我心中”。

即便是自杀之死,在某些时候竟也是如此美丽和动人!在《她比傅雷更不应该被忘记》一文中,作者李银昭描述了一个六十年代“士可杀,不可辱”的东方古典女人。当生命已无法再和“尊严”“理想”这类美好的词汇相连时,“死”也就并不可怕了,甚至成了“生”的另一种延续。在失去了尊严的年代,傅雷的自缢是走向完美和理想,而他的妻子——朱梅馥用理解与支持,用来自血液里的欣赏和最深邃的爱跟随在丈夫身后。在夫妻书写的那几页遗书的文字里,没有看到他们对这个世界半点的不满和抱怨,有的只是平静地交代死后事:房租的支付,保姆生活费的供给,亲戚寄在家中的东西被抄走应付的赔偿。甚至还没忘记在楼板上放上棉絮和床单,以免自缢后,他们的身体倒地后发出声响,惊扰了楼下的其他人。有人说,朱梅馥夫妇干净了一生,最后的死,干净得更让全世界震惊。她不仅是一名妻子，更是一个母亲，要做出舍下儿子独步黄泉的选择，这内心要经历怎样的煎熬、需要多大的勇气和力量啊？可是朱梅馥毅然选择了勇敢地随丈夫去成仁赴义。她把东方女性的温存与高贵、坚定与自信、仁爱与牺牲发挥到了令上帝为之落泪的程度，她如一朵莲花，盛开在上海的夏夜里，绽放在时间的长河中。

我们对人生的理解，应该看重的是过程。一个人即便是人生看似完美，也会有这样或那样的缺憾，如同月有阴晴圆缺一样，但他们曾经努力过、奋斗过、灿烂过，虽有凄凉，但却无憾。生活于尘世，莫去谈人人都能有诗人海子“面朝大海，春暖花开”的理想，只是，静静回想，人生实在应活在当下，珍爱生命的赐予。想想十年前的“5.12”汶川大地震，面对突如其来的灾难，顷刻间埋藏了多少贫与富、美与丑，生命的脆弱渺小、人性的坚强与伟大都纷纷展现而又戛然而止。芸芸众生，有多少人总是羡慕着别人，怨叹着自己的苦闷，有多少人游戏人生，无法活出自我，其实，人生真的要努力绽放，亦要学会知足惜福。

我又想起青春年华里曾经触动我的那场惊讶，来自同学好友的意外死亡。丽曾是班上成绩拔尖、活泼开朗的漂亮女生，聪明伶俐的她，一路考取名校，与在大学里结识的枫结为连理，感情、事业之路皆为顺畅。她与枫的优秀组合，成为全班同学艳羡的幸福的一对。尼采曾经说过：“对待生命你不妨大胆冒险一点，因为好歹你要失去它。”有时候命运给了我们太多的猝不及防，有时候我们无法抗拒命运给予我们的灾难。是的，丽是因为去澳大利亚划橡皮艇出事的。青春的遗憾来回漂洋过海，刺痛家人的心。最不能接受的是她的父母，值得他们这个家族骄傲的独生女，突然间消失于异国他乡。悲痛的父母前两天才收到女儿从新西兰所拍的照片制成的明信片，那上面绽放着女儿灿烂的笑容，两天后却只能阴阳相隔。枫对妻子的疼爱也只能是为她换上最后一套服装，戴上最后一副眼镜，在牧师那里讲述他们的爱情故事长达5个多小时。之后我们看到网上发布的关于丽的死亡消息以及她在北京师范大学期间所翻译的作品和书本。丽短暂的32年生命里，活在大家印象中总是那么聪慧可爱，优秀上进，精彩着每一天。同学中有人说是天妒英才，有人说丽活得高质量不留遗憾，有人说宁可人生坎坎坷坷也不愿如她这样短暂辉煌，不管说什么，我们都深切明白到生命的脆弱与珍惜的重要。

生命，要活得像夏季的花朵那般绚烂夺目，努力绽放，可除了生命中的美丽，人生也难免会有不完美的地方和不如意的结局，即使是悲伤如死亡，淡然地看待，就像秋叶般静美地接受所有的结局，因为最美的我们已尽力去争取经历过了，那便没有遗憾了。

渐渐地，面对死亡，在我们的生命中有更多波澜不惊，渐渐地，面对人生的苦累迷茫，我们相信，如果你选择绽放美丽灿烂的笑容，那阳光总会洒在你生命的路上，不仅照亮自己，更会照亮别人，当你走过那段艰辛，你是一个为世界绽放生命的太阳。

“盛年不重来，一日难再晨。及时当勉励，岁月不待人。”重温东晋陶渊明这些诗句，得知岁月匆匆、年华易逝，更要珍惜人生的每一刻。

清明，墓前，人们不会忘记为离去的长辈奉上一捧鲜花，点上两支香火，将祖先的坟墓装扮一新，扫去四月的惆怅，在祭祖的哀思里，传递人间的温情。

我们循着泰戈尔的经典诗句——“愿生如夏花之绚烂，死如秋叶之静美”去感悟对至高生命积极热爱的一种追求,去感悟大自然告诉人们的生命真谛。生命的起落,传承于人类历史的长河。

(此文写于2018年4月1日,原载于2018年4月21日《冬歌文苑》;2018年10月获开江县“玫瑰书香”家庭文化建设年征文活动二等奖;2019年2月获达州市第四届“玫瑰书香”读书活动征文三等奖。)

可否预约的清欢

去年12月,作协林主席让我预选一两本自己喜欢的书,说是作为奖品。我不假思索地选了林清玄的两本散文集,期待拜读并收藏这位被誉为"中国当代散文八大家"之一、连续十年"雄踞台湾十大畅销书作家"的作品。2019年1月24日,作协的总结会上,我满心欢喜地接过这场预约的赠书奖励仪式,竟得知林先生已于1月23日逝世的噩耗。

深夜,捧着《人间有味是清欢》这本书,读到《序》中结尾的一句:"十百千万,日益繁盛,现在送给读到这本书的有缘的读者,内心永远繁盛丰美。"落款时间为"二〇一七年新春"。此刻,我掂到这本书的珍贵与厚重。缘,如林先生书里的《可以预约的雪》么?生命中的邀约,到底变是正常的,还是不变是正常的?预约一场花事,预约一场同学聚会,预约一场仪式,预约下个月,预约明年,"也许可以预约得更远,例如来生的会面,但我们如何确知,在三生石上的,真是前世相约的精魂呢?"不管预约得近还是远,先生是真的于1月23日离开了我们,但他留下的诗意哲言,仍然指引着人们在纷杂的人世间前行。

去世的消息来得这样猝不及防,因为就在先生去世前一天上午,他的微博还在更新消息:"在穿过林间的时候,我觉得麻雀的死亡给我一些启示,我们虽然在尘网中生活,但永远不要失去想飞的心,不要忘记飞翔的姿势。"他做到了,在充满禅意的人生中,对生死的体悟。正如他的文字,在那些最艰难的日

子里，先生用写作撑起了生活，织起了梦想，用那清香如茶却智慧有力的文字创造出自己的世界。他曾在一次活动中这样说道："林清玄有一天一定会死，但我会保持一颗乐观的心。假如晚上会死，早上我还会在写作，我的书会和你们相伴。"此人，此生，此书，是励志而又令人感动的。想想我们每个人在生命的情境中，经历着酸甜苦辣的滋味，即使最低落的时期，也不应失去向往、失去振作的信心。

在书中，先生觉得，"生死离别"为人生大事，每个人难以逃避，又常常充满困惑，但都被他的"幸好"一一化解。人间有味是清欢，人间幸好也有离别。这"清欢"，始于先生对苏东坡的感悟，从苏东坡在颠沛流离中不改落拓旷达的性情里，从苏东坡穿着草鞋、拄着竹杖散步的轻松里，感悟出"人间有味是清欢"，感悟出"清欢"是生命的减法，舍弃世俗的追逐和欲望的捆绑，回到最单纯的欢喜。如此经典，如此令人茅塞顿开。

是的，生命的减法，是舍与得的辩证。所以，我们不妨审视一下自己的某些执着，审视自己对物质、对精神上过度的贪欲，如果发现种种苦恼导致了自己一地鸡毛的疲惫不堪，那么就得赶紧下定决心清除杂物，清空杂念，为自己腾出明亮清爽的自由空间。舍弃家中堆积的废旧衣物、器具，清除堆积在办公室的垃圾，舍弃那些已经变质的食物、药品，甚至变质的情感，以及一些无用的人际社交，卸掉不必要的包袱和累赘。舍弃世俗的追逐与欲望，才能留下清晰而有用的所得。但凡那些分离的狗血剧，那些无止境的爱恨纠缠，那些钩心斗角的争斗，那些偏执的索求，或许都是忘记了最初的简单与美好，换之无度的贪嗔所酿，无法包容，无法破解。学做生命中的减法，学会吐故方能纳新，减去平庸，向往美好，保持单纯的初心。"清欢，永远不会失去,只要我们不俗。”“以清净心看世界,以欢喜心过生活,以平常心生情味,以柔软心除挂碍。”一颗清净心,一颗平常心,看来我们真的需要在岁月中精心打磨,把握好尺度。正如先生在《煮雪》中所提:“斯时斯地,煮雪恐怕要变成一种学问,因为要煮得恰到好处和说话时恰如其分一样,确实不易。”

先生曾提到,俗话说“人生不如意事十之八九”,生命里不如意的事情占了绝大部分。但是扣除了八九成的不如意,至少还有一二成是如意的、快乐的、欣慰的事情。如果要过快乐人生,就要常常想那一二成好事,这样就会感到庆幸、懂得珍惜,不致被八九的不如意所打倒。他把“快乐地活在当下”当成了不用张贴的座右铭,因为“失去此刻就没有下一刻,不能珍惜今生也就无法向往来生了”。有这样豁达的心,才能写出如此唯美养心的文字,他用优美而充满哲理的文字去诠释诗意的人生,不留遗憾。

而我们,纪念一位作家,品读他的文章,就是用心感悟他的见识和思想,不虑其后,不恋当今,去认识生命里的“常与变”,对生命的恒常有祝福之念,对生命的变化有宽容之心,永远保持着预约的希望。每一场预约,都是飞翔的向往。人生最美是清欢,林先生,愿你预约的来世三生石上,刻下了你不曾丢弃的精魂,在宇宙间幻化成真善美的精神力量,生生世世传播在人间。

(原载于2019年2月15日《达州晚报》)

天使折翼如何飞翔

每一个孩子都是可爱的天使,我们对他们爱的初衷都一样,渴望张开翅膀飞向理想的天空。但现实往往是我们在残酷中挣扎盘旋,或许我们仍浑然不知天使们是如何被剪断了翅膀,还要怪他们不会飞翔。

看了一个来自西班牙的动画视频,片名叫作《Alike》。Alike 这个单词的意思是相似。这是一部 8 分钟的默剧动画短片,整个短片没有一句台词,却通过人物表情和音乐节奏将“社会如何扼杀人的创造力”展现得淋漓尽致。短片获 117 个奖项提名,揽获 64 项大奖。此片不仅刷爆了父母的朋友圈,还引起人们对教育、对体制、对孩子的个性和创造力的热议。

短片以城市中的两父子为主角,故事从孩子第一天上学开始。爸爸装书的同时,儿子在一旁跑跑闹闹,张开双臂像一只小鹰扑向爸爸,却不曾想被突如其来的书包,压倒在地上。小家伙虽然被书包压得趔趔趄趄,但能和爸爸一起走在上学的路上,他还是兴奋异常。小时候的我们,是不是第一次得到新书包,第一天上学,也是向着快乐出发?那时的书包有这么沉重吗?

父子二人出门,画面从家中切换到惨淡灰暗的城市里。周围是一个灰白的世界,人们每天奔波忙碌其中,脸上的表情和周围的环境一样死气沉沉,每个人没有个性,没有自我,只是漫无目的地维持着生存。然而在这灰白单调的世界中,却突然出现了一片“绿洲”,一个拉琴人,在街角奏出优雅的乐章,虽然他的色彩和行为与这个世界格格不入,但一下子吸引了小家伙的目光。他兴奋地冲到拉琴人面前,瞪大眼睛,很自然地跟着音乐模仿起了拉琴者的动作。但这一举动却被父亲拎过来挡在儿子面前的书包打断了:“学校才是你该去的地方,这个追求梦想的人,不过是被社会抛弃的异类。”看这父子俩的神态!想想我们的生活状态,也是这样每天清晨催促着孩子“快点!快点!”警告孩子:“你现在的任务是学习上课,什么都别想、别干,知道吗?”何其相似!

小家伙来到学校。从ABCD开始学起,当他在纸上画下路上见到的拉琴人,期待地盼望老师的夸奖,老师却指着纸上的ABCD,“这才是你该学习的东西。”在学校中,孩子被无差别地教导。而在公司的爸爸,同样只是流水线上的一个零件,哪哪都不需要个性,人们要学会的只是如何整齐划一地融入这个世界。每个人在这个过程中都被磨平棱角,慢慢褪去原本的颜色。父亲也毫不例外,早就在千篇一律的生活中放弃了自己的追求和梦想。唯一能让他恢复本色的,是下班接儿子,相拥的那一刻。然而当他看到儿子在学校“不务正业”作画,瞬间皱起了眉头。本来嘟着小嘴等待表扬的儿子,察觉到父亲表情的变化,脸上挂满了委屈、失落。日复一日,孩子仍旧会对那个拉着小提琴的追梦人充满好奇,却被父亲一次次无情拉走,送往毫无个性的“工厂学校”中。每个孩子身上蕴藏的巨大潜能,就这样被成人无情地磨灭了。终于,小家伙屈服了。再次站在树下,在拉琴人的面前,儿子一脸哀伤,轻轻闭上眼睛,渐渐抬起双手,背向身后——他仍然像小鹰般张开翅膀,但不是起舞,不是飞翔,而是向沉重的压力低头,迎接如枷锁一般沉重的书包。

第二天早晨，儿子又张开了双臂，像个挥舞翅膀的天使，音乐重回欢快。父亲依旧把书包塞满，把"重担"亲手压上儿子的肩头。故事开始重复第一天的模式，只是儿子渐渐学会了低落、失望，学会察言观色，学会把情绪压抑在心里，默默藏起自己的翅膀和梦想。

当每个人看到这个画面，一定会怜惜起这个渐渐收敛梦想翅膀的天使，想想我们怎样对待自己的孩子吧。我想起女儿小时候的兴趣爱好很多，执意要学舞蹈、绘画，但随着功课越来越重，为了保证主课业的进度，我们让她放弃这些爱好，在艰难选择中放弃了绘画。小学四年级，女儿坚持上舞蹈学校课程的同时，又要求加入学校的舞蹈社团，做父母的我们反对她花时间、精力在这些兴趣上。那时的她并不像动画片表现出的孩子那般低落、失望和最终顺从，她号啕大哭的那个惨劲，甚至不吃饭毅然决然坚持抗议的场景，震触到我，在那一刻，我已经意识到，对孩子自由选择兴趣爱好的剥夺会成为一种伤害，既然孩子如此钟爱，我应允了，虽然我也担忧着孩子还要不要去学奥数、补英语、补写作……

短片中的父亲眼看孩子一天天变得不快乐，直到偶然再次翻开孩子的作业，终于意识到自己的问题和孩子变得不开心的原因。爸爸幡然悔悟，灵机一动，牵着他去看孩子最感兴趣的事物。不曾想，那个苦苦坚守的追梦人早已不在，或许他也像其他人一样，最终屈服于毫无生气的体制。小家伙失落万分，扭头要走。这时候爸爸却做了一件伟大的事，他站在"绿洲"上，声情并茂地拉起了提琴。丝毫不顾路人异样的眼光，这一举动也得到了孩子深深的认可。故事就这样在平淡中结束。明天，明天的明天，这个世界还会照样运转，父亲会回到现实，还是继续为自己、为儿子守住一片蓝色的天？没人知道。

我们每个人生来是“独一无二”的“原创”，可却渐渐活成了“相似”的“盗版”。是谁让我们失去了“本色”？是什么决定了我们的人生是彩色还是苍白？父亲和学校一直试图教儿子用“正确”的方式学习、生活，但是，属于每个人的正确人生路又是什么呢？为了让孩子各项技能都跟上竞争如此激烈的社会，我们往往很容易忽视孩子的快乐。

《肖申克的救赎》中关于体制化的思考：“那些高墙很有趣，开始的时候，你痛恨它们；后来就适应了。时间久了，变得离不开它们，依赖它们。这就是体制化。”“停下来想一秒：你的大脑，是不是已经被体制化了？”当孩子以飞翔的姿态接过书包，当他以毫无创意地写法描摹出 ABCD。是学校、家庭教育的“成功”，也意味着孩子的个性和创造力被无情地完全抹杀。爸爸似乎毫无察觉，自己平日的行为，其实在一点点扼杀孩子的天真和自我感受这个世界的能力。

“天然的色彩”与“雷同的惨淡”，你要哪种人生？也许，这是全球教育体制的焦虑。

我们的家长一定深有体会，如今的孩子，没有我们以前那样幸福轻松的童年了，至少生活和内心不如我们小时候的年代那么五彩斑斓和无忧无虑，他们每天从早到晚的休息时间甚至连成人都不如。

你剪断了我的翅膀，却怪我不会飞翔。

在苍白无力的世界中，爱就是为自己、为他人，留有一块自由翱翔的彩色地带。作为父母，我们应该更加关注和保持孩子的好奇心和创造力，让孩子拥有快乐的人格，获得感知幸福的能力，才能激发孩子的潜能。

一个只有分数的教育是没有灵魂的教育。如今也有很多学校开始尝试新的教学模式,综合培养孩子的各方面兴趣和才艺,取消了一味公布分数排名次的做法,更加注重培养孩子适应社会的能力。有了一个好的觉醒,但愿我们的教育能摸索出更适合孩子健康、快乐成长的方式和方法。

久在樊笼里,复得返自然。我们努力创造给天使们振翅飞翔的自由空间吧。

(原载于2017年5月《开江作家》)

跌跌撞撞话台球

伴随着清脆利落的“砰”的撞击声，圆圆的、鲜艳的彩球“咚”地落入袋中，这时手持球杆的人别提心头有多爽了，如垂钓者提起了一尾大鱼般的快感，信心满满，状态十足。台球的魅力在于，在几个平方的绿色桌面上，玩一场细腻多变的游戏，掌控多彩的球如品味绚丽的人生般趣味无穷。

台球起源于西欧，也叫桌球、撞球，是一项在国际上广泛流行的高雅室内体育运动。台球多种多样：有中式八球、英式落袋台球、俄式落袋台球、美式落袋台球、开伦台球和斯诺克台球。其中，斯诺克台球是世界台球大赛的项目，英文“斯诺克”的含义为障碍之意，斯诺克台球不仅自己可以击球入袋得分，也可以有意识地打出让对方无法施展技术的障碍球，从而使对方受阻挨罚。因此，竞争激烈，其乐无穷。

爱好台球的人，喜欢一台桌面上的动静相融，球案上的碰碰撞撞，球局中的起浮跌宕，映照出娱乐与智慧，江湖与人生，不仅强身健体，更是修心养性。台球规则中引入了博弈理念，球局如棋局，需要缜密谋略，有时候，哪怕一个小小的失误，也会弄得“一子错，全盘皆落索”，留下“无可奈何花落去”的遗憾。所以，挥杆起落之中，不但要把球打进球袋得分，还必须考虑打进一个球后，主球能停留在理想的位置，以便接着打下一个球。如此反复才能连连获取高分，也就是我们常说的“走

位”。无论是台球游戏，还是人生的舞台上，需要的是冷静、从容、果敢，成功往往是把握机遇、步步为营、厚积薄发的崛起！

炸开球局，锁定人生目标，以公球为心点，确定人生的方向和目标；而要实现目标与梦想，就要以恰到好处的力度，掌控好人生的起落；笔直的球杆，是我们在追梦的过程中披荆斩棘的有力武器。

掌握台球技巧，如了解人生规律，让你如鱼得水。高杆，用球杆击打母球（即白球）的中心上方，使得白球击打到目标之后可以跟着目标继续移动一段距离；低杆，击打白球的中心下方，可以把能量完全传输到目标球上，母球先静止，而后旋转往后运行，俗称缩杆；偏杆，击打白球的中心左边或右边，使得白球击打到目标后自身旋转并且目标偏离白球与目标的直线轨道；跳杆，瞄准球的中心，击打球的中上部（也可以击打中下部）发力，掌握好力度，快速抽杆，使得白球可以跳起来躲避前方的障碍；定杆，击打白球的中心下方，击球之后，白球不随目标球向前、向后移动，而是快速停止在撞击目标球的位置；当遇上球距和球的分布影响正常架杆和发力时，我们还需要借助加长架杆等工具帮助完成出击。

当你弄明白球的运动状态与球性，不去违反球的科学规律，不对着球胡乱击打，提高技术水平，心中有数时，那么在你轻轻挥洒间，球便沿着你的预设轨迹驶入球袋，完美。

当然，台球与人生，绝不轻易获胜，没有勤学苦练，没有酸甜苦辣的品尝，没有收放淡定的心态，是无法实现心中所愿的。

人生如台球，跌跌撞撞。有时想想，生活中那些简单的事情为什么还是要跌跌撞撞才能完成呢？其实简单的事情就是向着最初的目标和理想前进，可因为人的复杂心思和轨迹多变而变得复杂，简单是我们追求的，但要做得到却不容易，因为外界的干扰因素太多了。

打台球，需要自信，才能一个一个地把球打进去，就像为人一样，拥有自信和勇气，才能坚定理想信念，获得他人信赖。

打台球，需要用心，球才听话，就像做事一样，肯下功夫，才能把事办好。

打台球，需要静心，心无旁骛，才能瞄准目标全力出击，就像生活中，人有时胡思乱想，反而一事无成。

打台球，有时出现运气球，随便一打轻松入袋，就像运气好时，做什么事都很顺利，让你庆幸不已。

打台球，有时满以为把握十足的球却磕碰得令人大跌眼镜，就像自以为是的人生，撞一鼻子灰才知反省。

打台球，如果你一直都跟比你差的人打球，那你将会越打越差，所谓“遇强则强，遇弱则弱”，正如生活中，多与比自己优秀的人相处，才会更优秀，“近朱者赤，近墨者黑”。

生活就像打台球，当你在打这个球时，就应该想到下一个球，还有下下个……同样，当你想跨出做事的第一步时，就应该想想下一步要做什么，成功的机会是给有准备的人的，你的“走位”便是成功的铺垫。

精彩的球局，如精彩的人生，每动一步都要有全局意识，为了冲破人生的艰难险阻，不管是用出奇制胜的招数还是破釜沉舟的博弈，都不可失去掌控全局的目标，不忘初心，砥砺前行！

台球运动,并不剧烈却让你焕发激情魅力,在每一颗球的翻滚之中带出惊艳与喜悦,台球桌面虽不大,却蕴含着拼搏与思索。

趣味台球,哲理人生。

(原载于2019年8月9日《达州晚报》)

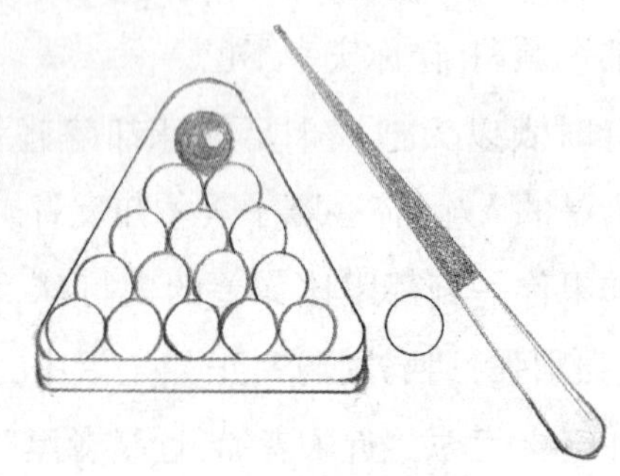

春节假期的“疲累”反思

春节，是中国的传统佳节，是一年到头，14 亿国人盼来的最丰富、最重头戏的一个假期。过年，是乡愁的牵扯，是家人团聚的音符，是拼命工作养家的动力，是幸福而甜蜜的向往，是张灯结彩看春晚一派喜庆吉祥，是一切美好期待的汇聚。春节，是扎在中华儿女血脉里不可替代的节日。

但是，渐渐地，这节也让不少人感到扎堆的“疲累”。

有一种累叫忙到晕头转向。上班族盼望的春节大假来临之前，为了春节大假，调整双休的时间加进去假期也感觉实在是不够用。马不停蹄地忙完一系列迎检、总结、考核、开会、慰问，除了工作上的事务处理，参加各类年会，还得挤时间清扫家宅，置办年货。年底的加班忙碌，累得像条狗不说，完全顾不上家中清洁事务，孩子的学习更管不着了。一到了腊月二十三小年一过，繁忙紧张气氛更浓了。整个假期，东家串，西家吃，每一天处在无法停歇的忙碌状态。

有一种累叫堵堵堵。春运压力大，交警工作压力大。总体趋势是，人流从大城市返乡回到县城或乡村。小小的县城人车流量翻几番，大街小巷处处堵堵停停，车展大荟萃，喧嚣鼎沸，赶着办事、走亲串户的，性子再急也没办法。即使不回乡选择旅游度假的达人们，也是在各大景区享受着人头与风景同赏的壮观场面，过节真是够堵、够吵、够闹的滋味得好好受着，绝不可心慌。

有一种累叫消费加价，涨涨涨。在一些小县城，从过小年开始，餐饮、服务、娱乐行业的市场行情便已见涨。坐出租价格翻番，还不容易拦到空车；发廊洗头劳务加价，还得耐心排号候着；停车场、洗车场，市场紧俏，收费翻倍，你都还得赶紧掏腰包，不然位子很难抢；饭馆点菜，不提前预订是没着落的，加了价的菜品未必胜过平日；KTV 生意火爆，春节的小包间价格就已经是平时的豪包价格了，豪包价格就更豪啦……过年的加价上涨，供不应求的高消费竟已“约定成俗”，人情花销也大，难怪有的打工者宁愿选择春节不回家，年后才返乡，因为招架不住，消费不起。

有一种累叫嗨吃嗨喝撑不住。亲朋聚会轮流坐庄，如果你是厨艺大师，那么恭喜你，再累也别趴下；同学聚会、战友聚会一拨一拨，酒量大小都跑不了；天天顿顿吃香喝辣，大鱼大肉快速喂养，美食面前管不住嘴迈不开步，春天来了忧心着减肥都来不及；麻将打得手起泡，白天晚上吃喝演唱，这节奏，真是嗨得无度。

有一种累叫家长里短无处躲逃。过年团聚，少不了洗耳恭听长辈们的训话，三姑六婆的关心唠叨，单身男女逃不过相亲围攻加逼问，小孩子们最怕追问成绩家长攀比，过年规矩多，乡里乡亲得罪不得。

有一种累叫假期太少尽折腾。虽说假期七天（实则法定假日三天），有些人来回路上就要花费三五天不等，中间的时间完全不够走亲戚，更别说休闲；即使待在原地的，单位上还要安排一两天值班；那些独生子女家庭每年为陪男方还是女方回家过年烦恼，总不能两全，滋生遗憾与不快；抢票难，难于上青天，舟车劳顿；没过完正月十五谁都舍不得与亲朋分开，可谁都还没回过神过足瘾,一晃假期就没了。

尽管如此,人们对过年的期盼和欢欣在心头仍是不可泯灭的。只是,在这么多的疲累现象中,我们应该思考一下,下一个春节的假期如何过得更轻松美好。整齐划一的传统“年味”里不免也滋生了与现代接轨的不适应。泱泱大国,咱们前进的文明必定要有先进的社会制度和政策保障,得有跟得上形势变化的基础设施和供应保障,政府要作为,而人们更应自觉摒弃年味里的陋习,文明出行,相互礼让,喝酒不开车,娱乐要有度,合理规划,理解包容,相敬互爱,让春节不再是添堵,不再是束缚,不再是扎堆的疲累,而是有更多选择,更多元素的相融。

但愿春节是一个让人不紧不慢,放飞心情,消除疲劳的轻松假日。

(原载于 2019 年 2 月 16 日《潮头文学》)

舞

我惊讶于女儿对舞蹈的热忱。不光是因为她从两岁多开始哭着鼻子进舞蹈班一直坚持学习到现在,更是她的心态令我刮目相看,感触颇多。这些年来眼见其他小朋友逐个退出,或因练舞太辛苦或因功课太紧,我也曾问过女儿要不要停止舞蹈课程,她却坚定地说:“我是不会放弃的!”她爸曾逗趣说:“跳舞有什么好,跳这么久你还不是个舞台上的配角。”孩子却不以为然地回答:“呵,那又怎样?只要能上舞台我就开心,跳舞本来就是集体行动,跳着跳着老师就会看到我的基本功好夸我的!”瞧瞧,孩子的心就这么简单,只要喜欢就坚持;只要快乐,甘愿做集体里的平凡角色;只要踏实勤练,就相信会有收获。

很多次的演出,都是在严寒酷暑中历练。往往为了每一场的上台表演,超时长的排练化妆准备,再早早换上薄薄的舞衣在后台等候,冬日里挨着冻,受着饿,夏日里挑战着烈日炎炎的难受,家长们的心疼与陪伴却是孩子们欢欣鼓舞的动力。就是这么简单,每一场即将展现的舞姿背后,是不惧艰辛的对美的向往与追求。

我也惊讶于孩子间的默默竞争。我以为女儿真的一点不在乎关于集体舞中的角色,有一天我去看她彩排时,发现她演绎了一小段主角。她非常激动而又小声地告诉我:“妈妈,你知不知道,其实我的这个角色好多同学想争的呢!在排练时老师选换了好几次人的。有的同学心里对我很不乐意,他们以为自己的爸爸妈妈什么都能帮他们,但我没有靠任何人的关系跟老师打招呼,老师相信我,我一定要跳好,我会争气的!”这番话触动着我引发了许多思考。

孩子的成长是那么的不易,我内疚起来,由于工作繁忙,极少关心孩子的学习和舞蹈,难得陪她一次排练,她努力地表演并在妈咪面前笑得乐开了花。

而我更感触孩子们的这些竞争里也折射了社会竞争的现象,包含了在教育中老师和家长们的辛苦与迷茫。是啊,每个家长都望子成龙,望女成凤,于是,不管学习还是兴趣爱好的各类辅导各种补课都为孩子们厚重地安排着,谁都不想输在起跑线上,谁都要为孩子的路想尽办法铺开施展的舞台。老师们三令五申要求家长们要配合,家长们也使出全身解数内外加码,家内加大对孩子的敲打督促,家外活动就更是八仙过海各显神通,与老师和学校加强紧密沟通,甚至于周旋在社会上的一切有效资源的利用。有亲朋批评我对孩子的学习不上心,我想,我应该为孩子做些什么?有时候我还真不乐意去刻意做些什么。孩子在我的期盼中并没有达到理想状态,我曾恨铁不成钢地指责过女儿不如当年的我优秀,我也深深自责过没有为关心孩子的学习教育全力以赴。

但我欣慰地看到,女儿开朗的性格和对生活热爱的那份纯真。也许我的懒管懒帮反而释放着孩子的自然性情,让她在学习和成长中自觉地去感受苦与乐。她会向我倾诉在她学习和玩耍的圈子里不公平的事情,会告诉我喜欢某某老师某某同学,还告诉我老师对她的鼓励和无私的关爱,这一切,当她觉得妈妈与她分享后便无比放松和快活了。

看着孩子蹦蹦跳跳的身影,看见女儿在舞台上光彩夺目、金鸡独立的舞姿，我想，我们在拼尽全力帮助孩子学习的同时，也不要忽略孩子本身的努力和兴趣，让他们自己去感受和懂得竞争的目的和意义，性格的成长健康远比考试卷的分数重要。

漫漫人生舞台，每一个人都须保持一颗平常心，摒弃急功近利的念想，找准主角与配角的位置，其实超越自我便是优秀的肯定；演绎人生的舞美，台上一分钟，台下十年功，无论是做一场舞剧的主角还是蜕变自我的人生主角，都需要我们脚踏实地刻苦付出；不忘初心，不惧挫折，保持童贞，才会坚信世间一切主流始终是那么真善美。

愿我们和孩子们一样快乐地绽放精彩，舞动属于自己真实的美丽人生！

（原载于2017年3月3日《开江作家》，2019年11月10日载于《宝妈加油站》）

“穿心”的将军街

从旅游宣传图片上看，清河古镇的将军街，保存了很多木楼和浮雕图案，风貌独特，气宇轩昂，中西合璧。街的南北各有一道栅子门，上有郭举人亲笔手书的“清场雅镇”和“河引义源”字匾。特别是“清场雅镇”这道门的造型和浮雕图案，甚是特别，美观赏心。缘何叫作“将军街”，是因为这里是大家熟知的抗日名将、国民党起义将领范绍增人称“哈儿将军”，借鉴希腊式建筑风格，在原建筑群的基础上，独自出资改造兴建的一条别具特色的街。

今年偶然的一次机会经过那里，我决定到将军街走走看看。我先去了范公馆，了解“范哈儿”其人其事，范哈儿不仅军威义胆，而且还给后辈们留下了丰富的历史文化遗产，真是值得点赞和珍惜。

来到将军街时，一扇被现代的涂料修葺粉饰过的“清场雅镇”栅门，映衬在蓝天下，它的高耸雄伟和明耀一下子就吸住了我的眼球。我立刻举起手机想拍照，然而这偌大的一个古建筑群前，却生出那么多粗壮而凌乱的如黑麻绳般的“缆线蜘蛛网”，任你如何选取角度都避不开这极不协调的绳索，好好的风景怎成了这般模样？最为心疼的是，这“黑蜘蛛绳索”是穿墙凿洞硬生生穿越了栅门腰心的，壮观而雅致的古街前，横生着现代人的无序与野蛮，这么美的门庭前，不是与之相衬的古韵格局，却是令人扼腕叹息的大煞风景。对比一下过去的图片，栅

门最上方的钟表处如今已是空空的一个圆洞，曾经轮廓层次和色彩分明的各种精美图案，如今也是一概被粉饰成鲜嫩的明晃晃的米黄，在这粉嫩的米黄前，一塌糊涂的“黑蜘蛛绳网”竟如此抢眼和张狂！我的脑海里开始浮现出哈儿将军那极富率真爽朗的笑声，想象着他当时为修筑这样一条中西合璧的独特街景而投入的专注，想必他与这里所有的乡亲们都为此有着多么值得炫耀的自豪感！但今时若再见这穿了门楣腰心横生的“风景线”时，该有多么扎心和怒不可遏！

走进困牛型的“哈儿街”，尽管涂料的重新粉饰抹淡了历史的烟尘，但希腊圆形廊柱犹在，雕梁画栋、木窗栅栏犹在，天井阁内的古楼气息尚存，茶馆、商铺的人们倒也悠然闲适，几只鸽子时而在木栅窗沿与圆柱间盘旋，街口的另一头立着“文物保护单位和古建筑保护群”的碑，清河镇成为四川省历史文化镇，拥有这样一个西南地区唯一存留完整的中西合璧的古建筑群，真是极好的资源。只是，这里的“中西、古今”混搭却没有让我找到“逛一逛，拍一拍，品品茶”的欲望，我无法捕捉到一个适合内心和谐的画面。一家铺子跟前，玫瑰花儿的盛放倒是让我驻足闻香，居住于此的妇女走上前来与我微笑攀谈。她说这整条街都是“范哈儿”修的，这里出这么个人物真好，是个人杰地灵的好地方，我同意。她依次向我介绍这条街哪些建筑、哪些材质是一直就存在的，哪些是后来修补或增加的。我再问及乡亲们认为这里保护得怎么样时，她说：“其实国家是有过投入来保护和修葺这里的，只是可能我们这种小乡场镇没大城市那么懂得保护文物吧。”我问拱门外那些缆绳知道是怎么回事吗？她说不知道，但老百姓的确对这方面感到遗憾，镇上还会继续争取国家的投入，真应该好好保护这么宝贵的文化遗产。

我们对于前人留下的文化遗产无不怀有一番珍爱之意与感恩之心,至于保护得好坏,我想其中必定有个中因由,或许有各种困难和障碍,我宁愿相信今日所见只是修复之中未能解决难题的短暂的一幕。其实绝不仅仅是这一条街的所见,散落隐藏在全国各个角落的文化遗产数不胜数,那些古迹让人痛心的遭受破坏,或者是处置不当,或者是过度打造、大拆大建、折损文化底蕴的现象大有存在,我们固然不可简单片面地去追溯某某的责任问题,但,对于历史文化遗产坚守"保护优先"的基本底线是不得不强调和坚持的!

首先,要把建设、保护好历史文化遗产放在城市发展战略的重要位置。每一座历史文化名城、名镇留下的一砖一瓦、一草一木无不藏着一幕历史往事、一段动人记忆。历史文化名城的建设彰显着一个地区的特色风貌和民族精神,历史城区、历史文化街区和文物建筑都是历史的"活化石",如果不妥善保护,将失去一个地域的个性和品位,不让历史的印记和文化底蕴消失,才有益于文化传承、有益于现代社会的发展。

探索怎么保护历史文化古迹的前提是"去伪存真",处理好保护与发展的关系。我们的目的是让这些古迹延年益寿,而不是旧貌换新颜,失了它本来的历史真迹与文化底蕴。不是靠简单的修饰打造,而要下功夫去领悟它的真实性,包括所在地区的地理风貌、历史建筑、古迹风格、传统文化习俗等,减少对固有历史信息的破坏。政府应加强对保护历史文化遗产的体系完善。同时,也要提升公众参与历史文化遗产保护的意识和参与度,让人人都来关心保护历史文化古迹并献计纳策。

从一名普通游客的眼中直观,到建设者、保护者的内心,我们都希望留住历史的文化印记,这考验着建设者的智慧,更要求规划者怀有敬畏之心来对待历史文物古迹，尊重历史，传承文化，平衡和拿捏好保护与建设发展的关系，力求保护历史文化街区的整体性和真实性，不对其传统格局和历史风貌构成破坏性影响。

我相信一切都来得及，相信伴随着国家的投入、政府的重视力度加大，穿了心的“将军街”不再令人痛心，期待大力整改众志成城之下，将军的精魂也会穿越历史烟云发出会心一笑。

（原载于2019年9月8日《冬歌文苑》）

千古盛衰话玄宗

——读《唐明皇传》有感

中国封建社会的鼎盛，非大唐莫属；而大唐的兴盛与衰落，又与唐明皇——玄宗李隆基密不可分。

唐玄宗即生于685年的李隆基，他的一生，充满了非同一般的历史印迹。《尚书·洪范》："天子做民父母，以为天下王。"皇帝是一种极其特殊的职业，虽然它可以让人享受到世间最高的感官快乐，让人在人间的地位犹如天神，但这种快乐和地位并不是凭空而来的，因为他的职责至关重要，他的胸怀必须博大，意志必须坚定。

翻阅夏红梅编著的《唐明皇传》，学习并回望历史烟云，了解到唐明皇的才能、胆略、智识、魄力都是罕见的。李隆基在风云突变的历史背景下，在明争暗斗的残酷竞争里展露才识，唐隆元年（710年），机智果断地发动了"唐隆政变"，先天二年（713年），发动"先天政变"。自此，羽翼渐丰的李隆基踏上了帝位，掌握了皇帝应有的权力。

玄宗善于提拔贤能之士。开元初，重用宰相宋璟，善择人才，赏罚分明重法治，此后所用诸相张嘉贞、张说、韩休、张九龄等皆堪称贤良，各施所长。玄宗提拔的宰相姚崇，多谋善断，向李隆基提出了"十事要说"。姚崇上任后，帮助玄宗贬逐功臣、杜绝斜封官、整治外戚，还在玄宗的支持下，主持了对蝗灾的治理工作，重视农业，深得民心。

玄宗整治吏治。为提高官僚机构的办事效率，他精简机构，裁减多余官员，派按察使到各地巡查民情，纠举违法官员；重视县令的任免，还经常亲自出题考核县官。

玄宗整顿军旅定边陲，出台整军措施，鼓励尚武，实行重赏重罚，把府兵制改成了募兵制，颁布了《练兵诏》；裁减了20万边防军，巩固边防；扩充军用马匹的供应，扩充屯田范围，增加粮食产量，提高了战斗力。

玄宗还创建书院，重视教育和科学。袁枚《随园随笔》云：“书院之名，起于唐玄宗之时，丽正书院、集贤书院皆建于省外，为修书之地。”改造新历，制造了黄道游仪，测量二十八宿与天体北极的度数，证明了恒星的位置是不断移动的，这比英国天文学家哈雷在1718年提出恒星自行的学说早了将近一千年；首次测量子午线的长度……

唐代是中国的古典诗歌发展的高峰时代，绽放着最为光彩夺目的历史瑰宝。杰出的“诗仙”李白和“诗圣”杜甫脍炙人口的篇章，产生在开元、天宝年代。“诗仙”李白曾赞叹杨贵妃的国色容颜：“云想衣赏花想容，春风拂槛露华浓。若非群玉山头见，会向瑶台月下逢。”李白佳句万篇，流传千古。不过，玄宗把李白作为御用文人，也只是爱诗其名，作为“赏名花，对妃子”之时的赏乐对象，而李白狂放的个性，不愿迎合权贵，离开长安后，“遂浪迹天下，以诗酒自适”，成为中国古代伟大的浪漫主义诗人。

盛唐时期的雕塑绘画也是成就辉煌，人物山水题材的画也兴盛起来。天宝年间，唐玄宗想看四川嘉陵江山水的奇丽景色，命“画圣”吴道子入蜀写生。吴道子回长安时却两手空空。玄宗问时，他答：“臣无画稿，唯有腹草。”吴道子在大同殿堂上作画，只用了一天时间就完成。而此前的画家李思训所作嘉陵山水用时好几个月，玄宗赞叹："李思训数月之功，吴道子一日之迹，皆尽其妙。"

盛唐佳话连篇，国力强盛，玄宗促进四海一家大整合，当时唐朝声威远播，亚洲许多国家的使节、商贾、学者、艺术家和僧侣等，不断往来中国。总之，唐明皇励精图治，英明果敢，从策划宫廷政变到大刀阔斧地治理整顿国家，都表现出了精明过人的一面，创造出了非凡的业绩，唐王朝走向了极度的辉煌。开元之治的盛名，在历史上永远流传。

然而，骄奢必挫。从《唐明皇传》这本著作中的第五章开始，呈现给我们的历史记载中，耀功封禅堕淫逸，纵情声色尽豪奢，玩弄权术排异己，明君已走向昏庸。作为一个皇帝，玄宗偏听偏信、重用佞臣、倦于政务、贪图享乐，在历史上也是罕见的。他早先沉迷逸乐，对杨贵妃宠爱有加，为了她，不惜兴师动众，劳民伤财，让人不远千里飞骑送荔枝。杨玉环封为贵妃后，杨氏一家皆受恩宠。其中族兄杨钊赐名国忠，天宝十一年为右丞相，专横跋扈，肆无忌惮，整个唐朝也随之混乱。"安史之乱"的恶果，成为中国历史上令人瞩目的转折点，玄宗自食其果，不得不走上流亡之路。

关于唐玄宗与杨贵妃的爱情故事，几乎是家喻户晓，虽说充满了传奇与浪漫色彩，在封建帝王与妃子之间绝无仅有，但唐玄宗终究是个政治家，不是情圣，帝妃之间的感情故事结局是悲摧的。他可以做到对杨贵妃"三千宠爱在一身"，然而，当他把自己的生命和政治前途与杨贵妃放在天平上一起称量时，他做不到不爱江山爱美人，更做不到"生命诚可贵，爱情价更高"。万般无奈之下，唐玄宗让高力士把杨贵妃领到佛堂里了，和贵妃诀别。杨贵妃说:“愿大家好住。妾诚负国恩,死无所恨。”唐玄宗也含着眼泪说:“愿妃子善地受生。”礼佛之后,高力士就把杨贵妃勒死在佛堂之中。这就是白居易《长恨歌》所说的“六军不发无奈何,宛转蛾眉马前死。花钿委地无人收,翠翘金雀玉搔头。君王掩面救不得,回看血泪相和流。”这一年,杨贵妃三十八岁。她陪伴唐玄宗度过了十六年最快乐的日子,最后,又用自己的生命换来了唐玄宗的平安。对于这场悲剧,清人袁枚慨然写道:“到底君王负前盟,江山情重美人轻。玉环领略夫妻味,从此人间不再生。”

历史上几乎没有一个皇帝愿意在自己生前,选择主动“退休”,将最高权力交出去,即便是自己的亲生儿子也不行。唐玄宗始终保持着最高权力,为此不惜杀死自己的三个儿子,杀死了一大批功臣宿将,直到马嵬坡之变后太子在诸将的拥戴下擅自登基,他才被迫退位。

纵观帝王人生,得知,唐明皇业绩光耀千古,但,即便是最为鼎盛的繁华时代,作为统治者,要想履行自己的职责,必须抑制自己的某些欲望,其发心必须为了民众的利益而行,违背民心贪图享乐是无法实现长治久安的。对掌握权力的人来说,充满了人生的考验,人性的考验。

最后,吾引邱濬之评语而结尾:“后世人主若唐玄宗、德宗、宋之徽宗皆恃其富盛而不谨于几微,遂驯致于祸乱而不可支持之地,谨剟于篇以垂世戒。”唐玄宗是一位功过都很突出的人物,如何评价,历代皆有说辞。历史给我们留下了宝贵而丰富的资源与经验,也时刻提示着我们警钟长鸣。

(写于 2019 年 10 月)

追寻美丽：做忘龄不忘本的女神

世间赞美女人的词句太多，女人如花、如水、如诗、如梦，女人是这个世间美丽的代名词。女人一生追寻美丽，向往着做不折不扣的冻龄女神，但世间沧桑，有多少红颜经得住流年蹉跎依旧岁月无痕？青春易老，容颜易逝，再多的护肤驻颜之术也只能留得住一时的表面皮囊。与其向往冻龄女神的青春不老，不如懂得追寻一个女人的生命化妆术——若有气质藏于心，岁月从不败美人。我欣赏懂得忘记年龄积极乐观地生活，而又不失本真由内而外散发芬芳气质的女人。

不失本真的美丽，是善良正义，是勇敢坚定。

罗素说：在一切道德品质之中，善良的本性在世界上是最需要的。善良是女人生命自带的光芒，因为善良的女人有一颗与人为善的心，善良的女人有正义感，勇敢坚定，有方向感，有正确的价值观。

我立刻想起一群美丽的女人——白衣天使。在抗击非典、抗击新型冠状肺炎、在国家和社会危难紧急关头，她们义无反顾披上战袍奔赴一线，与疾病展开殊死搏斗。在非常时期，她们抛却与丈夫、孩子共享欢愉的温情，冲在抗疫最前线；为了便于着装治病救人，她们可以毅然剪断一头乌黑亮丽的长发；为了节约时间节省防护服，她们第一次穿上成人纸尿裤；也许她们不是最强壮的，也许她们的容貌不是个个都如花似玉，但每一个挡在患者面前与死神对抗的她们，都如钢铁般坚强，如太

阳般充满能量。

李兰娟院士，一个已经73岁高龄、留着干练短发、慈眉善目的女人，从17年前抗击SARS开始，时任浙江省卫生厅厅长的她便一战成名，成为人们心中的战斗女神。今年的除夕，她又舍弃与家人团圆，果敢坚定，遏制住病毒的脚步；她向大众传播医学知识，舒缓人们的恐慌焦虑；她拼尽全力，每天只睡3个小时，为战胜病毒抢夺先机。无论是曾经的"赤脚医生"还是国家院士，无论是"李氏人工肝支持系统"的成果震惊世界，还是推行农民健康工程；无论是曾经风华正茂时，还是今日的73岁高龄，李兰娟创造着一个又一个奇迹，挽救了无数患者。她的经历与战果，让我们看到了女性特有的细致和决断力，看到了侠义仁心、报效祖国、感恩社会的良知品德。敢想敢做的李兰娟和众多可爱的巾帼英雄，正是绽放光彩的美丽女神。这个世界之所以美好，就是因为有着无数善良美丽的女性与铮铮铁骨的男儿共同担当，披荆斩棘，为世界挥洒着信心与希望。

勇敢正义的女人，处处以大局为重，不虚伪，不盲从，胸怀责任感；品性温良的女人，处处为他人着想，不计较个人得失；落落大方的女人，有着坚韧豁达的品性，正义凛然的风骨。这些，难道不比貌美的皮囊更似常青藤一样风景优美绵长？勇敢可爱的女人似雨露滋润大地，让人心旷神怡；善良正义的女人似春风和煦温暖人心，让人赏心悦目，相比那些只是靠脸吃饭的光鲜与肤浅，这些，才是我们应该追捧的美丽女神。

不失本真的美丽，包含了优雅从容和才华底气。

不是因为提及善良与正义，就忽略女人对漂亮与精致的仪态保持。只不过，除了要尽可能把自己打扮得干净、时尚、和颜悦色之外，女人与女人的区别，不是年龄，不是相貌，而是气质与韵味的差别。女人真正的魅力,是优雅的气质,这是穿透岁月的美丽,是一个女人内在文化素养与外在表象的完美结合,包含着对生命逐渐老去的从容和淡定。

什么样的女人算得上优雅?在我脑海里,奥黛丽赫本是一位世界公认的经典优雅女神。赫本很会打扮自己,并且从不盲目跟风,她坚持自己的特质,“赫本风”流行至今。赫本的优雅,不仅来自她迷人的外表,还有她的才华底气融入言谈举止。赫本喜欢读书,精通英、荷、法、意、西等多种语言,在艺术和文学上颇有修养。她留下过许多经典语录:“若要有优美的嘴唇,要讲亲切的话,若要有可爱的眼睛,要看到别人的长处,若要有苗条的身材,把你的食物分给饥饿的人,若要有美丽的头发,让孩子一天抚摸一次,若要有优雅的姿态,走路请记住行人不止你一个。”真正的美不会随着时间的飞逝而丧失,因为她是从骨子里散发出来的美。赫本热爱学习、热爱生活,一生经历起起落落,晚年依然散发着动人的气质,息影后的一生时间几乎都用在了贫困地区,不遗余力地用自己的影响力,唤起社会对落后国家儿童生存状况的关注,联合国儿童基金会赐予她唯一的一个殊荣——“奥黛丽精神”。这个满腔慈爱、美了一生的女人,用最后的行动告诉我们美丽的天使是什么样子的。

女人的优雅和从容、善良与爱,是发自内心,一点一滴通过智慧内外兼修而累积起来的。

很多人尊称叶嘉莹先生是中国最后一位“穿裙子的士大夫”,这位一直把传播中国文化为己任、成就最高、影响最大的华裔女学者,当之无愧,名副其实。叶嘉莹先生从教 70 余年,用尽一生的时间,做好一件事——将中国古诗词的美带给世人。早在 2016 年她就被授予了“影响世界华人终身成就奖”。

她为支持中国传统文化的传承与研究，累计向南开大学教育基金会“迦陵基金”捐赠了3000多万元。这位众多人眼里优雅美丽的“叶先生”，却曾经磨难接踵，有着坎坷无比的人生：遭遇白色恐怖，丈夫和自己分别入狱，女儿女婿因车祸离世。生活从来没有宽慰过这位女诗人，她却说：我的人生不幸，一生命运多舛，但从诗词里，我能得到慰藉和力量。“柔茧老去应无憾，要见天孙织锦成”，正如她诗词中所说：“如果到了那么一天，我希望我倒在讲台上，如果有来生，还教古典诗词。”因为腹有诗书气自华，这样的女性平添了一份高贵的大气。著名导演李安说得对：这世界上唯一扛得住岁月摧残的就是才华。

生活往往不是想象般那样美好，心中有诗意的人，才能把眼前的苟且，活成心中的诗和远方。拥有丰盛灵魂的人，会散发出岁月里特有的智慧，目光所及，惊艳时光。与优雅美丽的女人说话和相处，能够洗去俗气，使人清爽，也因此，这样的女人更容易赢得爱与尊重。

追寻美丽的本真，就要克服负能量，真诚豁达。

也许能像她们一样焕发出女神般光彩的女人不多，但平凡的我们也可以遵守勤劳、朴素的本分，简简单单地做人、冷静而深情、诚意地待人，只要让正能量围绕自己，转身、低回，自然眉眼间都是笑靥如花，因为拥有正能量、真诚豁达的女人是最有魅力的女人。

张剑萍女士的《做正能量女人》一书中倡言：女人拥有正能量，才能活出生命的质量。她提出，女人应该不抱怨、不沮丧、不猜疑、不妒忌、不较劲、不虚荣。

其实人的内心就是一座“能量场”，自信、奋进、坚强、感恩、信任、豁达、洒脱……这些都是正能量，但人性在隐藏着正能量的同时也隐藏着负能量。美国作家马克?吐温讲到:对人无礼,不是一种恶劣性格的表现,而是多种恶习的集中,如懒散、愚蠢、妒忌、粗心大意、爱慕虚荣、对人缺乏了解而妄加轻视。

冰心在《关于女人》中写到:“真正有魅力的女人在男人面前谈吐风雅、不卑不亢,将女人的美与睿智、机敏与体贴表现得淋漓尽致。尽量做个优雅的女子。千万别做作,因为,做作的女人,不仅女人讨厌,男人更讨厌。小心眼,嫉妒心,仇恨,报复,女人的伎俩不过如此,你要施展没关系,关系的是你别被人发现。独立的女人心性较之天高,遇有困境不会一味地杞人忧天牢骚满腹,而会及时调整自己,依然潇洒以清高示人,不会让伤害在自己身上停泊。”

细品这些关于女性的经验之谈,检视我们作为女人的人生态度,不难发现:我们要在这个社会上美丽地生存,就不要沾染那些恶习,不要随波逐流,克服负能量,乐观豁达地去尊重和热爱生活。学会成长,就是要内外兼修,让自己有独立的思想与能力,当我们拥有一些智慧与爱心,拥有一些胸怀与远见时,我们才更有底气去实现自我价值。做一个有涵养的女人,懂得适当的分寸,不浮不躁,不争不抢,不贪慕虚荣,懂得用赏识的眼光去看待身边的人,带着真诚和善意,自尊自爱,这样的你,才能发现世界回馈予你更多的尊重与收获。

拥有一颗童心,美上一辈子。

美丽的女人拥有一颗童心,总是保持着积极乐观的生活态度、生活方式和生活情趣,因为爱美的女人必定热爱生活,那是一种向上的动力,是岁月赋予的礼物。

世界著名的老年模特盛瑞玲已经90岁高龄,被人封为“中国最时尚的神仙奶奶”,她颠覆了人们对苍老的想象。她出镜时，浑身洋溢着青春常在的活力，把逆生长绽放的快乐和亲切的笑容传递给身边每一个人。她也同其他女人一样，为人妻，为人媳，为人母，历经生活磨难，而她的不老秘诀就是，活到老学到老，时刻保持一颗童心，保持着对生活的好奇心，不断充盈自己的个性内涵，永无止境地修炼。她说，女人的美丽没有年龄界限，学会忘记年龄，学会放下一切，坦然面对；用智慧和爱心保持美丽的心态，因为去忙着美丽，忘记岁月变老，在开心快乐的气氛中让自己青春永驻，容颜不老。这就是为什么这位九十岁的奶奶一颦一笑间都拥有着神仙气息，在同龄人垂垂老矣躺在医院里时，她还在开心地玩。所以我们要明白，不肯学习、排斥时尚、哀怨自怜的女人，那是你自己在放弃和封锁美丽的延伸。

岁月未晚，青春不老，女人，要美就美一辈子，哪怕白发苍苍。美丽的女人并不一定非得身材五官绝色、艳丽，外表的冻龄，算不得真正的女神。

追寻美丽，应该忘记自己的年龄，不忘保持女人的质朴底色：女人本善，勇敢正义；女人本柔，柔中带韧；女人本雅，从容淡定，气质芬芳；女人的本真底色就是引领真善美的方向。

让我们真诚地赞美忘龄不忘本的女神，愿我们在追寻美丽的路上，往后余生，做个忘龄不忘本的女神！

（原载于 2020 年 3 月 7 日《禅喜》；2020 年 3 月《开江作家》）

顺着纹理来

很多年不曾下厨。一个周末,我向孩子她爸讨教起凉拌鸡丝的做法来。其实做法非常简单,就两个要点:用手撕成丝状,配上各种色香味全的调料即可。但缺乏实践的我连手撕鸡丝都撕得不妥。他在一旁提醒我:“要顺着纹理来,为什么要用手撕而不是用刀切丝,其实就是因为要顺着鸡肉本身的纹理来,形状和味道才不被破坏,吃起来才更正宗。”我觉得这浅显的道理,倒是很有延伸的境地。

顺着纹理来,有顺其自然之理。万物生长,不得违反顺应之道,硬来与强加,往往适得其反。这个理,放在人们反复研究探讨的教育课题中,就是要告诫父母师长,望子成龙之心不可太急太切,欲速则不达。许多父母为孩子制定计划安排生活,不想让孩子输在起跑线上,可是结果,被父母强行安排的孩子却又输在终点线上,因为拔苗助长,就违背了自然之道。但是教育,顺其自然亦非不管不顾,而是顺着纹理来,因材施教,循循善诱,以耐性沟通和引导,才是栽培之道。只不过,这道理虽明,我们在现实中坚持做到却并不容易。

顺着纹理来,对人、对事、对物都要学着摸摸脾气,才会开窍和开心。你是否有这样的体会:常使用的电脑、电吹风、洗衣机、打印机等电器设备出故障时,如果多留心一下,以什么样的方法和小窍门去维修处理它更能奏效,久而久之,便摸顺了设

备的脾气,积累出一些经验,小毛病很快自行解决。又比如家养宠物:猫主子什么时候会温顺贴心任你抚摸,什么时候会大发雷霆利爪伤人;逗趣鹦鹉学舌,也得赏给它合口味的瓜果,否则金口难开……顺着事物的脾性,就如同找着了手撕鸡肉的自然纹理,轻松搞定,丝丝成趣。

顺着纹理来,做事才靠谱,正如"劈柴看纹理"。劈木柴也有讲究,根本办法就是顺着木材固有的纹路,使巧劲,又快又省力。如果不循纹理,仗着刀利劲大,由着性子,胡劈乱砍,便费力不讨好。就好比人与人之间的合作,需要相互协调,如果不进行沟通和加深了解,难免做事跑调。如果你的目标是希望升职或加薪,但总不能一睡醒就开口找老板提要求吧,偏偏你还词不达意,节外生枝,说一大堆不合时宜的话,甚至要挟、诋毁他人以期达到目的,那么如此莽撞与无理的结果便不言而喻,你只会搬起石头砸自己的脚,落得个竹篮打水一场空。如果懂方法、擅梳理、常反思,如同懂得认识事物纹理一样,必能很好发挥自己的价值与作用,自然有足够的底气顺势而上,事半功倍。所以,顺着纹理来,不跑不着边际的调儿,才不致破坏心情,浪费时间与精力。

顺着纹理来,在爱情的世界里,更能体会强扭的瓜不甜的道理。如果从爱得卑微演变成爱的仇恨与苦涩,为何还要偏偏陷在其中,让已裂口的感情丝丝都被撕得生疼,何苦呢?强扭的瓜不甜,强摘的花不香,何不顺爱而放,顺心而安,好好爱惜自己和所爱的人。

顺着纹理来,是一种顺应天命的哲学睿智,也是一种冷静处理问题的态度。我们面临的困难就跟病毒扩散一样，你越轻视它，越草率，越简单粗暴，它就越会让你吃亏，直至最终崩溃。打一场硬战，是一场考验，战争往往取决于“道”“天”“地”“将”“法”。唯有在冷静了解和加深认识的基础上，顺着纹理来，也就是顺着科学、顺着真理来，才能使问题易于破解，把困难转化为推动事态进程的动力。如果慌乱一团，各自行事，不顾大局，那么，人民、国家必将陷于忧患险境。顺应自然之道，万事万物就会和谐；违背自然之道，万事万物将会紊乱和相互冲突，甚至灾祸连连。我们理应敬畏大自然，也要有顺着纹理来的处世法则。

顺着纹理来，顺民心，也顺应个体规律。《识略六韬》：“太上因之，其次化之。”意思是最好的政治是顺应民意治理，其次是宣扬政教感化民众。“因之”是姜太公最高明的用人技巧，其用人艺术的精辟总结一直古为今用，指导意义深远。“因之”强调因势利导、顺应个体规律，能够激发人才的潜能，达到“不用扬鞭自奋蹄”的效果。对照此法，我们可以不断审视在“治”与“用”中的优与劣，不断改进，积极向好。

顺着纹理来，顺应之道是生命的法则。在我们的生命中，最好的状态便是放松地去做，做得自然而然。做自己当下该做的事，随遇而安，随性而动，不必巧取豪夺，是你的，跑不了；不是你的，也争不来。

极少下厨的我，似乎如今才明白手撕与切肉的种种讲究。我试一试逆着纹理来切鸡肉，果然，肉便碎了。但又得知，对于牛肉和猪肉的切法，反而需逆着肉的纹理来，因为依照牛肉和猪肉的顺纹来切,吃起来就会塞牙。原来,表面的逆,实则依然是从实践真理中理顺出来的结论,逆与顺,个中纹理之道,虽简单明了,却也折射了万物之辩证法则。

人生,如若忽略纹理的存在,最终亦会失去对很多事物的认知,失去生命的美感。

(原载于2020年4月13日《达州晚报》)

会场素养，受人尊重的起码条件

会场是公众场合，无论会议类型、大小和重要程度，在这些场合的表现能折射出一个人的素质水平和内在涵养，直接影响到你在他人心目中的印象，会场素养也决定了你是否是一个受人尊重的人。

先从会议时间观念说起。迟到，肯定会带来第一印象的折扣。当然，绝大多数人是不会迟到的，在会议正式开始前十来分钟，大多数人已经陆续进场找准自己的位置坐下。不过，总有个别奇葩的人出现。我参加过一次为期一周的培训会，每一场培训课前，我注意到有一位高挑漂亮的女学员，她总是最后一个落座。问题在于，她的座位在一整排的中间，一排就有十来个座位，每一次她入座，就得有一半的人起身让道。一次，两次，三次，次次都是她最后一个到场，有时讲台上的导师已经开始授课了，她才在众人眼球的注意下走过来。旁边的人都记住她了，也开始反感她了。后面几次，好几位学员都不再提前入座，直到临近开场前最后一分钟，大家看到她入座后才坐进自己的座位，因为每次为她让道很麻烦。可她似乎一直不以为然。最后培训结束拍大合影时，她仍旧姗姗来迟，旁边的同学终于忍不住对她翻白眼："唉，做人怎么就这么个风格呢？真讨厌！"看啊，即便是外表再好看的美女，但这样的人，你觉得会受人尊重吗？

另一种风格的，是哗众取宠型。想必每个单位总会有那么一两个爱挑刺、"人来疯"的人物吧，不仅自己随时想出出风头，

还极具煽动性地怂恿他人扰乱会场秩序。这类人,多为心态不平衡者,心胸狭隘,会为平日里一点小事怀恨在心,只要有一桩事没满足他的心愿,就会随时借机撒泼泄愤,在会场上时不时地冒几句怪话,惹得满堂哄笑,或者直接与讲话的领导开怼,以显示自己的无畏和才能。殊不知,一个最起码的为人素养,是懂得尊重他人才有获得他人尊重的资格,使别人难堪的结局,其实是让众人知晓了你的素质和为人,别人嘲笑的正是你的拙劣与轻率。所谓"半罐水响叮当",真正有才能、有实力的人是谨言慎行的,而处事不知分寸、说话不分场合的人,在他人眼里,只是一名跳梁小丑竟不自知。

我们还能看到一些漠视会场纪律的现象花样百出:有的人自顾自地埋头玩手机,会上讲了啥不管不听,把会议当消遣;有的人手机铃声不关,一段刺耳的音乐响起,惊得会场上的人都朝他一瞥,他反而无所顾忌地大声接电话,这时的他不知道,所有在场人的眼神都充满了厌恶与愤怒;有的人窃窃私语,领导在上面讲,他就在台下眉飞色舞地聊得起劲,直到他的谈笑风生已经引来了所有人的怒目,再继续说下去,领导该叫他上台去讲了;有的人刻意招摇,大摇大摆地多次进进出出,还时不时地逗同事抛个眼神过去;还有的人毫无遮掩地打着哈欠或喷嚏,更有甚者竟然在会场鼾声阵阵、口水直流;还有人在会场肆无忌惮与人发生激烈争执,恶言辱骂,让情绪不分场合地任意乱飞,全然没有半点君子之风……如此种种,你一定有所见闻,也一定嗤之以鼻,因为,这一切行为,都是一个人缺乏教养和素质低下的表现,他们不仅影响了会议的质量,令自己沦为笑柄,也失去了在他人心中获得尊重的起码条件。

开会毕竟是严肃的,需要井然有序的会风,虽然有些座谈会议氛围是比较轻松的，但也应注意不要抢话，轮到你发言时就不必拘谨，注意把握发言时间，恰如其分地展示，千万不要当讲不讲，会下乱讲。但凡见过十分有素养的领导或学者，在台上讲话都是谦逊有礼的，他们甚至会为自己不小心的一声咳嗽致歉，为自己讲话超时一分钟致歉，仪态端庄，处处彰显出予人以尊重，也悄然获得了他人的认同与尊重。

做不到遵守会场纪律的人，可想这人平常的工作与生活是无章无序、目中无人、嚣张跋扈的，在公众场合不能做到起码的相互尊重，又怎能有一颗善待世界、求真进取的心？如果不注重细节，连基本的会场规矩和素养都没有的人，又算得上有几分才干、几分能力去胜任职场中的竞争与挑战？一个国家，一个社会，一个城市的文明程度，是靠每一个人的素质组合在一起的。所以，千万不要忽视自己在会场上的表现，种种细节都凸显了每一个人的基本素养，不经意间就已决定了你是否是一个受人尊重的人。

通过审视，如果你发现自己有做得不好的地方就请立行立改；如果你发现身边的亲人、同事、朋友有这些不好的习惯，一定要指出帮助纠正；发现有人败坏会场风气、扰乱社会秩序，一定要敢于制止不文明的行为，让每一个人的言行中都透出中国人该有的素养。

会风正，是每一行业风清气正的基本要素，会场素养是每个人的必备、必修基础。每一滴清澈的水汇聚在一起，才能形成一股清流，这世界才会充满尊重、真诚与和谐，这样更符合人民追求美好幸福的愿望。

（原载于2020年11月27日《中国基层党建网》）

画个逗号

看完一部影片《售梦人》，感觉非常励志，有人甚至说这是部顶级治愈神剧，令人感动和释然。到底是怎样的剧情，能引起强烈共鸣？也许很多人活得不如意，那么，我们也可以从中得到启示，如果累了、痛了，不妨给自己画个逗号，找回初心，再重新启程。

影片开头便惊心动魄，一名巴西顶尖的心理学家居然站在高楼准备自杀，当他准备迈下最后一步时，一个胡子拉碴、头发花白的老乞丐突然骂到："你就是个杀人犯！"男人蒙圈，跳个楼怎么还成杀人犯了？老乞丐说道："首先你杀死了自己，接着也杀死身边每个还活着的人，家人、孩子……"这些话细品，是有道理的。说到了男人的痛点，他从口袋里拿出儿子的照片，老乞丐又讥讽到："你干嘛在意我一个疯子讲的话？亏你读过这么多的书，但你见过哪本书上写过死了就一了百了的呀？"老乞丐一个接一个的问题，他却一个也答不上来。老乞丐语重心长地告诉男人，自杀的人其实是想杀死那些痛苦，即使杀死了自己，痛苦并没有消失。男人放弃了跳楼，他问老乞丐到底是什么人？老乞丐说自己是梦想贩卖家，专门卖那些金钱买不到的东西，卖勇气给不安的人，卖自信给恐惧的人，男人好奇地问："那像我这种自杀的人你能卖我什么呢？""逗号，一个小小的逗号，让他们继续书写自己的故事，哪怕他们周围的世界都崩塌了。"就这样，这个巴西顶尖的心理学家被一个老乞丐救了下来。瞧,这个小小的逗号,很奏效。

影片中老乞丐很多话都是经典的哲语,让人顿悟。

心理学家名叫大卫。第二天一早,他就发现自己跳楼的消息登上了报纸头条,他意识到自己的职业生涯彻底完了。老乞丐说:“难道要等一切如愿了我们才能得到快乐,那我们不成了生活的奴隶吗?”是啊,为什么我们不能去面对和接受这世间本来就不可能的一帆风顺?

一个葬礼上,充斥着悲伤和绝望,老乞丐又说:“丧礼确实有悲伤,也有眼泪,但同时也该有赞美和怀念。”于是有人开始回忆和怀念逝者的好,老乞丐对着逝者的儿子说:“那么为了纪念他,你以后要勇敢地独自面对恐惧,如果你爸还活着,他肯定会对你说,儿子,永远不要放弃你的梦想,不要害怕前路和艰难,让人害怕的是轻言放弃。”一旁的大卫终于明白老乞丐的用意。我从没想过死去的人并不是真的消失了,只要有人还记得他,让他的印记留在生者的心里,他就一直还在。但对于自杀者来说,死亡无法消除痛苦,只能消除生命,你逃避的痛苦,总有人在替你默默承受,所以当你真的感到人生艰难的时候,不妨先画上一逗号,想好,再继续前行。

另一个画面,一个黑人小男孩偷了一位老奶奶的钱包,就在保安准备将男孩送到警察局时,老乞丐拦了下来,转而问被偷包的老太太,确定真的要送他去坐牢吗?老太太答:“他抢了我的手提包。”“可他应该跟您的孙子一样大不是吗?”老太太仿佛想起了自己可爱的孙子,说:“放了他吧。”小男孩主动将包还了回去,并真诚向老太太道歉。老乞丐仅仅用一句话,就拯救了一个男孩,拯救了一个灵魂,让一旁的大卫彻底被老乞丐的语言魅力所折服。

其实这位老乞丐有着惨痛的人生经历:15 年前,他曾是福布斯排行榜第三的超级富豪,繁忙的工作让他忽略了家人的陪伴,女儿曾哭诉:“你每次都说下一次,但从来也没兑现过承诺。”第二天他决定好好陪妻女旅行一趟,登机前,电话响了,为了工作,他再次转身离去,让妻女们先上飞机。当他注视着起飞的飞机,突然天空一声巨响,飞机爆炸了,在残骸中他只找到了女儿的玩具,撕心裂肺地痛哭起来。这一刻他才明白,世上最无价的是家人,最珍贵的是家人的陪伴,那些下次一定的话成了他一生的痛。于是他散尽百亿身家将自己的前半生和妻女都葬进了坟墓,从此世上少了个亿万富翁,却多了个四处流浪的梦想贩卖家。

想想生活中一些不能兑现承诺的场景,应该并不陌生吧?所以我们活着到底要拥有什么?拥有多少才会止步和满足呢?也许真的应该适时画上一个逗号,且行且珍惜。

大卫深深触动,终于放下了自杀的念头,但儿子竟然在他之前想跳楼的那座大楼上演着自己昨日的一幕。他急忙赶过去,与儿子倾心交谈。他对儿子说我们需要互相帮助,儿子说你什么也帮助不了我,父亲说:“可以的,我可以给你一个逗号,让你继续抒写属于你的人生,就算世界坍倒并砸向你。”

影片中的大卫作为巴西最好的心理学家曾救人无数,却在那一刻懊恼救不了自己的儿子,生活中的我们,是不是也有不少的人生堵点:优秀的教师,桃李满天下,却发现对自家的孩子无计可施;高明的医生,救人无数,却不一定能救得下至亲或自己的生命;新年的钟声又将敲响,有人总结着自己的辛酸苦痛,工厂倒闭,生意惨淡……种种挫败感和低落情绪袭来,但只要人活着,又有什么关系,这世上没有完美,人生短暂,我们无需追求太多太急,不要忽视了身边的人。

冬天可能是挺难熬的,大雪封门,天寒地冻,可在那之后,会有百花盛开的。再怎么难熬,也一定再努力一下吧。像所有仍在挣扎的人们一样,面对艰难险阻,不轻言放弃,不歇斯底里,更不是躺平,人生最清晰的脚印,往往印在最泥泞的路上,我们应该运用影片中的逗号精神,停一停,捋一捋,问问心,重拾勇气和信心,善待自己和家人。只要你还没放弃,哪怕是灰烬中,也可能会发现光。

(原载于 2023 年 1 月 9 日《达州晚报》)

自由与坚守

周五的早晨，伴随着窗前叽叽喳喳的鸟语欢歌，起床梳洗后的我刚一打开窗户，忽然房间飞进一只小鸟来。它在屋子里盘旋了几下竟然没找到自己的进出口，我对着它说："窗户在这边呢，快飞出去吧！"可是它停在衣柜顶端一直未曾离去。

四岁的女儿出于喜爱和好奇，闹腾着她爸把小鸟捉进了笼子。午饭时间，女儿提到小鸟流露出满心的欢喜，对我们说，千万不要把小鸟放了，她晚上放学回去还要和它玩，她调皮地跑到米缸前去舀一勺米出来，并把自己吃的蛋糕和瓜子等食物都拿出来，说要好好喂养这只小鸟。

午休时分，我一直被这小鸟吵到没法入睡。于是我偶尔去鸟笼旁观看，当我一靠近，它就动也不动叫也不叫了，大概是怕人吧。放在笼子里的水和食物一点没吃不说，它还把那一小杯水也踢翻了，连翅膀也弄湿了。我一转身离开，就听见它又啾啾地叫个不停。我偷偷望去，有意思的是，另外一只与它个头、毛色差不多的小鸟停在窗户的防护栏上，伸长了脖子正对着它也啾啾叫个不停。两只小鸟就这样相望着叫个不停，从它们叫的语调和语速变化中，我感觉它们就像在诉说着事情的发生和遭遇，似乎还很焦急地想要营救这只受困的小鸟。我一靠近，窗前的小鸟便飞走，但只要我不出现时，它又立刻飞过来陪着笼中的小鸟，不停地相互倾诉着。

看到这情景，我不由心生怜悯，对老公说还是把小鸟放了吧，别让它们这么凄惨，它不吃不喝还很性急的样子熬不了多久。老公坚持要先说服女儿才能放。我试图跟女儿讲："应该放了小鸟，否则它会饿死，或者应该向动画片里描述的一样，大家应该帮助小鸟找回自己的妈妈和伙伴。"道理还没讲清一半，女儿就哭着直晃脑袋，说就是不可以放，不能让小鸟飞走，看不到小鸟她就不开心，呜呜地哭着还说，晚上回来要是看不到小鸟在家就要跟我们拼了。我的天，跟她是讲不了道理的。女儿又给奶奶打电话说小鸟要吃虫和草，让大家都去找来喂小鸟。

这情形，我们犹豫了直到傍晚还是没有放这只小鸟。小鸟依旧不吃不喝，只顾着在笼子里拼命地撞击和厮叫，窗外那只小鸟也一直陪着它。女儿连画画都要靠近鸟笼旁边，还时不时向小鸟展示她画的画，笼中小鸟一动不动地，也不出声。

夜晚，外面已经安静许多，我发现了那只陪伴的小鸟，依旧悄悄地在我家房间的另一侧窗檐上停留。我暗自下定决心第二天一定要放了这只小鸟，不能再任由女儿无理取闹了。

周六的清晨，女儿起床后再次与小鸟打了招呼后，在爸爸的陪伴下去学校上舞蹈课了。我来到鸟笼跟前，看着羽毛都已凌乱的可怜的小鸟，对它说："你们真的需要自由，我应该放开你，去过你们自由的生活吧！"掀开铁笼后，小鸟跳到窗前向我张望后又四处张望一下，从窗口飞走。

我在窗前一看，小鸟飞行的能力似乎很弱，扑哧一下就直接掉在楼下院落，看样子关它的这一天一夜已经使它受到伤害。刚停下，那只守候它的小鸟一下子飞奔在它身边，它们又相互叽叽喳喳地叫个不停，陪着它的小鸟还靠近它身边嘴对嘴以示亲密。紧接着,又一只小鸟飞来,在它们旁边也盘旋了一下,啾啾地叫了几声,看来是来向它们道贺重获新生的吧。重获自由的小鸟一直在地上走走跳跳,守候它的那只小鸟飞到院落围墙上方,示意让这只小鸟也一块和它飞上来,可它始终只在地上抬头望着,只是走走跳跳。陪伴的小鸟只好又飞下来,在它身边啾啾叫几声,再飞上围墙,又飞下来,这样重复了很多次。

过了一会儿,陪着它的小鸟离开了。我一惊,难道不管它了?大概几分钟后,我惊喜地看到,陪伴的小鸟又飞回它身边,而且是叼着食物嘴对嘴地在喂食呢。是啊,经历了一天一夜的牢笼生活,这只小鸟已经被折腾得精疲力竭了吧,当然应该补充能量。这情景,让我好感动。就这样,飞去寻找食物再叼回喂食,如此重复了好几次。脱离铁笼的半个时辰,两只小鸟就一直在院落中没有离开。

我去做自己的事情了,暂停了对它们的观察。两个钟头以后,终于,我看到那只重获自由的小鸟可以飞翔啦!听到两只小鸟愉快的叫声,看到它们振翅盘旋在空中的样子,心中一块大石终于落定。那一刻,我百感交集。那只一直坚守陪同的小鸟让我的心灵震撼,或许那就是它相濡以沫的伴儿吧,一个在任何苦难时候都不离不弃的伴儿,总会在身边鼓励和支持它,那只受困的小鸟,若不是凭着对自由的执着向往和同伴的鼓舞帮助,又怎能重获新生,收获生命和情感的喜悦?小鸟的遭遇,一段小小的生活插曲,让我是那么庆幸着自己拥有的自由,拥有的眼前应该珍惜的幸福,当然我也庆幸自己能及时把自由归还给这对坚贞不渝的小鸟。

晚上回到家的女儿发现小鸟已飞走，自然是大哭一场了。不过我相信待女儿长大一些，一定能真正明白妈妈跟她讲的什么是自由和真爱。

（原载于 2019 年 7 月 22 日《中国作家在线》）

且将失意化诗意

寒风凛冽,风雪交加,失意的人失魂落魄,凄凉悲怆。人生的低谷是什么?或许你正陷于一败涂地的事业迷茫,或许困顿在落魄潦倒的生意场上,或许你正经历糟心痛楚的情义背叛,抑或是身心剧痛的病变,一地鸡毛的残渣碎片,组装着人生难免的一些苦不堪言。

人生多歧路,唯有多看开,且将失意化诗意,让诗意成为失意最好的盔甲。

“行路难!行路难!多歧路,今安在?长风破浪会有时,直挂云帆济沧海。”从诗仙太白勇往直前的气势里汲取精神力量,失意不失志,人生理想永不弃。豁达的人,即使失意,也依然心中充满希望与阳光,能将风霜雪雨调制成暖身砺志的练兵场,纵有再多困苦,不轻易沮丧;纵遇再多荆棘,也不轻易感伤。

怀才不遇学东坡,越失意越发诗意。“莫听穿林打叶声,何妨吟啸且徐行。竹杖芒鞋轻胜马,谁怕?一蓑烟雨任平生。料峭春风吹酒醒,微冷,山头斜照却相迎。回首向来萧瑟处,归去,也无风雨也无晴。”穿越千年细品《定风波》,领略苏东坡胜败两忘、醒醉全无、无喜无悲的人生哲学和处世态度,让惊恐纷乱的心绪舒展,诗意就藏于乐观豁达的人生大幕里,诗意藏于淡泊的宁静之心,诗意藏在宠辱不惊去留无意的潇洒从容之中。

吃得苦中苦,方为人上人。铭记残酷,再读《孟子》名篇:

“故天将降大任于斯人也，必先苦其心志，劳其筋骨，饿其体肤，空乏其身，行拂乱其所为，所以动心忍性，曾益其所不能。”让信仰信念成为自己始终不变的人生追求，即使逆境险阻，即使生命中遭遇痛苦不幸，亦不能放弃心中梦想，有梦想才有走下去的诗意与远方。“诗豪”刘禹锡说：“百胜难虑敌，三折乃良医。人生不失意，焉能暴己知。”人生若没有挫折失败，怎知自己的缺点在何处？苦难对一个坚强的人来说，不是惩罚，而是上天的奖赏。怀着对生命的珍惜，怀着对生活的热爱，一定要在幽怨懦弱中冲出重重阴霾，咬紧牙关，将寸寸苦难串成诗意不断的篇章。

失意之时方寸不乱，诗意人生格局大开。目光有多远，路就能走多远。唯“风物长宜放眼量”，站得高、看得远，顾大局，才沉得住气。“事不三思总有败，人能百忍自无忧”，一个人的格局，往往是在诸多的吃亏受罪中逐渐被撑起来的。乱亦不易其心，贫亦不改其志，心如玉壶冰，不懈努力直至满血复活，激情万丈吟诵杜甫壮丽诗篇：“会当凌绝顶，一览众山小”。

“君子坦荡荡，小人长戚戚。”你厌恶算计与报复，现实却避不开防不胜防的陷阱，不必惧怕心术不正的小人十八般伎俩，看穿而不急破，沉着应战。始终要相信，打不倒你的，终将让你更强大。“君子何尝去小人，小人如草去还生。但令鼓舞心归化，不必区区务力争。”世界再大，大不过包容的心。无需将时间和精力，耗在不值得的人和事上。放下嫉妒与偏见，收住偏离航线的失衡欲望，脚踏实地本分守己地做人才能获取尊重与回报。

“塞翁失马焉知非福”，上帝关上了一扇门，必然会为你打开另一扇窗。逆境当下，学会智者低头，能屈能伸，咽下去的委屈必将撑出人生新的格局。在痛苦和挫折中，逢山开路，遇水搭桥，排除万难，人生路途终会迎来“柳暗花明又一村”的绝处逢生。“仰天大笑出门去，我辈岂是蓬蒿人？”百般修炼中，再咏李白诗：“天生我材必有用，千金散尽还复来”。

人生历练，如此种种，如一尊经过多番打磨而稳坐高台的佛，必是迈过道道门坎尝尽世间冷暖，经受灵魂的洗礼，才受得起万人敬仰顶礼膜拜。

“莫道谗言如浪深，莫言迁客似沙沉。千淘万漉虽辛苦，狂沙吹尽始到金。”风来不惊，雨来不惧，失意番成得意时，青天自有通宵路，当度过黑暗之最，你便迎来黎明破晓，迎来春暖花开。

漫漫人生，于失意中拥抱诗意，于人生逆境之中，活出无悔和精彩。

（原载于2021年冬季版《魅力开江》）

第四章 现实航行

谁说残疾的命运就是凄苦？
只要敢于与命运抗争，怀揣梦想，
所有的阴云密布都将迎来希望之光。

扶贫工作组的那些人

源自贫困户的感触

山路弯弯。清晨的程家沟被迷蒙的薄雾笼罩。

两年前,世红在颠簸的车里体验着急弯陡坡的惊险刺激。他是我们单位派出的一名驻村干部,他回忆,两年前刚到工作组报到的那一天,行走在这个陌生的荆棘的山路上,内心充满抱负和疑惑。

“报到的第二天,村里的干部领着我们在土里自己摘菜,生起灶火做饭炒菜,拎着铺盖卷儿开始了驻村帮扶的生活。大伙都亲切地管我叫红儿,我是工作组里最普通的一名帮扶工作人员。”

今夏,草木葳蕤之中的柏油路上,世红与单位同事在车里叙侃。

“刚到村里时嘻嘻哈哈地爱找村姑的话题开开玩笑,总想着工作活跃气氛轻松点。其实最触动我的是那次的场面,村里的勇哥不幸摔伤瘫痪了,他老婆拼命地挽救他,不离不弃。为了让他晒到第一缕阳光,他老婆每天调好闹钟陪伴他,不但毫无嫌弃,而且承担起全家的劳务。每一天她总是不停地忙前忙后,洗衣做饭。命是保住了,可没有了任何劳动能力,一家重担落在妻子身上。患难见真情,丈夫被妻子的重情重义感动,珍惜生命,夫妻相濡以沫。虽然听说的感人故事很多不足为奇,但当我自己亲临现场,目睹这个不幸而又有情有义的家庭时,不得不让我对生命价值的领悟有进一步的感触。想想我们来扶贫的工作使命,这样的家庭就应该好好帮扶他们。我们发动群众自愿捐款救助。工作组通过精准扶贫政策的争取,使这个贫困家庭享受到免费医疗和所有的救助政策。他们夫妇非常信任工作组,有什么拿不准的问题就问咱们。"

"很多村民都支持国家政策的实施,这个村以前的库区隔绝,如今道路直通直达家门口,这两年真是有了翻天覆地的变化。我在这期间积累不少宝贵经验,也领悟到更多的人生意义。我已经向党组织递交了申请书,希望自己为社会多尽一份力。"

摇着小船划出贫海的文书

盛夏的宝石湖,骄阳灼眼,坐在快艇上,任风的呼啸和白浪的撞击拂过耳畔。艇上一行是下乡入户的同事们。程家沟村四社真有点远,坐了汽车再乘船,还得步行。

阿英早在岸头的土垒边候着我们。她挎着包,中等身材,略棕的健康肤色,手捧着簿册,清脆索利的嗓音,正叫村民把吃草的几头黄牛吆喝开让出道来。

我们走进院落,召集村民讨论,她一边向我们介绍每户情况一边解答着村民的疑问。所到之处,村民对她投以信任的目光,每家每户情况如数家珍,了如指掌。今年村委会换届,阿英是得票数最高的连任干部,她兢兢业业,是扶贫工作组的好助手。

扶贫攻坚离不开资料的反复整理。每天有不同的迎来送往与资料督查,旧活未完新活又来,加班超时是家常便饭,不足

为奇。

阿英住在程家沟村四社的湾角处，每日清晨，身披露珠，摇着小船划出宝石湖，再步行半个多小时，赶到八点之前到村委会，开始一天的紧张忙碌。夜幕降临前，阿英再步行半个多小时，摇着小船赶回家做饭，一直收拾家务忙到深夜。

文书工作很枯燥，也很需要时间和耐心。有时，阿英白天做不完的资料还背回家中继续做。刚开始丈夫没说什么，时间久了，觉着有时连周末都没见着阿英回家，家中事务也堆积着顾不上，渐渐便有了些意见和分歧，甚至对她的工作也进行阻挠。阿英唯有更努力地挤出时间两边兼顾，为了孩子的求学为了家庭的收入，她连悄悄去卖血的事儿都干过。身子骨幸好是硬朗的，工作日她不停做资料和走访入户，周末就捋起裤腿下地干活，没有说过一句累。

我禁不住问她，撑着这样的工作和生活觉得后悔吗？她说自己是土生土长的程家沟人，盼来了国家的好政策改变家乡，自己尽力无怨无悔。这份工作再艰辛也要撑下去，家庭再苦也要勤劳带头搞好生产。

阿英默默地而又内心笃定踏实地干着这份工作。

暮色中，她划着小船的身影，伴着湖面木桨搅动的水声有节奏地浮动，她用力向前划……

产业艰辛与收获

眼前这位四十来岁的男子，看起来温和淡定，干起工作来可是精力充沛，有条不紊。何书记是省川煤集团派到扶贫工作组来的。在程家沟工作的每一天，他都用心用脑地配合工作组的领导干部。

说起被派驻这里开展工作，他有自己的责任见解，派来的人能做多大的事情，要看这个单位的决心和态度，来了，就要安心，干了，任何困难面前不能退缩，不能辜负村民和组织的期望，不能给单位丢脸，帮扶的成绩和荣誉其实应该属于单位，属于这个团队。

想好了路子，做农产品加工，倾尽了心力。工作组的成员们，绞尽脑汁自己设计包装，源自川东第一大水库的高山土特产出炉，高山晚熟米、菜籽油，还有杀了的鸡鸭，收原材料、加工、包装、发运，这些系列程序，都搞懂了，还得联系单位打开销路，这些活，何书记都包揽了。2016 年 10 月 31 日，何书记不慎手摔伤成粉碎性骨折，可眼前的这些关系到全村的事儿一点儿也不能耽误，尽管手打着石膏上着夹板，他还是坚持组织大米生产。为了去卖产品舟车劳顿，有一晚赶回家已深夜三点多。第一笔赚回的十几万，给村民们分红，他们的脸笑得稀烂。

建电子厂，是工作组为解决村民就业问题的一个积极想法。何书记一刻不敢耽搁，联系对接电子芯片销路。大家齐心协力在一个月内建起厂房，解决村民就地就业，一人上班，全家脱贫。看着村里五六人进厂月工资平均能领个 2400 元，何书记开心地鼓励他们带动更多的村民加入进来，更多村民在自己村里上班，更多的青年人不必再扔下家中老小，更多的家庭其乐融融，何书记说，这真是让人欣慰的结果。光伏电站项目的周折实施，几百个档案盒子的资料整理，在驻村的日子里，没日没夜地加班苦战，为的就是让这个村早日实现脱贫。

何书记家在广安，孩子正值青春叛逆期，妻子因为孩子的教育问题对他长期离家疏忽家庭有所争执，可他仍说，组织上安排了我来到这个村，是领导和上级的信任，扎扎实实地干工作,自己家中的琐事和工作中的个中委曲是必须要自行消化的。我不后悔自己短暂地与家人分离,这么努力地在这里付出心血,是希望把程家沟建设得更加美丽。

村主任的憋屈

"党和政府这么重视脱贫工作,社会力量,企业力量,这么多单位和大家伙都在帮衬着咱们这个村,你们说说,咱们自己再不争气怎么行?"

村里在开院坝会,罗主任语重心长地跟村民谈心。其实这村主任心中最纠结的是,有的村民攀比心态日益严重,如果是比谁勤劳致富快还好,可怕的是比谁享受了扶贫政策。

村里要研究移民安置问题,户口确定中。

这些天,罗主任接了好些个电话,家门口也热闹起来。妻子热情地招呼着村民和亲朋,她知道,丈夫的主任位子当着不容易,不可以在别人面前摆架子,人家来咨询和提意见是必须要有耐心的。

晚饭后,罗主任的表弟一家也来了,弟妹灿烂的笑容就像捡了金元宝,拎了些蔬果进门后就和嫂子去话家常。表弟也是享受移民安置政策的,不过这次他的来意,说是本来四口人的户头这次被确定成两口人,虽然子女已经分了户,但不都是一家人吗?这四口人的政策补贴问题嘛,当主任的表哥理应帮忙搞定才行。

"这口子开不得啊!"罗主任皱起了眉头,不敢直视表弟充满期待的眼神。他心里也明白,表弟从小就跟自己的感情要好,这些年来,自己家中老小的事情,表弟出力跑腿啥都没打过半点停顿。如今,唉!这违规的事情,真不能!

好端端的乐呵呵演变成气鼓鼓。

政策必须在大家的监督下执行。每一户移民安置的家庭情况都如期公示。

表弟两口子那天在路上与罗主任遇个正着,表弟按捺不住愤怒,指着表哥鼻子破口大骂。有些亲戚也认同,说罗主任不念亲情,摆什么谱。

亲情已受损。表弟一家再也不接罗主任的电话,甚至登门也被他们找借口拒绝。一年多无来往。

妻子说:“老罗,我能理解,你没有愧对组织,但是心里憋屈啊,愧对了亲人,这个结,不知哪天能解呢。”

这样的事情、这样的结,等着我们在扶贫道上一路开解吧。

罗主任紧紧握着妻子的手,坚定地朝着回家的方向迈开步子。

(原载于 2017 年 9 月 29 日《我是公务员》)

绝不活在命运的阴影下

题记：

一场车祸事故使他变成残疾人，失去一条腿，失去工作，失去青春年少美好的爱情，接纳母女都是智障的残疾家庭，但所有接踵而来的命运阴影都被他的坚韧自强所突破，他一直勇敢地走向光明……

眼前这位身材纤瘦但精神饱满的男子，第一次见他时并未发现与常人有异，但听他自我介绍时说今年 49 岁了，要不是安的假肢，一定还可以做更多的活儿把家庭支撑好。他撩开空荡荡的左边裤腿，果然一只假肢立在我们跟前。

第二次，我来到开江县长岭镇采实桥村他的家中，感受到这个家庭的不同：妻子、女儿都是智障残疾，在一起生活的还有年逾八旬的母亲，所幸的是这个家庭唯一健康的是他 11 岁的儿子。我想，维持这样一个家庭的生活，想必他经历过不少辛酸的故事吧。

一样样的失去是命运的一次次剥落

28 年前，正值青春年少的邓孝春，随着改革开放南下务工的浪潮，买了去往广州的火车票准备启程。火车一进站，争先恐后的人们拥挤不堪地踩踏、翻窗，花样百出的情形下，邓孝春当时因翻窗不慎未能上车，跌落在铁轨上。火车开启了，来不及抽身的他就这样在火车的呼啸声中断送掉左腿，鲜血淋漓的他被送往医院进行了38天的救治。躺在病床上的他，虽然不惧怕身体的疼痛挺了过去，但一时也难以接受人就这样残了、钱挣不了了的事实。更痛苦的是，与他相恋多年的女友家中得知此事后，强烈反对他们的婚事，逼迫他们立即解除婚约。更有一些闲言碎语在村子里传开：邓家的祖坟没埋好，一家子兄弟姐妹中，老二和老三都出过车祸残废了，这个老四孝春好端端地又撞了邪，断了腿，这一家子是命中注定一辈子晦气，谁家敢把闺女嫁给他呀？失去的一切，遭遇的一切，一度让邓孝春觉得自己从天堂坠进地狱般难受。换了别人，这一重重的打击该有多么痛不欲生啊，可邓孝春伤心过后，平静地答应了解除婚约的事，他觉得，自己的确不应该拖累女友，放手让她寻找幸福才是对这份爱情的尊重与爱护。女友一直在广州打工，面对事实也伤心悲痛，无法挽回家人对婚事的决定，但一直写信或打电话安慰、鼓励他，希望他不要自暴自弃。他回忆那段时间，虽然十分不愿舍弃那段刻骨铭心的爱情，但真的没有恨过女友，没有恨过她的家人，也不怨村里人的闲言碎语，既然厄运难逃，那就坦然面对一切吧。

不言放弃　笑看人生

不轻言放弃的邓孝春决定要活出个人样，不能被命运的突袭打垮。家人四处借款东拼西凑了医疗费用，他到成都医院安装了假肢。之后的一年时间，他努力地适应和调整自己的身心，很快恢复了斗志，又踏上了打工之路。虽然左腿残疾，但他的双手做事勤劳利落，在餐具厂、包装厂等地干计件的活儿，比其他人做得更快、更好、挣钱更多。2002年，邓孝春回到家乡，用打工积攒的钱修了房子，把年迈的母亲接来同住，并靠着自己的理发手艺开了一家理发店，街坊邻居都夸他手艺好，他顺便在店铺一角卖点日用品，日子还算过得平稳。

那年，他曾好心收留过一位有孕在身的失去记忆的女子，女子无依无靠，哪儿也不肯走，说是乐意在理发店帮忙，偏要待在他这里。邓孝春没有计较别人的眼光，陪伴并照顾这位女子产子并共同养育孩子。孩子一岁以后，这位在别人眼中“他捡来的妻子”突然说要带着孩子离开，不愿再与他生活。邓孝春没有勉强她，再一次平静地接受这一切。在他眼里，无论命运和社会有多么的不公，都不能失去善良和宽容，对于自己的命运，永不言弃，笑看人生，奋起直追。

组建家庭　自强不息

亲朋好友张罗着给他说了门亲事。2004 年，35 岁的邓孝春迎娶了小他 15 岁的小梅为妻。其实小梅是一名有智障的女子，岳母家当时很担心他会嫌弃小梅，可邓孝春却对这位年轻妻子万般怜爱，温柔以待，或许是因为自己经历过太多不幸吧，他对于弱者的遭遇总是不经意地感同身受。在他的细心呵护下，时而暴躁时而惊恐的妻子性情变得温顺了许多，尽管不懂很多人情世故也不知自己做的错与对，但她对身边这位温情的男子十分信任，整天粘着他，对他投以单纯的笑容。婚后，他们相继生育了一个女儿和一个儿子。

一家五口人靠着简易的理发店已不能维持所有开销，日子过得越来越拮据，为了挣孩子的奶粉钱、学费钱，邓孝春不舍地将妻子儿女交托给年迈的母亲照料，揣着借来的几百元路费，再次外出打工。由于腿残，找活干并不顺利，他就靠自己捡垃圾、收废品度日，后来终于找到食品包装的活可做了，他用自己的勤劳和实诚，换取的劳动报酬总算可以供到每月家中所需。

用温情消除阴影　以勤劳战胜贫困

得知漂亮的女儿也呈现出痴痴傻傻的模样时，他意识到，自己不能再在外面打工而疏于对家人的照料了。2013 年，他毅然辞职回到家中，细心照料妻子和儿女。女儿显然是受了母亲家族基因遗传，什么都不会，他既当爹又当妈，在生活的每一个细节上耐心地教导，直到女儿的生活自理能力增强，打扫、洗衣、做饭这些家务活都能干了，还能陪伴和照顾妈妈，减轻了奶奶和爸爸的压力。

勤劳细心的邓孝春是村里典型的孝子，兄弟姐妹五家人，母亲最乐意选择陪伴他们这家人度日，他感恩母亲的辛劳付出，经常为母亲洗头、修剪指甲，生活细节处处体贴周到。

儿子是最让他感到欣慰和充满希望的。这孩子像他一样十分懂事和孝顺，学习成绩好，放学回到家中主动照顾好妈妈和姐姐，看到爸爸从地里干活回来累了，懂得贴心地按摩，给爸爸碗里夹菜，这一切让邓孝春觉得家庭的温暖是可以战胜贫困的。

2014 年，国家的精准脱贫政策为他家提供了残疾、低保补贴，他家还享受了 C 级危房改造补贴，一家人的基本衣食住行没有问题，县委的领导每次来看望他都令他感激不尽。尽管家中条件艰难，邓孝春在脱贫路上从来没有坐地开花和等靠要的思想，就算只有一条腿，他也靠着吃苦耐劳的精神，凭自己的力所能及，种植了生姜、稻谷、玉米等农作物，除了自给自足，还可以增加一定的经济收入，镇上领导也在帮助他想办法谋求新的

工作途径助他脱贫。

他说,为了照顾家人和儿子的学业,这几年暂时还不能外出务工,但任何时候都不能丢掉上进心,他要用勤劳的双手给儿子做个榜样。他时常教育儿子要感恩,要自强不息,他说:“儿子呀,我们这辈人因为身体残疾因为贫穷而过得艰难困苦,希望今后你一定为咱们家争气,奋发图强,做个有用之才,努力回报社会!”

当我提出为他们拍一张全家福合影时,那母女二人虽然怕见生人,但也在邓孝春的温柔解释和召唤下,笑眯眯地站了过来,一家人欣然聚拢。邓孝春满眼温柔地注视着他妻子捆扎头发时的小紧张和兴奋,镜头就在此刻被我捕捉下来。

谁说残疾的命运就是凄苦?只要敢于与命运抗争,怀揣梦想,所有的阴云密布都将迎来希望之光。身残志坚的邓孝春用他百折不挠的精神支撑起这样一个特殊的家庭,却又让日子过得如此温情富足,实在是令人折服。

(原载于2018年9月29日《精神文明报》;2018年9月30日载于51网;2019年3月13日载于四川三农网)

用爱撑起风雨飘摇的家

美丽的青海湖,辽阔的大草原,这里演绎过多少动人的爱情故事。其中一个发生在19年前,一个青海姑娘与来自四川东部的小伙子在青海牵手相恋。婚后的变故并没有让两人分开,两人双手紧握,不离不弃地践行着婚姻誓言里那句深沉的爱:无论贫穷还是富贵,无论疾病还是健康,你都爱他、照顾他、尊重他、接纳他,永远对他忠贞不渝直至生命尽头。

千里姻缘一线牵

1972年,李德庆出生于青海共和县的马汉台下合乐寺村。她的家中共有十姊妹,她排行老六。20世纪90年代,李德庆曾在当地开了一家裁缝店。丁吉良,一个出生于四川东部的小伙子,后来跟随姐姐在青海开了一家饭店。一个裁缝店邻着一个饭店,这两个年纪相仿的年轻人一来二往彼此相识,便有了千里姻缘一线牵。

1999年,李德庆跟随丁吉良,从青海远嫁到四川开江县的广福镇双河口村。婚后,两人和和睦睦育有一子。而后,为了编织共同的家庭梦想,小两口随着改革开放大潮,双双南下务工。

风云突变陷困境

2004年,一场意外使这个正憧憬美好的家庭,从此蒙上灰暗的阴影。丁吉良在深圳观澜五金厂上班时，左手不慎被冲床压断，导致残疾。突如其来的一场变故，使得李德庆措手不及。

事故发生之后，工厂老板逃避责任，不肯露面。李德庆不得不一面照料丈夫，一面竭尽全力想法向工厂老板讨要应有的工伤理赔。她每天都抽空守候着难得露一次面的老板。一周过去了，在她的穷追不舍下，老板最终只是答应为丁吉良安装假肢，而且仅让丁吉良在医院治疗一周便出了院，让其回到宿舍。出事后的丁吉良情绪非常低落，李德庆耐心安慰道："既然事情已经发生了，咱们把心情放开些，没了这只手，痛苦只是暂时的，有我在，这个家不会垮。"

李德庆一边鼓励丈夫，一边奔波于工伤理赔。那些日子，她几乎跑断了腿，最后经过劳动仲裁获赔了 8 万元。

在李德庆的悉心照料下，丁吉良总算渐渐适应了失去一只手的生活。2007 年，李德庆的小儿子出生了。家中劳动力匮乏，婆婆、丈夫、两个孩子，这一大家子的生计，只能靠李德庆。小儿子刚满一岁，李德庆便再次外出务工，四处寻活了。

灾祸从来不单行

2008 年，经娘家人介绍，李德庆又回到青海，接手经营一家养猪场。苦心经营的她，本以为通过自己的勤劳，这回应该能有个好结果。哪知，天有不测风云，那年，青海因出现 H5N1 禽流感疫情，影响了大部分家禽饲养。李德庆眼睁睁看着满满的猪圈空掉，好不容易攒下了五六万元投入猪圈的前期经营，如今血本无归。这可是最后一笔维持家中生计的老底啊！就这样被她孤注一掷折腾没了，李德庆心中的懊恼、悲伤和无奈，犹如重重的大石压堵在心口，难受极了。她隐忍着，没敢告诉家人。

欲哭无泪的李德庆,忽闻家中的土墙房因暴雨的冲刷,垮塌严重,家人实在无法居住了。当她匆忙赶回家中,眼前的景象让她呆若木鸡:婆婆和丈夫不停地用桶和盆替换着接住屋顶漏下的雨水。外面下着暴雨家中就下着大雨,大儿子在尚未被暴雨溅湿的角落里,正借着昏暗的灯光在嘈杂的雨声中写作业,他全神贯注,眉头紧锁。小儿子扑过来,抱着她的腿喊道:"妈妈,我们再也不要住在这里了,叔叔他们都在修新的房子搬走了,我们为什么没有新房子住?"

这一切深深刺痛着李德庆的心,她抬头望了望苍天,抹着泪。她咬着牙,横下心来对小儿子说:"妈妈给你修新房子!"

牵手相扶重建家园

说修就修!可修房子不是件容易的事儿,没钱啊!而且这一家五口就只有李德庆一人是劳动力。她柔弱的肩膀再一次扛起的可是一个新房子呀!家里积蓄已无,李德庆只好"厚着脸皮"找亲戚们借了些钱。可东拼西凑还是不够,无奈之下,她顾不上其他前去贷款。款项到位后,她将新房子择址山下,日夜赶工修建新的住房。忙碌8个月后,新房总算建成,与此同时债台高筑。

看着妻子李德庆倾其所有地操劳和付出,丈夫丁吉良心有不忍。为了偿还债务,他决定再次和妻子一同外出务工。新房落成当晚,夫妻俩便收拾行装,噙着泪告别母亲和大儿子,牵着小儿子,踏上打工之路。

为了更快地还清债务,朴实的丁吉良还险些被传销组织蒙骗,幸好李德庆及时警觉,避免了又一次不幸的发生。兜兜转转,患得患失,人生的考验是一场接着一场,艰辛的磨砺锤炼着人的意志。

为了工作,为了还债,丁吉良在条件有限的情况下选择了砖厂搬砖。看到丈夫每天洗脸时,只能用嘴拧毛巾,牙齿都脱落了几颗;看到丈夫在砖厂用一只手搬砖,李德庆不由心生疼惜,加倍地努力干活。她进家具厂、游泳眼镜厂、砖厂,加班、熬夜……不管多么粗重的活儿,不管是否涉及有害物质,不管是加班还是熬夜,她不嫌脏不怕累,都干!

长期的劳累导致李德庆腰椎间盘突出,引起腿骨寒冷。丁吉良劝她别那么拼了,她说:"一想到贫穷的滋味就难受,每到年关,面对坐在家中要债的债主好话说尽,看着自己的孩子眼巴巴地瞅着别人玩玩具、穿新衣时那种羡慕又失落的眼神……自己却又囊中羞涩。要改变这一切,就不能等不能靠别人,只有自力更生,才能早日走出贫穷的阴影。"

夫妻俩就这样相依相扶,省吃俭用,在逆境中用拼搏、用勤劳、用坚韧的爱,逐年减少债务,撑起了这个风雨飘摇的家。

历经风雨见彩虹

2014 年,国家的精准扶贫政策下来,李德庆一家被列入贫困户。在党和政府的关心帮助下,两个孩子茁壮成长。2018 年,丁吉良开始享受残疾补贴。如今,夫妻俩靠着务工、耕种养殖换取的收入,逐步偿还了因修房欠下的大部分债务。

虽同为贫困户,李德庆得知青海娘家那边的政策扶持力度远大于四川,但她不攀不比,从不开口向政府提要求,还常常鼓励身边其他的贫困户一定要有信心走出困境。有人说她命苦,可她不觉得。既然命运给了她挑战,她便要勇于付出与承担;

既然已做出选择，她就要靠自己的坚强、勇敢和勤劳去改变困境。她相信，日子总会越过越好，日子也确实越来越好。

李德庆喜欢的那首歌曲《牵手》，里面的歌词道出了深藏她心中爱的力量："因为爱着你的爱，因为梦着你的梦，所以悲伤着你的悲伤，幸福着你的幸福……没有风雨躲得过，没有坎坷不必走，所以安心的牵你的手，不去想该不该回头，所以有了伴的路，没有岁月可回头……"为人妻、为人媳、为人母，李德庆最简单质朴的愿望便是，一家人能相亲相爱地在一起，信念不灭，爱常在。

农忙之后，李德庆又背起行囊再次出发。这次，她是去学习新的厨艺和经营之道。她打算在家乡经营早餐铺，这样一家人就可以团聚在一起了。在她心里，一直想着如何弥补孩子幼童时期没有买过玩具的缺憾，她期盼儿子长大后能有出息有本领撑起家中的未来……在自我的奋斗和家人的期盼中，李德庆会很快归家，早餐铺会喜庆地迎来开张大吉。这个平凡而坚强的女人，一定会迎来风雨之后的美丽彩虹。

（原载于2018年11月13日《精神文明报》；2019年1月载于《龙门阵》）

厨勺里的初心

我爱吃鱼,乐意尝试各类鱼的食法。居住在开江这个小县城里就有十来家鱼庄,能令人口腹生香、吃得舒心的鱼庄,我会不假思索地推荐"莲韵鱼庄"。以"莲韵"为店名,铺面外檐悬挂着古朴的灯笼,顺着朦胧光影的投射瞧去,左联:一川江水逐渔香;右联:半樽诗酒过荷塘。厅堂内,一盏荷花灯前一幅"鱼戏新荷图"绿意盎然,清新灵动,颇有意韵;新荷图旁所挂书法"厚德载物""上善若水",想必是老板的座右铭吧。

奔着座右铭,我问起这位老板的经营理念来。老板名叫梁远军,是位三十出头的年轻人,圆脸额丰,带着谦逊有礼的笑容。梁远军说,做生意与做人一个道理,与人为善,做事要靠谱,做餐饮经营更要实诚。鱼庄以"莲韵"命名,是因为家乡有这么一大片让人倾慕的莲花世界,闻花而香,与鱼庄选择食材的自然、生态、荷色生香相得益彰。他说,只要你吃过咱们店里的招牌菜"冷锅鱼"之后,便能感受其生态鱼的味美鲜香了。"莲韵"的意喻中还深藏着处世的佛韵哲理。

初心磨砺:学厨轶事

虽年纪不大,但梁远军从学徒到主厨,从打工到自主经营,咬牙挺过,历经风雨,吃过不少苦头,起起落落,年复一年在灶台前演绎着自己的烟火人生,到如今也算是餐饮行业的老师傅了。但他始终不忘厨勺里的初心:让自己和身边的人都能品尝到人生中的美味,创造美好,品味美食,增添能量,感受幸福。

初心前行并非顺遂坦途,是一路艰辛磨砺。

一个农村娃16岁就辍学只为扛起家庭的担子。2003年,梁远军带着一张稚气未脱的脸庞和对独立生活的向往,在亲友的建议下来到县城"巴将军"火锅店当起了学徒。在餐饮店做事的苦累超出了他的想象,但他选择坚持。无论刮风下雨,从清晨五点开始劳作,没有午休,直到每晚十一点以后才打烊。跑腿勤,态度好,人机灵,这孩子的一股子韧劲都让老板看在了眼里。一个月后,老板派他到成都总部学习,学成归来的他,成为店里的主厨。在他主厨的那几年,可以说,小县城里无人不知、无人不尝、无人不夸"巴将军"的火锅地道、巴适!

除了学习火锅手艺,他还向中餐师傅取经,从一把菜刀、一把炒勺的技艺里不断掺融自己的悟性,每一勺的翻转里,都饱含了他对美好生活的热切期盼。之后,梁远军又在当时县城最高档的酒店"鸿景大酒店"帮厨。当时酒店的主厨是个重庆人,本地同行里有那么几个排外心态的,时不时弄点难堪撂给重庆厨子。有一次,正当一帮搞事的家伙想把责任推给主厨时,梁远军看不下去了,立刻站出来在老板面前帮主厨澄清事实真相。为正义出头,他又获得了这位主厨的推荐,到重庆"王府菜连锁大酒店"学厨深造。梁远军对于厨艺的研究兴趣日益浓厚,他并不满足于现有的技艺,又辗转到过西安、福州等地,学习地方菜品和各地的饮食文化。

创业历程:起伏跌宕

通过技艺的累积,2010年,梁远军初试牛刀,开始创业。从夜市、锅仔起步,一年后,创办了"海棠园"酒楼。因厨艺精湛、菜品新鲜、管理有序、处世厚道,“海棠园”的生意日益兴隆,从2011 年至2016 年,可以说是“海棠园”的巅峰时期,尤其在承包宴席上占据了开江县城饮食行业的半壁江山。这一次,他创造的是县城中餐饮食领域翘楚——“海棠园”。

淘得人生创业的第一桶金,2017 年,梁远军与五个股东合资开了一家养生馆。没想到,这次的投资却以失败落场。亏损好几十万的他,冷静反思,他总结,理念与定位是对的,但是管理者的方向不一致,合伙管理的问题症结无法突破,只能结束养生馆的经营。

对于一个衷于厨艺研究和执着初心的人,不会甘心就此一败涂地,梁远军坚信“失败乃成功之母”。他吸取教训,继续向餐饮前辈学习请教,积累经验和勇气,再次创办经营起“莲韵鱼庄”。

这次,他招募了四个与他志趣相投的厨师,与合作伙伴在厨房反复研究推敲,从选材、制料、调味、色香等全方位流程精心调试出特色“冷锅鱼”。一经推出,立刻收获好评。尝过莲韵鱼庄“冷锅鱼”的食客,都能真切体验到麻、辣、鲜、香、嫩、入口爽滑、层次分明、不腥不燥、回味悠长。食材是精选无污染水域的花鲢鱼,肉质细嫩,还富含人体必需的脂肪酸及多种微量元素,健康美味,唇齿留香,加上服务的热情周到,颇受欢迎。

诚信经营的梁远军吃得苦中苦,更有干事创业的激情、坚强的意志,以及助人为乐的精神,不仅成为青年企业家中的先锋模范,还当选为开江县第四届政协委员、开江县个体私营协会城西分会会长,带动县城 30 多家餐饮企业融入交流互动,为壮大餐饮企业发展、推动当地经济建设贡献着自己的一分力量。

疫情之下:逆境挺身

趁着生意的蒸蒸日上,梁远军打算再开一家中餐馆,朝着自己的初心与梦想不断奋进。2020 年,本应是餐饮行业的丰收之年,不料却遭遇新冠肺炎疫情的突袭,餐饮行业春节前后连续几月的关停,令很多餐馆难以维系,纷纷倒闭。对于“莲韵鱼庄”这样一个在小县城的中型餐馆,房租、净利润一下子损失 20 多万元。按以往的运营估算,过年的收益可占全年的 60%,现如今一切皆成泡影,大势已去,餐饮行业陷入沉重打击。

但是,疫情之下,梁远军的心按捺不住的并不是餐馆生意的痛苦纠结,每当见到新闻镜头下全国医疗前线、防控队伍人员的艰辛付出时,他的心中涌动着对一线人员的无比心疼,觉得自己在关键危难时刻,必须挺身而出,为一线人员、为这个社会做点什么。于是,他向相关部门申请免费为一线人员送餐服务。每天,他和厨师们积极忙碌地准备着一份份美味可口的工作餐送上前线。他觉得,在逆境中选择前行,没有害怕、没有退缩,内心无比充实。

3 月 8 号那天,因为疫情而显得格外冷清的“三八”节,开江县妇幼保健中心的医护人员收到来自莲韵鱼庄 96 盒热乎乎的饭菜,惊喜地捧在手里,吃进腹中,他们感动无比,纷纷竖起大拇指点赞致谢。疫情期间,哪里有需要,莲韵鱼庄就往哪里提供义务送餐服务。连续七天,他们还分别为万花岭村执勤人员、县政府、县审计局、县发改局值守岗哨人员免费送餐;得知圣淘沙大酒店内住宿着医护人员,他们又主动为酒店免费加工食材。这一下来,原本不堪重负的经济负担又增加 1.5 万元。但是梁远军坚信,只要大家同舟共济齐心抗疫,局势会迎来新

的转折。终于,经历了互助互爱的这座小县城,形势渐好,餐饮行业总算在饱经煎熬之下重新开门营业。

厨勺初心:破茧成蝶

厨师这个行业很普遍,看起来也简单,或许像梁远军这样的厨师,喜欢这个行业的人,到最后,能坚持下去的没有多少,但能坚持下来的,定能深刻感悟到在厨房这片天地的收获、快乐还有悲伤。即使在大热天60度的高温下工作,即使餐饮服务需要永远放低姿态,但他们为从事这个职业而骄傲。每一个厨师都要经历一段孤独而漫长的成长阶段,做厨师辛苦但是也有他们的自得其乐,梁远军就是凭借一双巧手和对烹饪的热爱,将传统与潮流融会贯通,把美食做到极致。他说,当手里的食材可以变幻出一道道美味佳肴,获得大家认可的时候,一种极大的成就感油然而生。

不断地探索,不断地学习,怀揣初心,匠心执着,美味佳肴背后是每一把厨勺里的初心铺就的艰辛之作。一直深耕于此的梁远军,面对疫情之后的艰难,再次挺起胸膛,坚信自己能迈过餐饮业的低谷。他说,虽然因为疫情,鱼庄有所亏损,但是绝不可以一蹶不振,为自己、也为整个社会的经济复苏必须敢于尝试,敢于创新,此刻,他的另一家中餐馆也已再次启航。进入这个行业,就如毛毛虫过河、破茧成蝶,唯有坚信破茧成蝶才能飞越寒冬,振翅翩跹;唯有坚守做人的正义善良和勤劳勇敢,才能交给自己和社会一份满意的答卷!

(原载于2020夏季版《魅力开江》;2020年8月13日载于四川报道网)

淇韵科技:朱宏平的创业返乡之路

四川省淇韵电子科技有限公司的董事长朱宏平,开江县永兴镇姚家坝村人氏,这位毕业于武汉大学电子信息专业的“70后”高才生,在南下打工和创业的十几年间,积累了丰富的技术经验和人生阅历,淘到了人生的第一桶金。2017 年,他毅然返乡创业,助力家乡的经济建设。在他那张沉着而温和的面孔下,其实背后饱含了艰辛的创业历程。

打工之路,深研企业文化

2000 年,台湾元斗电声科技集团到武汉大学招揽人才,勤学上进的朱宏平被相中,走马上任担任了音频电子厂经理。凭着年轻的激情和冲劲,他把工厂当自己的家,兢兢业业,勤奋苦干,有时钻研技术难题,连续三天三夜不睡觉也要攻克难关。2004 年,不断渴求新技术、新知识的朱宏平,跳槽到日本索尼旗下的东方音响制造厂工作。在这里,员工忠于企业、精益求精的精神,以及细致、谨慎、守时和高度负责的敬业态度,让他学到了不同国家、民族的企业文化理念和管理经验。2006 年,他又跳槽到香港万邦实业有限公司工作。多年的摸爬滚打,朱宏平不仅掌握了熟练的技术,学习了不同地域的企业文化,还积累了先进的经营理念和丰富的人脉资源。

厚积薄发,激情创业

创业的激情,在日积月累中喷薄而发。2008 年,朱宏平利用自己积攒的几万元,加上亲朋凑的 80 万元,在广东惠州创办了电子厂。这年,正值电子信息产业迅猛腾飞的时期,中国市场涌出大量手机制造厂商,朱宏平抓住商机,生产手机喇叭的振动板供不应求,有的商家甚至提着现金到工厂大门口等货出厂。工厂接下更高品质的订单,在制造潜艇军工对讲机振动板,朱宏平一班人与摩托罗拉企业的专家一起合作研发专用仪器设备,反复进行其工艺流程、可靠性实验,获得了军工对讲机振动板的发明专利,一直应用至今。企业发展至 2012 年,在全国电子信息行业已名列前茅。朱宏平趁热打铁,在厦门成功收购了一家名叫雅颂电子厂的台资企业,之后又根据市场发展走向审时度势,于 2014 年在广东惠州成立了另一家电子厂——淇誉电子厂;同年,在江苏苏州成立了众韵电子厂,业务拓展至承接笔记本电脑专用膜片等产品。

不忘乡恩,圆梦初心

2015 年,朱宏平回家乡探亲时,感受到家乡对技术人才的强烈需求。“一花开放不是春,百花齐放春满园。”每一个热爱家乡的人,何尝不希望自己的乡亲父老都过得兴旺发达。尤其当开江县的李县长亲自出面向朱宏平抛出乡村振兴的橄榄枝时,不仅唤起了他的乡愁,也触动了他回乡创业助推家乡经济建设的想法。可是,家族合伙人都对此提出诸多疑虑,认为家乡的发展进程滞后,政策环境和扶持力度远不如沿海城市优厚。朱宏平反复琢磨和思考,李县长连续五次向他发出回乡创业的邀请。被感动的朱宏平,一直在心中就有着为建设家乡出力的梦想,这份情结促使他极力说服家人,无论如何也要试一下。

回乡创业如何定位，如何接到订单，如何打开销路，一切都需要慎重思考。他的一位韩国株式会社的好朋友，给了他极大的鼓舞和支持，承诺给他 100 万个订单，鼓励他在家乡生产耳机振动板，虽然产值远达不到在外面的企业，但能为家乡的建设尽一份力也是好的。为了助推脱贫攻坚，朱宏平先后在开江县的骑龙、新宁、永兴、长岭等乡镇设立了“爱心”分厂，解决村民就业困难。落户开江县普安镇的淇韵电子科技有限公司由 200 万投资逐渐追加到上千万元的投资。

由于朱宏平本人长年仍然在沿海城市管理企业，派驻在开江公司的年轻助手没有足够的经验处理困难和问题，公司出现了产品质量问题，一年营运下来，亏损了三四十万。亲朋劝他别做了，他也失望地打过退堂鼓，但他一想到撤资解散企业时，几个乡镇的分厂里那一张张面临失业而失落的员工的脸孔，他不想放弃，并决定亲自回来严格把关，让企业起死回生！2017 年 4 月，朱宏平毅然决然地把广东、江苏的资产都处理掉，回到开江县，在普安镇租了住房，凭着自己在电子科技行业多年过硬的技术力量和经验，破釜沉舟，扎根家乡创事业。就在离开广东前夕，他拜访了供应商，通过沟通协商，使原材料成本下降 10%。回到开江后，针对生产线中出现的问题，尤其音圈绕线机的参数设置上，他用半个月时间坚持每天都亲自一遍遍做检验，直到找出问题根源所在并彻底解决；在人工管理和技术改造中，改善流水线，不仅突破了难题，他和团队反而自己研发了各项专利 23 项，比如三维点胶机的创新，就使六个人的操作简化为一个人，效率大大提高，也减少了次品的出现，企业的经济效益立刻改观，如今淇韵科技一派欣欣向荣。

做企业既要利润更要口碑

淇韵的科技创新从未停止脚步，企业积极争取科技项目，研发新产品，精心铸造，做大做强，2018 年获得了开江县第一家“国家级高新技术企业”称号，实现了开江电子信息产业零的突破。在企业发展的同时，朱宏平也把自己所学到的企业文化精神融入其中。坚持“为客户创造价值，与员工分享成果”的信念，注重培育企业团队精神。在利润有所增长的第一时间，朱宏平便增长流水线计件工资，他把公司接下的订单拿给员工看，鼓励员工与公司一起努力。企业员工人均工资收入在 3000 元以上，公司为员工购买公交车月卡，方便接送居住乡镇较远的员工上下班。逢年过节，公司为员工们赠送礼品，年终举办年会、聚餐，为优秀员工发放奖状和红包等各种福利。淇韵电子秉承“穷则独善其身，达则兼济天下”的精神，不忘社会责任，企业创办以来，解决了 380 人的就业问题，其中 32 户建档立卡贫困户。

谈及未来展望与规划，朱宏平说，要进行股转系统的转换，把独资企业改为科创版上市融资。这一位敢闯敢做的企业家，用自己的睿智和信念把乡恋情结付诸了行动，他常说：“办企业只要自己有实力，就不要总是指望政府扶持，心向着家乡，办好企业，不仅要保持利润增长，更主要的是，还要口碑好，为家乡建设出一份力。”他是这么说的，也是这么做的，而这一点，更值得返乡创业人士学习和传承。

（原载于 2019 年 3 月 31 日《开江作家》）

一对90岁高龄夫妇的长寿经：朴实勤俭好家风

正月初七这天，是老人钟云成90岁生日，他与同样90岁高龄的夫人蒋继珍已携手走过70个年头，如今儿孙绕膝，四世同堂欢声笑语其乐融融。俗话说，家有一老如有一宝，而这个家庭里的两宝依然精神矍铄，耳聪目明，思维清晰，令很多人好奇他们的长寿秘诀。如果总结秘诀，先是感受这一家人的友善与和睦，便知这样的氛围得益于良好的家风传承，得益于好的品质和好的心态。

健康的身心体魄是经过千锤百炼的人生打磨的，钟老曾是一名上过抗美援朝战场的革命战士。

1949年底，四川省开江县长岭乡采石村的钟云成正值风华年少之际，他与广福乡的蒋继珍相识并订下婚约。刚刚解放的中国，共产党的队伍正需要大量青年参军入伍，钟云成毅然决定参军，时年16岁的他考入第四野战军四十二军唐山军干校。1950年的大年初一，部队秘密前往黑龙江省洮南县。途中一些学员因心存种种疑虑而纷纷逃散，但钟云成意志坚定、心态平稳地跟着共产党的队伍，坐了五天五夜的闷罐车后抵达目的地。在军干校学习一年后，抗美援朝战争爆发，全体学员提前毕业，钟云成被分配到志愿军四十二军一二六师三七七团司令部通讯处，1950年10月20日夜晚跨过鸭绿江，成为第一批入朝增援的战士。

老人回忆当年秘密夜渡鸭绿江的场景:身着朝鲜军服,一个拽着一个的衣襟匍匐前行在临时搭建的浮桥上,浮桥用绳子吊起,中间搁置门板,离江面近一米高,摇摇晃晃,稍有不慎即刻坠落江中。白天敌军的飞机随时扫射,而我军由于条件受限,仅有轻武器随身,可想而知每一天都是悬着脑袋过日子。过江之后,经过一整夜的急行军住进了老百姓家,在一个不到20平米的房间里,早已疲惫不堪的战友们靠在墙壁上睡着了,惨遭敌机轰炸,一个班的12人竟然仅剩4个幸存者。行军的艰苦远远超出想象,每晚摸黑行军达100多里路,行进在半山腰的狭窄山路上,车行中间,人走两边,驾驶员必须先行勘察熟悉路况后再一段一段谨慎前行,人与车在黑暗中经受着各种考验。

历时三个月经历两次战役后,部队决定调钟云成回国到辽宁抚顺学习。但在回国的途中,部队接收站因敌情变化而转移,钟云成与部队失联。他碰上一位志愿军战友,两人相依为命走了七天七夜才终于回归部队。这七天的流浪生活,没有指南针,没有通讯电话,没有食物,一路上,连草根、树皮都拿来充饥,偶尔遇上军车落下的东西捡来勉强度日。不仅如此,还要面对敌军的飞机扫射,一路上随时可见战士或百姓的尸体,沿途看到悬崖翻车死伤无数,战争场面处处惊险。有一天,天空5架敌机轮番扫射,钟云成与战友趴身伏地,忽然战友发现他的帽檐在敌机扫射下冒烟起火,立刻大喊起来,钟云成这才意识到自己头上的火焰,摘下帽子扑熄火苗,再次幸免于难。

经历了生死、战争、饥饿、困苦的钟云成,总结了他的人生信条:一定要勇敢、坚定、不怕吃苦、充满希望。他也常以此训诫后人,一定要珍惜现在来之不易的和平与幸福,心态平和地面对一切。

长寿夫妻的生活是清贫、简朴的,但正是这种平淡与坚持,成为延年益寿的法宝。钟云成从抗美援朝的战场回国后,转业分配到辽阳市无缝钢管厂工作,很难与亲人相见,部队准许他转回家乡。回到家乡后,他就每天到乡政府协助工作,从未拿一分工资,用自己的所学所能无偿地做着贡献。1952 年底,他从广福乡接娶了新娘蒋继珍,没有任何嫁娶仪式,蒋继珍也就一心跟着钟云成来到长岭夫家平静地生活。蒋继珍的脾气性格特别好,与钟家父母以及三兄弟相处得非常和睦。尽管全家 22 人住房不足 100 平米,口粮不多,但这个大家庭从不争执吵闹,他们夫妻二人一直起好大哥大嫂的模范作用,兄弟、妯娌之间总是不分彼此互相关心照顾。1956 年,钟云成在开江县城粮食局上班,工作繁忙,全年无休,春节只放假三天,家中父母以及六个子女的照顾职责都交给了蒋继珍。重任扛肩的蒋继珍一个人在家种田,不管多累多苦都咬牙挺过,非常勤劳的她,为人谦和,人缘极好,邻里乡亲们也都乐意相互帮衬。在抓革命促生产的年代,钟云成一心扑在忙碌的工作上,当时因地方乡级干部工资仅 18 ~ 24 元,因此把他的工资从每月 32.5 元下调到 26 元,他毫无怨言地接受。蒋继珍有时一早赶路舍不得坐车舍不得买吃的,步行到县城,只为与丈夫见上一面,当天就又步行回到乡下老家。就是这么平凡的相濡以沫,就是这么朴实的岁月人生里饱含了各种磨砺和情深义重,他们时常教导子女要忆苦思甜,勤俭节约,任何时候都不可以铺张浪费,待人要礼让,不要过于计较。

关于长寿之道,他们说,并没有什么特别的经验之谈,但我们从中已经感受到了他们平凡之中的可贵之处。“为人要厚道,做事要踏实,这是老人家给我们一辈子影响最大的一句话”,他们的二儿子钟大举说:“父亲以前工作每年都是先进工作者,但从不盲目追名逐利,我现在所从事的社区服务工作,虽然不起眼,但我也会尽心尽力去做好。父母时刻提醒我们,一定要勤俭节约,经历苦难日子熬出来的人更懂得珍惜现在的生活。无论是上一代还是我们这一代,兄弟妯娌之间都团结互助,争相孝顺老人,家庭和美也是老人长寿的一大原因。”

(原载于2021年5月《开江作家》;2021年5月16日载于《四川报道网》)

辛苦我一人方便千万家

——记达州市劳动模范孙成彬

二十多年来,一身工作服,一个工具箱陪伴他走遍了四川省开江县城的大街小巷,无论白天黑夜,毫无怨言,解决了一次又一次的用水难题。他以高度的责任心和精湛的技术,发扬"老黄牛"精神,在平凡的岗位上,用勤劳和汗水谱写着自己的精彩人生。他是领导心中的"抢险队长",用户心中的"贴心人",同事心中的"拼命三郎",这位敬业的"老黄牛",2013年被开江县总工会授予"金牌工人"荣誉称号;2009年被评为"达州市供排水系统先进个人";2015年被达州市政府授予"达州市劳动模范"荣誉称号。

领导心中的"抢险队长"

"险情就是命令!"2014年12月的一个中午,孙成彬刚下班回家,突然接到公司服务部的电话:"工业园区路口主管道破裂。严重漏水,请你组织抢险队做好抢险!"孙成彬迅速前往,只见人行道路面喷水如柱,便立即查找喷水原因。他一边迅速挖开街面砖,一边电话组织其他人员赶赴现场。十分钟后找到了原因:主管道年久失修,不堪水压冲击,导致水管破裂。"这是城区与普安镇相连的自来水管道咽喉,全城一半的区域降压,造成多条地段近3万居民断水,如果不尽快抢修好,后果不堪设想。"想到这些,孙成彬不顾天寒地冻,二话不说,第一个脱掉鞋子,挽起袖子,卷起裤腿,跳进冰冷的泥水中,迎着寒风,冒着低温,与同事一起带水作业……经过10多个小时的抢修,终于在第二天凌晨4点多钟完成了全部工作。

2015年2月17日,农历腊月二十九晚上8点多钟,正准备吃团年饭的孙成彬接到抢修任务,峨城大道滨水景观路段消防栓因交通事故被撞断,造成水压不足,导致附近4个小区突然停水。为不影响周边居民春节期间的正常用水,他立即赶往该地,与同事一道组织抢修,经过6个多小时的努力,终于在除夕的凌晨2点多完成全部工作,及时开闸送水。当他回家时,等待他的妻子看到他满身泥水疲惫归来,流下了心酸的泪水。

孙成彬和他的团队就是这样年复一年地工作,使命在肩,管网的及时维护修复使自来水“跑、冒、滴、漏”现象得到有效控制,仅此一项为公司减少损失达100万元。

用户心中的“贴心人”

“群众利益无小事,一点一滴总关情。”孙成彬是这么想的,也是这么做的。

2013年7月,为了积极响应县委县政府关于加快建设南环线至高速路口的重点工作部署,也为了让沿线居民尽快用上洁净的自来水,孙成彬接到任务后,科学规划,带领同事们废寝忘食,披星戴月,昼夜艰苦奋战,铺设管径300和管径200长达5.6公里的供水主管道任务,原计划一个月的工期提前一周高质高效完成。受益群众惠及新宁镇红庙村和普安镇的仙耳岩村,为居民送去了盼望已久的自来水。

2014年11月的一个周末,深夜2点15分,南山小区的一居民家中自来水管爆裂。用户李大爷抱着试试看的心理将电话打进了安装维修值班室，接到电话的孙成彬立即带着工具来到李大爷家中，经过检查是自来水进户管线底部漏水，需要挖掘地面，孙成彬自己动手一口气干了2个多小时，修好了漏水的管道，并且主动平整了地面。临走时，老人紧紧地握住他的手，含泪赞道："你真是老百姓心中的贴心人！"

同事心中的"拼命三郎"

"舍小家为大家，苦点累点都值得。"孙成彬常常对同事说。由于常年在酷暑和严寒中作业，孙成彬患上了严重的腰椎疾病。妻子带他到县医院做了检查，医生告诫他以后要注意保养，不要过度劳累，孙成彬虽然当时满口答应，但一投入工作中他就把医生说的话抛到脑后。他常说三百六十行、行行出状元，每一行都需要有人去干，既然干就要干好。他常没时间照顾家里，20多年来，几乎没请过公休假，随时待命，随时冲锋陷阵，一切以单位工作为重。

孙成彬的良好自身素质和优质的服务态度诠释了基层一线干部的工匠精神和敬业精神，赢得了公司领导和职工的认可，同事们心悦诚服夸他为"拼命三郎"。他的精神也影响并带动着供水行业的干部职工，用他自己常说的一句话："辛苦我一人，惠及千万家。"

（原载于2015年6月27日《中国供水节水报》）

让雷锋精神成为水企业文化的灵魂

三月春风轻轻拂,雷锋精神处处留。雷锋精神是时代永不谢幕的话题,雷锋精神如一朵朵灿烂的文明之花开在每一个行业,开在每一位干部、每一位职工、每一位公民的心中。

近年来,四川省开江县自来水有限责任公司作为窗口服务行业,创造性地把雷锋精神融入水企业文化建设,取得了较好的效果。公司结合生产、营销、管理、廉洁等方面要求,精心设计活动载体、搭建参与平台,积极组织实施以“六个一”为主题实践活动的“雷锋工程”,使雷锋精神成为水企业文化的灵魂。

开展“一片情”安全生产主题实践活动,培育员工安全责任意识。把雷锋关爱他人、关心集体、关注社会的浓厚人文情怀融入公司提出的“相互关爱,共保平安”理念,引导员工树立关爱水网、关爱企业、关爱社会、关爱他人、关爱自我的安全责任意识。公司提出了“大平安”理念,即提高社会和客户用水安全、员工自身安全的理念和对企业、社会、自己负责的安全责任观。组织共产党员先锋服务队上街宣传安全用水常识、水设施常识,开展用水安全文化进社区、进校园活动,向社会传递“相互关爱,共保平安”理念。在公司内部,注重强化日常安全教育,在各生产场所、施工工地设置标语、标牌等安全理念宣示牌,开展安全生产示范岗、安全监督岗、党员责任区和职工代表安全监督员等活动,坚持重大作业主要领导到一线上岗,重大安全活动公司领导包片制度。通过“一片情”安全生产主题实践活动,培育员工的安全责任意识,实现了员工平安、企业稳定、社会和谐的目标。

开展“一缕风”营销服务主题实践活动,提高员工服务意识服务质量。把雷锋对待同志像春天般温暖、对待工作像夏天般火热,全心全意为人民服务的精神,与公司倡导“服务人民、助人为乐”的奉献精神相结合,引导员工在服务理念上追求真诚、服务内容上追求规范、服务形象上追求品牌、服务品质上追求一流,开展打造“雷锋式服务”品牌活动,设立雷锋式服务岗位标准,推行一站式服务和首问负责制,不断提高员工的服务意识和服务质量。通过开展“情系用户,排忧解难”“雷锋光明行”等学雷锋主题系列活动,送服务上门,为群众提供便捷的用水服务,及时解决用户生产生活中的用水难题,让客户实实在在地感受到供水公司员工身上闪耀的雷锋精神,让员工在实践中体会到“服务人民、助人为乐”的精神实质和深刻内涵。

开展“一把尺”管理主题实践活动,倡导员工艰苦奋斗勤俭节约精神。把雷锋勤勉敬业、精益求精和艰苦奋斗、勤俭节约的精神,融入公司“精益化、标准化”要求中,引导员工树立严格管理企业、依法经营企业,降本增效、增收节支,勤俭办企业的意识。公司结合“人、财、物”管理的要求,组织员工学习雷锋精益求精精神,在计划管理、财务管理、物资管理工作中,树立“精益”意识。水网科学设计、精确计算、细致下料,降低成本、减少浪费。公司积极倡导艰苦奋斗、勤俭节约精神,开展“节约一张纸、节约一度电、节约一滴水”活动,使员工养成勤俭办企业的好习惯。仅此一项,公司增收创效60万余元。在公司内部形成了讲效益、讲效率、讲节约的良好风尚。

开展“一颗钉”学习主题实践活动,营造学习型企业、知识型职工氛围。把雷锋干一行爱一行、专一行精一行的敬业精神和在学习上挤和钻的“钉子精神”与公司提出的“勤奋学习，开拓创新”“学习型企业建设”要求结合起来，引导员工树立岗位学习意识和终身学习意识；按照公司建设“结构合理、素质优良的经营人才、管理人才、技术人才和技能人才队伍”的要求，努力提高员工队伍素质，树立良好学习风气，营造学习型企业氛围。组织开展“争创学习型企业、争当知识型职工”活动，鼓励员工以雷锋为榜样，立足岗位学习，争做学技术、钻业务的行家里手。通过创办基层员工书屋、开展“培训年”活动，组织生产运动会、职工技能大赛评选等，为员工搭建学技术、学业务平台，激发员工的学习热情，形成立足本职岗位学业务、比技能、做贡献的风气。

开展“一滴水”团队主题实践活动，增强企业凝聚力、员工向心力。把雷锋“一滴水只有放进大海才能永远不干涸，一个人只有把自己和集体的事业融合在一起才有力量”的集体主义精神，融入公司“团结协作，忠诚企业”的要求之中，引导员工树立整体意识、团队意识和协作意识，实现员工之间同心同德、部门之间密切协作、个人与企业共同发展的目标。坚持用雷锋的集体主义精神培养员工热爱企业，团结合作的团队意识。通过“雷锋班组”“雷锋号先进单位”创建，对团结合作、业绩优秀的基层集体予以表彰奖励，促使员工养成团结协作习惯。鼓励员工像雷锋那样“把别人的困难当成自己的困难，把同志的愉快看成自己的幸福”，开展脱贫攻坚、结对帮扶，开展爱心捐助活动和困难员工帮扶活动。定期召开“员工子女高考金秋助学会”，让员工处处感受到集体的关怀、企业如家庭般的温暖，产生强烈的集体归属感。通过“一滴水”的团队主题实践活动，增强了企业的凝聚力、员工的向心力。

开展“一头牛”廉洁主题实践活动，树立诚信守法、廉洁经营的社会形象。把雷锋“只有勤劳、发奋图强，用自己的双手创造财富，为人类的解放事业共产主义贡献自己的一切，这才是最幸福的”勤奋工作、无私奉献精神，融入公司“干事、干净、廉洁”的廉洁理念和价值观，教育员工遵守国家法律法规、遵守公司规章制度，忠诚企业、廉洁奉公、公平正义，做到自律、自警、自省。依托主题实践活动，建立廉政档案，推行年度述廉制度，树立勤廉兼优典型，组织开展廉洁文化专题教育，举办讲座、打造党建文化长廊、开辟“廉政专栏”，培养员工廉洁从业的价值观，营造干事、干净的企业环境和廉洁从业的文化氛围。通过开展“一头牛”的廉洁主题实践活动，树立了诚信守法、廉洁经营的社会形象。

（原载于2016年5月11日《中国供水节水报》）

我与供水管网结下不解之缘

酷暑难耐，偏偏源水输水管道于凌晨爆裂。偌大的县城，缺了自来水，人们急得像热锅上的蚂蚁，张大着嘴，睁大了眼，焦急地等待着恢复供水。

自来水公司立即启动应急抢险预案，抢险队员们各就各位，匆忙有序地准备着抢险工具、抢险材料……公司领导与管网部门负责人在现场研判问题所在，定夺修补方式，突击战前似乎空气也凝固得让人窒息。

问题症结找到了，修补方式找准了。可最为关键的是谁去完成管道对接任务？谁来掌握玻璃钢管对接溶解树脂调配进行凝固这个技术关键？“张学吉！”大家异口同声地说道。接领任务的张学吉投入紧张的抢险战斗。只见他戴上防腐手套，手法纯熟地进行树脂调配。这个管径600mm的原水管，多处需要对接，必须让足够分量的树脂涂抹并浸入到玻璃纤维上才能实现对接。

烈日当空，树脂刺鼻。张学吉十分认真地操作着，忽然，防腐手套在高温灼烧下出现了一个裂洞，药物瞬间侵蚀了张学吉的左手。“哎呀，你的手，会被灼伤的，快缩回来扔掉手套吧！”队友担心地叫起来。可张学吉不动声色地依旧涂抹着树脂，他的额上、脖颈都渗出豆大的汗珠，唇齿之间开始吐出“咝咝”的痛苦呻吟，继而又向队友们说：“今天这管道的对接面比较大，所以树脂用量较多，时间也会稍长一点，如果我现在松手甩开，就会前功尽弃,太浪费材料和时间了！没事,我再坚持5分钟就成功了!”由于灼烧热度加剧,张学吉咧着嘴、面部表情歪曲,可以想象,他正在忍耐和承受着巨大的痛楚。

5分钟后,管道终于成功对接！取下手套的那一刻,大伙儿都傻了眼,他的手臂、手腕多处鼓起了大大的水泡,整只手亮晶晶地肿得变了形！闻讯赶来的女儿见到爸爸的模样,心疼地哇哇大哭起来。

这是发生在2017年7月28日的一次供水抢修的场景。两年后的今天,张学吉的那只手臂疤痕犹在,问起他是否后悔当时的坚持,他却很平静地说:“为了以最快的速度完成抢修,咬咬牙就坚持过去了,保障全城的供水恢复正常,受点伤值得!”其实,像这种突击战斗何止这一次呢!

今年47岁的张学吉,从事供水安装工作已有24个年头了。从青涩的学徒到技术娴熟的师傅,张学吉在每天与供水管网打交道的岗位上,不断学习和探索,精益求精,他过硬的管道抢修技术,在公司内部无人不晓、无人不赞。张学吉多次参加市、县供水行业的岗位技能比武,积累了丰富的工作经验。他还把所学知识和技术毫无保留地传授给同事,他对年轻的学徒们讲得最多的是:“不光是学技术不能偷懒,工作上的干劲更不能松,干我们这行的,就是要勤跑腿、勤动手,咱们帮老百姓解决吃水用水是大事儿,处处要以大局为重,所以再脏再累的活儿都不要怕吃苦头!”张学吉作为公司的党员先锋示范岗,影响和带动着身边每一个人,使这支技术精、作风硬、效率高的抢险工作团队充满了蓬勃的朝气。

2018年3月,为了配合全县河道治理工程,供水管道也需要沿着河堤两侧进行改道。一道难题摆在了面前:已经出现破损的旧管道被埋在了新建的休闲亭下面，根本无法开挖，而且好几处的管道走向连接处，没有现成的弯头产品可用，需要自行配制异形弯头。领导和技术人员们现场研究了一系列措施，但都没有把握不产生负面效果。张学吉拍拍胸脯，说："干脆还是让我爬进管道里去操作吧。"虽然大家都知道他的修补技术，但待在管道里完成是十分憋气的，如果把控不了时长，容易因缺氧造成生命危险，可这也是最有效解决改道问题的方案。

说干就干！张学吉在每截管道的连接处测量好斜度和尺寸，精准下料后交给同事进行异形弯头的后续配制，而自己就穿戴好工作服，带上所需材料与工具，匍匐着迅速往管道中央爬去。管道破损没有预想的那样简单顺利，漏点较多，修补中还欠缺一些材料，蜷缩在管道里的张学吉，用工具敲击了几声管壁，向同事发出信号，同事们在管口一边给他照亮一边与他沟通。一切都在紧张而有序地进行着，时间渐渐接近半个小时，张学吉开始出现头昏脑涨的缺氧反应，加之身体一直无法伸展，困在管道里的他，胸闷起来，听力也渐渐减弱，任凭同事们在管道外招手示意他快点出来，他还是强睁双眼，以惯有的技巧修补完最后一个漏点，支撑着完成最后的加固，本能地朝着微弱的光源处向外爬出，距离管口一米多处，张学吉没有了动弹的力气，同事们将他拖出来，立即进行施救。复苏的他，却憨憨地笑起来："挑战难题成功，圆满完成任务，我觉得还挺有成就感的！"

在管网抢险中成绩突出的张学吉，打起脱贫攻坚战来成效也十分显著。公司帮扶的宝石镇茶坪村，山高路陡，地势险峻，一社的村民们急切盼望实施饮用水工程。张学吉接到任务后，积极主动地与第一书记以及村支两委跋山涉水寻找水源，一起研究规划安装水塔的位置。以张学吉为主力的安装队伍一行十七人,每天清晨五点就从县城出发,六点多到达施工现场进行管线铺设。六月的气候,村落地形的散、偏、远,都增加了工程的难度。张学吉时不时地为同事们打气,偶尔与前来观望的村民们说笑,活干到中午吃完盒饭又继续一直干到天黑才回家。3000 多米地形复杂的管线工程,在张学吉等人的快马加鞭下三天就完成了任务。张学吉十分耐心地教村民如何对水塔进行维护、排污,如何观察水位,他拉着村民的手,口中念念有词:“黄大哥,你看,这么高的地势、这么长的管线,可千万别让水塔干着了,否则会产生负压,水就不能流出来,所以每隔 500 ~ 700 米引一次水,你明白了吗?”黄大哥看着他满脸的汗水,感动地说:“记住啦记住啦,你们这么用心地帮助我们,让我们能有水吃有水用,瞧你们自个儿累得都没工夫喝口水呀! 太感谢你们了!”一社的村民们主动为自来水公司赠送来一面锦旗,看着上面写的“供水连接千万家,脱贫致富奔小康”这几个字,安装队的硬汉们个个都露出了自豪而欣慰的笑容。

一座城市,离不开水,更离不开为供水提供保障服务的劳动者。像张学吉这样战斗在一线的供水工人,不论春夏秋冬甘把青春热血洒在城市供水事业中,他们也把敬业奉献、待人以诚、朴实憨厚的品格留在了人们心中。面对赞誉,张学吉一笑置之,他说:“干一行,爱一行,我与供水管网结下了不解之缘,我觉得在这个平凡的岗位上能体现奉献社会的价值,我自豪,是一名城市供水人!”

（写于 2019 年 8 月）

逐梦岁月铸水魂

——改革开放40周年开江县城市供水事业的回眸与思考

“落其实者思其树,饮其流者怀其源。”当城市居民每天的生产生活越来越离不开自来水时,不禁会联想到城市供水事业的话题。而城市供水行业的兴起与发展,正是沐浴在中国改革开放的春风下,40年来风雨兼程一路走来。

“开江无江”,缺水是开江县老一代人的普遍记忆。那么,开江县的城市供水事业在改革开放的进程中走过了哪些艰苦历程呢?未来的供水道路该迈向何方?

历史回眸:抹不去的记忆

说起开江县自来水厂的建立,那还是20世纪60年代末的事情。那时,县城大多数居民的生活用水是在县城西桥河坝挖沙井取水。据自来水厂老职工回忆,1969年解放军拉练部队驻扎开江,164医院向县政府提出了建自来水厂的建议并注入了一部分资金,当时选址在西桥河边。县政府委派了六名同志筹建水厂,隶属当时的县水电局。刚开始时,水厂的设施是一个十分简陋的拱井,用鹅卵石层层堆砌而成,由沙石自然过滤河水。厂区后坡较高的位置修建了一座水塔,采用自然落差形成压力输水至各供水点。当时,县城内设立了六个供水点,有专人值守卖水票,居民就近担水,一分钱一挑。到1977年,输水管道延伸到普安镇,普安也设了三个供水点。城、普两镇的人们络绎不绝到供水点担水,是当时一景。

党的十一届三中全会后,开江县城随着城市化进程的推进,人们对生产生活的取水、用水有了新的需求。1978 年,自来水厂在原明月乡的肖家院子修建了一个蓄水池,安装了引水管至自来水厂区,开始使用明月水库的水源。1982 年自来水厂开始扩建,厂区占地面积 10.2 亩,新修建了清水池、循环池、机房,采用柴油机抽水,投加三氧化铁水剂净化水质,消毒使用漂白粉,这样形成了初具规模的水处理系列设施。随着自来水安装走进千家万户,到供水点担水的人越来越少,水票的使用也逐步取消。屹立在厂区高坡位置,不到 100 立方容量的水塔被拆除,水塔作为开江初供自来水的见证退出了历史舞台。

改革开放行进中:在阵痛中积聚力量

80 年代,改革发展一步步探索推进。1988 年,自来水厂职工增加到 25 人,年产水量达到 100 万吨。自来水厂也从最初的水电局管理演变到由国资局委托县建设委员会进行管理。

90 年代初期,新建了引水管道,净水剂采用聚氯化铝进行处理,集中式供水基本满足了县城人民的生产生活用水。1993 年,自来水厂又征地 10 亩,新建一组处水能力为 2 万吨的供水设施,开始实施技改扩能。与此同时,开江人民为了摆脱开江县无江无河无法蓄水的困难,全力加快兴修水利蓄积水源的重大工程——川东第一大水库开江县宝石桥水库。1993 年端午节那天,人们欢呼雀跃地迎来了渴盼已久的宝石桥水库渠道正式通水,也标志着县自来水厂开始采用宝石水库的原水作为饮用水源,人们亲切地称之为“母亲湖”,而明月水库就作为备用水源库,这两个水库的蓄水一直为开江县城市供水提供着重要

的保障作用。

1996 年,水厂技改设施竣工,消毒方式也开始使用较为先进的液氯消毒。也就是这一年,自来水厂改组更名为开江县自来水有限责任公司,公司注册资金为 160 万元,职工人数 85 人,年供水量 180 万吨,占地面积达 20 余亩,资产额达 572 万元,供水范围为县城及普安镇。1997 年,开江县自来水公司的主管部门又变更成县国资办,公司改制为国有控股、员工参股的有限责任公司,2003 年,公司再次改制为国有独资公司。在体制改革中,由于技改的投入和经营管理的多次调整,企业经历了亏损的低谷与迷茫,但改革的步伐促使开江自来水人仍然坚持不懈、闯关夺隘、攻坚克难,书写了改革开放的辉煌篇章。实践证明,砥砺奋斗精神、激荡奋斗情怀,就能不惧一切艰难险阻。

改革开放促发展:科技服务谱新篇

进入 21 世纪,人们对物质和精神的需求在改革开放的视野中不断扩增,供水需求飞速增长,人们不仅仅是满足于能用到自来水,更对水质、水量、水压和服务的要求日益增多。国家对城市基础设施建设也有了更大的重视和投入。2009 年,开江县自来水公司开工建设了总投资 3180 万元的"供水设施改扩建工程"项目,通过争取到国家补助资金 1500 万元,改造了抽水设施、泵房配套和输水供水管网,使水处理和供应跟上时代的步伐。

随着城市化进程突飞猛进,尽管公司实施了机房变频恒压改造,但还是因出水量和供水扬程大增,致使净水处理设施的日处理能力已无法跟上大幅增长的用水需求,出现了供水短缺、异常等现象。2011 年,日供 3 万吨新工艺改扩建工程启动实施,董事长邓远成带领公司职员从飘雪纷飞的元旦开始,废寝忘食奋战了五百多个日夜,克服资金瓶颈、技术难题等重重困难,于 2012 年 5 月正式竣工通水成功,及时有效地保障了开江城区和普安镇人民的用水需求。

在适应改革和城市发展的进程中,开江水司对原水输水管网进行了两次扩建和改造,配合城市雨污分流工程完成了各条道路的管网铺设,并向城普周边进行了管道的新建。一步步地攻坚克难,使公司的拓展建设和服务得到延伸。不仅是硬件设施得到改造,企业的软件管理也于 2012 年迈入新的时期,公司的营运收费系统正式告别纸质时代,进入自动化阶段。

深化改革:水中绽放绚丽之花

公司走过了不平凡的历程,回顾中,我们深切地感到:只有改革开放才能发展中国,改革开放是党和人民事业大踏步赶上时代的重要法宝,也是供水企业发展壮大的一大法宝。城市供水行业需要不断深化改革,提高服务质量和工作水平。开江县自来水公司设立了城区、普安镇、政务中心三个收费点,推行使用智能水表,开通短信服务平台。不断致力于水质提升,先后采用网格絮凝、反冲洗滤池流程、自动加压装置、二氧化氯消毒设备,对净化药物和恒压设备进行严格管控,增加化验检测次数,强化工作人员责任意识,确保了出厂水符合国家 GB5749 - 2006 饮用水标准。如今公司资产总额 3800 万元,年产水量 500 多万吨,员工 149 人。

党的十八大以来,开江自来水公司作为公益性的国有企业,积极响应关于深化国有企业改革的政策要求,推行一系列

改革举措，对照国有企业党建 39 项重点工作任务清单，进行了逐步完善。修订了公司章程和制度，确保国有企业党组织在公司法人治理结构中的法定地位，实施了企业薪酬改革，坚持党务司务公开，推行民主管理，确保国有资产保值增值。公司以“上善若水，真情服务”为主线，精心培育“六个一”水企业文化，创建“基层党建示范片”与“廉洁企业”，升级建设了党员活动室及廉政文化室，开展丰富多彩的活动，打造团结、和谐、奋进的供水队伍。加强企业内部管理和外部环境政策争取，公司扭亏增盈，厂区办公环境得以改善，职工收入和待遇逐年增加。公司先后获省、市、县级诸多荣誉称号。

可以说，改革开放带给我们一个重要而深刻的启示：“任何时候、任何情况下，都要始终不忘改革开放初心，坚持改革开放不动摇，坚持中国特色社会主义不动摇”是适用于任何一个领域的指导方向，开江县的城市供水事业也得益于此初心的坚持，才能走到今天，让滴滴清泉流进千家万户，润泽百姓心田。

（写于 2018 年 9 月）

在牛卯坪采撷一抹红

深秋的浓情化作炫彩的红，挂在了牛卯坪，挂在了新村，挂在了红军曾经战役的山头。此行的我，沉浸在万源的红色记忆之中，是硝烟的升腾，是激情的奔放，是自由的新生，是幸福的吟唱。

革命老区四川省万源市境内山高谷深、沟壑纵横、森林茂密、易守难攻，当年红军诱敌退守之地选择这里的确是明智之举。玄祖殿的战场遗址历经八十多载的风雨，把1934年的万源保卫战的场景一幕幕刻画进时光的罗盘。牛卯坪山顶的一座小庙宇，就是红四军十二师的指挥所，据传当时战况最激烈的时候，红四方面军的徐向前总指挥亲临牛卯坪，坐镇指挥。踏在这片土地上，不由生出想象，我仿佛看到将领们专注地布防情景，想必他们是踏遍山脚、山腰、山顶的险峻地势进行勘探，然后在昏黄的光线中，研究如何依据山势构筑坚防工事，不许敌军踏入万源城。50多天的战略僵持，喋血数日，粉碎了敌人数十次的冲锋，红军充分利用地势和当地人民群众的力量，牢牢守住了玄祖殿和大面山，使敌军未能越雷池一步，以寡击众，以少胜多。

我倚靠在玄祖殿战场遗址前的鲜红党旗下，眺望远山蜿蜒的盘山小径，聆听秋风与山峦的对话，那飒飒作响的树叶仿似整齐划一地呼出口号："智勇坚定，排难创新，团结奋斗，不胜不休！"是的，不胜不休，这场特别的战役关系到川陕苏区的存亡，

关系到整个工农红军的命运和中国革命的前途,英勇顽强的红军守住了万源,参与战役的万源人民为此做出了巨大牺牲,保卫了这块红色土地,保证了人们“耕者有其田,居者有其屋”的人生追求,在战斗的胜利中,人们得以享受没有炮火的平静生活,这些都是用一个个鲜活的生命换来的。

如今的战壕,已被树木掩盖,战场的模样已消失。正所谓:“不闻金戈铁马声,只剩阳光照丛林。玄祖殿中有英魂,护佑百姓享太平。”这里,曾是战场硝烟处,今为人心励志碑,此时的我们接受着革命精神的洗礼,为指挥部前那棵古杉树系上红红的许愿绸,此刻的心情如胸前的红围巾那样激情似火,有什么理由不去珍惜今日的和平与自由?有什么理由在新的建设时期不去传承顽强奋斗的革命传统?

历史的车轮滚滚向前,牛卯坪村旧貌换新颜。

牛卯坪原名牛卵坪,因此地有一山酷似牛卵而得名,后官府觉得不雅,取其两点,便成了今天的牛卯坪。其实牛卯坪的另一意思是此地集市在卯时进行牛的交易,故曰牛卯坪,所以,这里独特的农耕文化一直传承至今,加之一场万源保卫战让其名扬天下,成为远近闻名之村。然而在解放和建设初期,这里因地势山高路陡,交通不便,信息闭塞,经济发展相对滞后,曾经的牛卯坪村属于万源市建档立卡的特困村之一。

从2015年至今的短短几年时间,地处僻壤的牛卯坪村发生了日新月异的巨大变化:通村公路蜿蜒而上,如玉带盘旋,豁然开朗的山顶,净爽的空气,富氧的森林,芬芳的花朵,好一处天然美丽的山间乐园!政府着力打造了这里的乡村文化体验,建设“户户有果园、家家住新居、处处是景观、人人露笑脸”的旅游新村,山里人住上了新房,幸福堆满院落,笑声传遍山乡。放眼牛卯坪村易地扶贫搬迁的排排新居，依山就势，层层叠叠，青砖黛瓦马头墙，回廊挂落花格窗，将现代元素与乡村风貌完美结合，房前屋后，茂林修竹，幸福的牛卯坪人在这绿水青山之间，拥抱着这片红色的土地，一派祥和安宁。

我们开怀地倚在栩栩如生的放牛图景雕塑前拍照，来吧，摸一摸牛角牛尾，感受一下在万源深山曾经辛勤劳作的岁月；瞧，环绕在新村的松柏与红枫，在深秋以斑斓的色彩映衬出这片红色革命的记忆篇章；一抬眼，一个个红彤彤的柿子悬挂在枝头，以风雅的姿态掩映于青瓦白墙间，构成一幅幅唯美的田园风景画面。这梦中的家园啊，牛卯坪人把它建设得红红旺旺，真可谓是卯得四坪开，喜迎八方客！

踏在这片红色记忆的土地之上，采撷一片红色的叶，捧出一抔红色的土，怀着敬仰，揣着惬意，我回味并珍藏着牛卯坪这一抹胜利的秋色。

（原载于 2019 年 12 月 6 日《中国乡村》）

时光,在这里闲适悠然

——走进开江县甘棠镇逸仙敬老院

一棵树下,一丛绿植前,一把铸铁支座的木条长椅上,一缕温阳下,一个人,正手握针线,专注地纳着鞋垫。鞋垫的花型传统而规整,鲜亮而有序,手工刺绣的那双手,灵巧而修长,精准地扎眼穿孔而后敏捷地拉线再刺下第二针。我惊讶地看到,手工如此娴熟的人抬起头来,竟是一名五十多岁的男子,他是住在逸仙敬老院中最年轻的一位,听院长介绍,他叫李光旭,是这里的手工能手,擅长纳鞋垫、织毛衣。他的面容白皙慈宁,嘴角挂着微笑,就算我们这些外来客好几个人围着他观看,也丝毫没有扰乱他绣鞋垫的连贯性与自得其乐。好奇的我们禁不住一连串发问:"你怎么会绣这个?绣了多久了?你是哪里人氏?在这个敬老院待了多久了?这里好吗?习惯吗?"他不紧不慢一一作答:"我十多年前就会绣这个。在这个院里有好几年了,挺好的,这里生活很习惯,条件好,过得很自在。"当得知他与我是同乡时,我们都开心地笑了起来。我说要买两双他绣的鞋垫,他立刻跑回旁边的楼苑去房间取来两双,说:"这两双42码的,给你老公用合适不?"我接过来,按照市价准备付他四十元钱,他却说:"我们是老乡,两双就只收20元,半卖半送吧。"我说太少了,再递给他10元,他推挡回来说什么也不再要。

像李光旭一样纳鞋垫做手工的还有好几个老人,除了针织手工,还有一些老人年过七旬、八旬,依然能够一展所长,比如画画，编织背篓、箩筐、蒸笼等竹制品，拿到集市上变卖，换一些零花钱，既打发了时间，又使自己的兴趣爱好充实了老年生活，的确是“老有所乐，老有所依”。这是开江县逸仙敬老院里老人生活的一个侧面缩写。

老人居住于逸仙敬老院，闲适悠然，不信，来游览一番这依山傍水的院区景象吧。坐落在开江县甘棠镇冠子山旁的逸仙敬老院占地30多亩，有效利用了坡峰错落的起伏地形，开辟建设了种植养殖基地。鸡、鸭、鱼、猪、牛、羊、蔬菜样样都有，基本实现自给自足。8亩多的鱼塘在青山的环抱中，微波粼粼，俏皮的鲤鱼时而钻出水面；梯步两侧的土壤里，露着笑呵呵的白菜、四季豆、黄瓜；穿过玉米地，漫步田坎间，放眼望去，青翠满目，空气清新，秧苗绿、牛儿黄、羊儿白点缀于山水间，花白的鸭鹅们排着队摇摇摆摆挤下水，好一幅田园生趣图！这里的老人们有劳动力的可以尽其所能参与劳动，亲手种植或养殖，不添加任何饲料和化学农药成分，完全纯天然，不必担心食品安全。瞧瞧院内的宣传栏内张贴着的那几句话，着实让久居樊笼的城市人羡慕：“吃肉不用跑市场，吃鱼池塘里面捞，吃菜土地里面摘，吃鸡吃鸭栏里抓，吃蛋鸡窝里面捡，有机瓜果蔬，全凭我做主！”

逸仙敬老院的闲适，时时散落在养心亭、院坝楼宇间。喝茶的，打长牌的，哈麻将的，叼着烟斗吐着烟圈的，围观聊天的，在健身器材上锻炼的，每一位老人都沐浴在阳光下，寻着自个儿的乐子，这里既有公园的清幽雅致，又有集体氛围的趣味与活力。有时，院长和工作人员还会在养心亭为他们修剪指甲，做做按摩。尽管来到敬老院的绝大多数是无儿无女的五保户或特困户，但生活在这里的165位老人，都从不感到孤独寂寞，而是品着人生暮年中的闲适与安然，享受着轻松舒缓的慢生活，悠哉乐哉。

铃声响，音乐放，原来午餐时间到了！阳光厨房，营养膳食，每天的餐饮菜谱中有荤有素，有时，会为老人举办集体生日宴会，不仅让老人吃得饱，还能保证其吃得好、吃得有营养、吃得有滋有味。逸仙院内绿树成荫，鸟语花香，室外有活动场所，室内的电视、空调、洗漱及生活必用品一应俱全，工作人员对设施设备定期修缮并进行安全检查，确保老人们病有所医、老有所养。

逸仙敬老院的闲适安然，来自院内工作人员的悉心管理，爱心奉献。管理服务人员真正做到尊老、爱老、敬老、助老，有一颗真切的爱心、良心、善心、责任心，像关心自己的亲人一样关心着每一位老人。在这里，伺候老人，打扫卫生，洗衣做饭，端茶送水，送医送药，敬老院管理人员做到了坚持数年如一日，成了特困人员贴心的“小棉袄”。

传统的认知上会以为公立敬老院资源缺乏，到敬老院的人生晚年只是拿来安放处置的废弃时光，来到这里，目睹了逸仙敬老院的管理和服务，真可谓做到了全天候、全方位、无缝隙的细致体贴，充满温情，让老人们获得尊重，健康愉悦，找到生活的意义与存在感，不愧为全国文明号单位。

不管你在人生的道路上获得过多少勋章荣誉，刻下过多少伤痛与疤痕，咽下过多少辛酸与悲壮，当晚年垂暮到来，人的身心需要一种沉淀与淡然。在这里，绝不会有孤苦与凄楚，而是颐养天年的闲适悠然，让时光升华成生命的奇迹。

（原载于 2019 年 7 月 23 日《四川党建之声》）

重担压肩腰不弯

——记达州市人大代表、开江县天然气公司总经理孙勇

他直率大方，是个工作起来不知疲倦的人；他真诚善良，是个牵记百姓的贴心人。他就是达州市人大代表、开江县天然气公司总经理孙勇。孙勇当选达州市人大代表的几年来，以科学严谨的态度，满腔热忱地投入代表工作，面对党和人民的信任，他深感责任重大，他感言道："立足工作岗位，结合工作实际，只要做个有心人，就会时时触发为民代言的灵感，就会处处发现为民代言的题材。"他说："当选代表后，在备感光荣的同时，我也开始认真思考怎样才能在人大代表的岗位上依法行使好代表职权，为民代言。"这些年，他一方面努力学习代表工作的知识，另一方面积极参加代表活动，逐步明确自己肩负的责任和使命，围绕代表工作实践，通过提出议案和建议，真实地反映民情民意。同时，在企业账面亏损近 100 万元，欠缴职工社会养老保险金 20 多万元，外欠贷款 30 多万元的极难困境下，他毅然担起了重整旗鼓的千斤重担，带领天然气公司全体员工齐心协力，奋勇前行，通过艰辛的集体创业、自救，终于趟出了一条希望之路。

重调研，真实反映群众意愿

从一个国有企业的经营者成为市人大代表，这种社会身份的变化使孙勇意识到自身责任和使命的重大。仅作为企业经

营管理者时，关注企业的经营和效益是他工作的第一要务，而他身兼企业管理者和人大代表的双重身份时，就如何正确处理好二者之间的关系，他进行了更理性的深层思考。他深刻地认识到只有更好地反映并代表民意，才能为推动民主法制建设、保障广大人民群众的切身利益做出自己的努力，才能履行好一名人大代表应尽的职责。

孙勇代表经常深入群众，聆听百姓之声，反映百姓之难，和他们唠家常，谈心里话，将群众的要求和愿望反映给市、县人大。自担任市、县人大代表以来，他就交通、环保、城乡低保、教育、县域经济发展等方面提了建议和议案6件次。2007年，孙勇通过大量调查研究，联合其他人大代表，就打开达州交通瓶颈，促进区域经济增快提速，提出了关于修建达万高速公路的建议，该项工程已于2009年8月正式动工修建。去年，群众对城乡低保问题以及省道S202线广开路开麻公路、开任公路整治问题反映强烈，他多方调研了解情况，收取群众的意见和建议，并将这些建议和意见带到了人代会上，引起政府相关部门的高度重视。孙勇代表以这种对百姓高度负责的精神为百姓建言，为政府献策，深受老百姓的拥护，群众感言道："这才是牵记我们百姓的贴心代表。"

"民有所呼，我有所应；民有所求，我有所为。"孙勇就是这样说的，也是这样做的。

献爱心，真情关心群众疾苦

孙勇常说："作为人民选出的人大代表就应该时刻把群众装在心里，把群众的冷暖挂在心上，多为群众办实事，解难题。这样，才能得到群众的拥护和支持，才能成为群众的贴心人。"

作为一名人大代表，孙勇密切联系群众，求助贫困职工，认真履行代表职责。凡是公司职工家中遇到困难，他都想方设法帮助渡过难关。逢年过节，每年都要组织领导班子成员上门慰问公司老职工、老领导。

2007 年，许多群众向孙勇反映开江县城原建设路坑洼破难，给人民群众的出行带来极大的不便，群众怨声载道，他深入实地了解情况以后，带上收集到的材料到相关部门反映实际情况和探讨改进方法，使该路得以迅速硬化。对此，群众一致反映，有困难找人大代表就是管用。

2004 年 4 月，公司在"一助一"活动中为高峰村送去大春化肥时，他听说该村特困户蒋启碧家因儿子去世，媳妇改嫁，两个孩子读书交学费困难时，当即就掏出 500 元予以资助。在听到开江职业中学刘艳川同学因家庭贫困，考上大学却没钱交学费的消息后，他立即资助 1000 元。从 2004 年起，孙勇同志还先后帮助谢凡、姜雪、唐礼娟几位同学完成学业；他得知原丝厂下岗职工子女唐文文患白血病却无钱医治的消息后，就立即召开班子会议，决定帮助病人接受医疗，并多次到医院和唐文文不厌其烦地谈心，鼓励他积极配合治疗，争取早日康复。在他的真情感召下，唐文文终于重拾信心，鼓起勇气与病魔作战，坚强地生活下去。2005 年"9.5"洪灾期间，他第一时间组织员工奔赴各供气站、所，立即启动应急预案，在确保公司财产、安全供气的同时，他还号召全体员工积极支援重灾区群众，并自己首先带头捐款捐物；2008 年"5.12"汶川特大地震后，孙勇个人先后为灾区捐款 2000 多元；在新农村建设中，他带领公司员工捐款 5600 元，为开江县长田乡朱家坪修筑便民道"千步梯"；捐款 5000 元支持普安谭家嘴村新农村建设。为了让新宁镇真武

宫村、普安镇九石坎村的村民用上安全、方便的天然气,他多方筹集资金40万元实现村民们的愿望;对改制企业职工和低收入家庭,在安装天然气时,他总是减少环节、减免费用。一面面锦旗,一声声赞扬,鼓舞着天源燃气人永不懈怠地努力拼搏,为民办实事、办好事。

有人问他:“图的是什么啊?”他说:“我是国营企业的经营者,又是一名人大代表,为国家、职工、企业做事,是理所当然的,这样做是我的职责所在。”

担责任,真心维护群众利益

孙勇始终牢记着自己是一名人大代表,“代表”的不仅是一种职务,更是一份责任。无论何时何地出现险情,他总是第一时间赶赴现场,他常说:“在危急时刻保护人民群众的生命财产安全是我义不容辞的责任!”2003年11月的一天,民工在修下水道时,不慎引漏天然气管道,引发大火。险情就是命令!孙勇迅速带领抢险队员赶赴现场,他不顾个人安危,率先跳入齐腰深的污水中奋力抢险。2004年7月的一天,江源大厦失火,在消防队员尚未赶到时,他带领应急队员率先展开了现场抢险救援工作,火情得到有效控制,为灭火赢得了宝贵时间。2008年,“5.12”汶川特大地震后,天源公司仅10分钟就启动了应急抢险预案,他亲自带领应急抢险小分队,奔赴新宁、普安、讲治、回龙等乡镇,对供气管道、调压设施、驻地房屋进行逐一排查,对地震造成的安全隐患连夜进行整治维修。去年9月,孙勇因劳累而生病住院。在治疗期间,他听说供气设备出了问题可能影响城区供气,便不顾医生的劝阻,即刻赶往现场组织抢修,确保了安全供气、平稳供气。

孙勇始终把发展开江县域经济作为人大代表不可推卸的责任,他协调各方关系,为普安镇谭家嘴村“粉葛生产基地”的粉葛找销路,为开江财政争取天然气收入1870多万元,为地方经济建设做出了积极贡献。

善处理,两项职责同步履行

虽然,总经理职位的工作任务十分繁重,常与代表工作发生冲突,但孙勇坚持把代表工作放在重要的位置,妥善安排好工作,努力做到两不误。总经理是职务,人大代表也是一种职务。尽管工作相当紧张,他也没有因此而影响出席人大代表的会议和活动。由于人大工作是兼职的,而孙勇在企业又担任总经理,那么如何兼顾两者就成为他面临的一个现实问题。他在工作中从两方面着手:一是要安排好人大代表活动和企业的工作时间。事先和有关的人员沟通好,提前安排好工作,积极参加代表活动。对此,他没有任何抱怨,他说:“我为有这样的一个机会感到光荣。”二是将代表工作与企业工作有机结合,使之相互促进。孙勇常说:“在企业工作,企业职工也是最基层的百姓,与他们的交流和沟通同样也会获得群众的呼声,管理企业的思维也会让我敏感于百姓们的所求,来自一线群众的呼声,再加之深入调查,便于我向有关部门提出操作性强的建议,切实地解决问题。”

多年的实践使孙勇认识到,认真反映选民意见,积极支持地方建设是每一位代表应尽的义务,更是一种责任。虽然他是企业的领导,但注重与普通群众打成一片,倾听选民的呼声,并把这些呼声及时向有关部门反映。在听取选民意见时,只要在他的职权范围内,就能马上给予解决。如:为光彩事业捐款,慈

善一日捐，为希望工程助学，为企业职工和社区百姓排忧。除此以外，在经济、社会事业发展以及地区精神文明建设等方面都给予了有力的支持。他总在想，一个人无论能力高低，都必须保持着为事业奋斗的志气，敢为人先的勇气，为大家创造美好生活的朝气。

这些年虽然取得了一些成绩，但他深知这些工作成绩的取得，得益于各级领导的关爱，得益于有关部门的协作和支持，更得益于选民群众的信任。在今后的工作中，他会更加珍惜人民赋予的权力，增强代表意识、法制意识，加强学习，提高素质，以更加饱满的热情去发挥好人大代表的表率作用、骨干作用，以与时俱进、开拓创新的精神面貌，把人民群众的利益实现好、维护好、发展好。做到在其位，谋其政，尽其责，办其事。

（此文写于2009年，编入《不负重托——达州市人大代表风采录》）

第五章 随心小曲

在这里，你像莲一样，身体被一瓣一瓣打开，
开成火焰，把最炽烈的心跳坦露在蓝天骄阳下，
向爱人发送幸福的信号。

小城甘味

上汽格格

小城美妙的光景，从小面馆里腾腾上汽的格格开启。

竹篾片编织的格格，独特之处是因为它不只过是巴掌大的小蒸笼，不起眼，却盛着由来已久的早餐食味与习惯，犹如这不起眼的小县城，版图虽小，却精致而有料。

羊肉格格，肥肠格格，尝上一个，挑起味蕾，佐配一碗开江面，接二连三格格续接，入味饱腹，过瘾酣畅，犹如初识这座小城的感觉，浅生好感，渐深交，方知其味浓情香，爱意攀升源源不断。

格格的蒸汽里，漂渺着仙气，漂渺着爽足，漂渺着乡音与思念的辨认，飘出川东小平原上的曙光，飘出人们迎接一天劳作与建设的能量。

跳跃在莲的心房

吮吸夏的味道，奔向那片绿波荡漾的荷塘。

在这里，你像莲一样，身体被一瓣一瓣打开，开成火焰，把最炽烈的心跳袒露在蓝天骄阳下，向爱人发送幸福的信号。

那么多的小城风雨，都在一柄柄荷伞的支撑下，护一世沧桑，驻守美善的信念，依偎在千年古刹金山寺旁，这片毓秀之壤，孕养出圣洁的花朵，迎着朝阳摘取耀眼的光环。

丰腴之态,美在心的澄明,是永远扎根于泥水,从碧绿到枯瘦,从繁华到清冷,把揪心的世态艰辛一饮而尽,包容一切记忆的火花,依然选择昂立,以不朽的芳华环拥在岁月悠悠的宝泉塔,任时光千询,笑而不答。

一座悬挂彩虹的天梯,它把充满悟性的莲语交予世人攀爬。

天下第二汤

一股暖流总是默默地在小城东边冒着泡。这骨子里的实力绝不会被低调掩埋,早以“天下第二汤”闻名遐迩。

浸泡在飞云温泉,接受洗礼,闭目冥想。

你可听过“飞云俩姐妹”的故事?在这迸涌的泉眼里,有大自然的旨意,更融合了人性的善恶。飞云妹妹以至善至美的品德,被世人供养于仙汤之中,供养在飞云山巅和这座小城的心灵深窝。

深呼吸,释放身心,洗尽人世烦嚣。

原汤沐浴,这是狂风暴雨后最温和的抚慰。

水乳的滋味

“一部开江史,命根宝石湖。”一块台地,无江无河的小平原,叫作“开江”,缺着水的城,犹如布满血丝的母亲的双眼。

几十年前的誓诺,开不了江河,也要凿出一湖水,浇灌嗷嗷待哺的稚子。

她用宽大的肩膀和有力的手掌,还有一湖丰盈的乳汁,滋润着这里的每一根草,每一棵树和每一个生灵。

湖面泛着盈盈的清波,是先人凿湖建设时的汗水与泪水,形成循环往复的忆痕，震颤出动人的故事，锤炼出委婉的歌谣，凝重而又深刻。

一组组音符，贴着湖面飘来。这音律时而那么激昂，号称“川东第一水库”的气势如山，如洪；时而那么轻快，如清新悦耳的钢琴协奏曲；时而又那么深沉，低缓的音阶拂过母亲额上那忧心的皱纹。

你以为，水乳永不干涸，小城的母亲湖，毫不倦怠地奉献着。可在静夜里闭目品析，分明掺揉着沧桑、负重与呐喊，怎可漠视？它提示着吸吮甘甜乳汁的一城儿女，最好的敬畏，就是不要迷失，用心护航，沿着灵魂的方向推波逐浪。

截一段水声留存心间，依偎着母亲湖依然恬静、秀丽、柔美的身影，摇橹摆渡，放歌湖面，砥砺向前。

（文章获2019年“迎国庆，赞开江”主题作品大赛三等奖）

醒来的音符

耳畔传来燕语翻飞鸟争鸣，踩着时光的音符，奏响三月的节拍。

是那么向往着自由的心，时刻想飞的心，被村落绿柳诱惑着的心，被花朵召唤的心，融进春的鸣奏曲。

春风乖巧，春雨浣新。

去年今时李花白，静默不语，嫣然相迎，我蘸着春水挥一笔记忆的沙漏。

守心，隐在静谧的时光。

在一朵花前，聆听怎样演绎波澜不惊的一生，雪语飘飘破冬袍，怒放今朝。

惜花的仙子，你来诉说，千百柔肠。

入眉的轻愁，深藏的牵念，每一瓣扉页，写下一场遇见，让故事注入时光之酿，饮尽，品鉴。

岁月，是声声琴音缭绕，缓缓，痴痴，任思念扑腾，任眷恋遥望，任心，出走，一次次相聚，一次次别离，在春来春去中写满缱绻。

花开自有花落时，盈盈带泪何唏嘘，世间黛玉本香消，何处寻觅葬花人。

撷取三分春，捻落花一朵，在每个素白若水的日子，流过眉梢心底的浅淡清欢，留下几许醉，几许暖，岁月弥香，让过往的浮光掠影在沉淀中释怀。

枕着春的诗心，醒来，若睁眼，你已在，携手谱这山水之音，多好。

（原载于2019年3月28日《甘宁界》）

办公桌上的花儿绽放了

我那小小的办公室里总不能缺少绿植花卉,春夏一到,绿植蓬勃,我清理了那些并不起眼枯散无力的植物。那盆本来不曾被我珍惜的干枯蔫叶就快濒死的韭兰,连养殖她的塑料花盆也已脆弱碎裂,索性将她置于办公走廊的阳台不再理会。

加班,一夜再夜的辛苦艰熬,我没了兴致没了精力仰月赏花,感觉自己是要脱水的枯草。

揉揉眼,仰望星空,快十五了,月华如水,寂夜惺忪。收工,锁上办公室的门。在熄灭灯光前的一瞬,那盆韭兰竟然仿佛一夜之间起死回生,花茎中生变出若干粉红的花苞,奇迹般的在我眼前昭示着她的顽强与烈情!我欣喜地将她移进办公室。

清晨,桃红色的小韭兰在我办公桌上大放异彩,娇媚俏皮,人见人爱。我忙里偷闲为她浇水拍照,爱怜无比。

也许,我应像爱她一样珍爱所有应该爱惜的人与事物,也许我也应像小韭兰一样,禁得住折腾犒赏好自己。复活,重生,源于挺过恶劣的荒芜与饥渴。工作的苦,情绪的郁,人生,坚持无畏方能活出精彩。

母亲的电话打来:“兰儿,今天给你庆祝生日,做了很多你喜欢吃的,早点下班回来哈。”老公捧来朵朵雪白的栀子花,笑盈盈地说:“新鲜盛开的栀子花,好香的,喜欢吧?”花店送来一大束好友赠送的百合,顷刻间,办公桌上花香四溢。

我将双手抽离黑格板块的键盘,容许自己片刻的安静欣赏。办公桌上绽放的花儿啊，顽强娇美的韭兰，洁白清纯的栀子花，怒放的百合，和着微风悠悠漾开来的沁脾花香，再多的倦意也会消减，再匆忙的脚步也会停下来。

一岁一枯荣，百花经由年年岁岁的轮回。

办公桌上绽放的花儿啊，你们是曾遭遇怎样的无情暴雨的蹂躏和遗弃的忧伤？在无奈中依然从容淡定，依旧绽放自己的美丽，淡泊而宁静。花香拂去我们浮躁的岁月，沉淀下来的是跟花儿一样从容素净，安宁祥和，留给我一份珍惜与振作。

斯是陋室，惟吾德馨。有花做伴，感恩生活美善！

（原载于 2017 年 8 月 4 日《文学纵横》）

让文学的梦想再次启航

各位前辈、老师、各位文友：

坦率讲，我觉得在这样的总结会上让大家听我的发言，着实是对一个才疏学浅的爱好者的抬爱。我从内心一直涌动着感激，感恩每位前辈老师的教诲和鼓励，感恩与协会的邂逅牵手，感恩因文学路上相识的朋友带给我的欢乐和关怀！

其实小时候曾有过不少远大的理想，也曾萌生过当一名作家的愿望，那时的我凭着启蒙老师的引导和自身的一点天资，小学获得过全国中小学生作文大赛二等奖，校园时期多次参加各类文艺节目和比赛，在写作、演讲、诗歌朗诵、书法、绘画、舞蹈活动中均多次获奖。然而在学习和成长的道路中，因多种变化而多次改变人生航向，也把追求文艺的梦想一次次调整并缩小至最迷失的愿望泡影之中。工作以后，曾获得过一次“纪念改革开放三十周年”的研讨活动征文一等奖，偶尔有讯息报道和文章见于报刊，但我也没有继续在写作的道路上用心走下去。几十年弹指一挥间，在工作的忙碌和生活的无奈之中，我的心也一再迷失苦恼无法找寻释放的出口。受到林主席引荐加入作协以后，我仍是一个对写作心思不定无法沉静专一的人，当时看着协会里个个才艺出众，反而没了勇气觉得有压力，怀疑自己没有能力走进美好的文学殿堂。可是，协会里的主席们、文友们，还有一些领导、前辈们没有放弃对我的关注和鼓励，通过一次次活动的参与，我感受到了以文会友、添彩生活、

释放压力的好处，并在协会举办的专题讲座中悟到了“一分耕耘一分收获”的道理，于是，重拾文学的梦想再次启航。

回望2017年，我的最大感受是，在忙碌中挤时间，在苦累中寻快乐。写作是需要时间和静心的，以前的我总埋怨工作占据时间太多，没了心思去写作，但这一年，我一步步调整心态，舍去了一些应酬尽量腾出时间来做自己喜欢的事情。我的工作量在这一两年不但没有减少，反而不断增加，加班已成常态。当加班和精神压力涌来时，我却变成了越战越勇的积极生活者，我想，那一篇篇见于报端跃然于刊物的美文便是最好的精神鼓舞和意志修炼。在不用加班的周末，我尽量参与协会和创办组织的采风活动，每一次作品任务的完成，在老师朋友的鼓励中增添了兴趣和信心。这一年我创作了一些散文、散文诗和诗歌有近三十篇，有关于家乡风景或异地风土的散文诗，有关于基层工作和生活的散文，也有理论文章和少量诗歌，相继在《精神文明报》《散文诗世界》《中国供水节水报》《散文诗博览》《西南商报》《我是公务员》《丽江文艺》《群众文化》《大巴山诗刊》《魅力开江》《开江作家》以及《中国诗歌网》等报纸杂志及网络平台上发表，这一年的进步相比往年小有收获。2017年夏季，我有幸参加了全国散文诗笔会，感受了全国百名作家的德与艺，也通过协会请进一些名家与我们近距离接触，在学习和领悟中明白到一个写作者应该持有的文学态度。

我想，放飞自己的文学梦想，要有饱满的激情，更要有摒弃名利之心的沉淀与静心。我知道自己在阅读方面有巨大的欠缺，在克服懒惰方面仍有很大的畏难情绪，在作品的质量和思想深度上还需用心打磨，在大家的关心鼓舞和期盼下，我唯有努力振翅，不图高高飞翔，唯愿丰满文学的翅膀朝向新的梯步再次启航！

最后，再次致敬并感谢一路扶我文学成长之路的师长们，也对有缘相遇的各位文友们道一声祝福，让我们珍惜情谊共同携手为开江文化的繁荣昌盛贡献能量。祝大家在新春来临之际，家合兴旺，健康财旺，创作丰收红旺！

（此文为2017年作协总结会上的发言稿）

云雾之遇

盘曲陡峭的山路远不止十八弯，如果畏惧，又怎会相遇一场云海的浮想联翩。

秋色，行进中段，山峦的逶迤之中缀点着渐黄渐红的淡彩书签，不知深浅的笔墨更因云雾苍茫而出没无常。

山间的云雾恣意发挥。风起云海，山静云动，一起一收，奇景幻影，层出迭现。群峰有灵，万物生气。忽见山峦之上凤凰闪现，枝头分明插着绝美的翅膀惊艳腾空，吉祥的光晕豁然播撒，凤凰拖尾而掠，渐露山顶，奇美壮观。

在云巅之上，做一次飞翔，俯瞰，白云生处有人家，白蜡园村落，捎来秋穗的成熟与枝绿青葱的鸣奏曲，秋风在耳畔传送着阵阵爽朗笑语，还有农家丰收载歌载舞的雀跃欢喜。

山，岿然屹立，云，飘忽翻腾，如梦似幻，云卷云舒，如心事浮起，光阴流逝，留唯美于心间，留坚毅如峰的信念于心间，推开梦之门，握住每一时刻的豁然与快乐……

（原载于2018年11月30日《西部故人来》）

写在黄泥塝华丽转身时

香椿园——浓情的翅膀

都说黄泥塝的贫苦是啃不尽的瘠土，晴天一身灰，落雨一泡糟的泥泞，怎孵得出一个金鸭蛋？

有人偏不信了。

土地生长的悠悠往事与挣扎、信念一块儿琢磨到了一个喷着香的植物身上了。香椿的枝丫舞着草裙发话了：给我足够的爱，善待我，回馈你。

努力发新芽，努力扩张一个园子，椿树插上浓情的翅膀，召唤起来，黄泥塝的村民们，瞧瞧，领着挥着的那面旗帜上写着“巾帼红”，都跟上吧！

香椿有多香？香椿有多旺？浓情沁心，鼓舞士气。

连绵成片的千亩新绿，已构成生机勃发的新景观，酿出了一道道甜蜜，一路路幸福，椿香弥漫村庄的每个角落。

农家的院子，拆了旧瓦盖起新洋楼，世代的村民告别苦涩的黄泥浆，水龙头流淌出热烈的期盼。农家书屋，盛满儿童的笑脸，电商平台，乐得老伯的烟斗里龇牙咧嘴地直冒新鲜。

香椿为黄泥塝撑开绿色的屏障，在脱贫奔康的路上遮风挡雨，香椿是翻开的书页，任大地翻阅它走过的沧桑。

是的，凭借香椿播撒的一地黄金，黄泥塝村一步步开始了华丽丽的转身。

拾起童年和村头的梦想，别忘了，那曾经深藏在泥塝之下的苦难，需要持续的创新与探索，才能成就全新的熠熠生辉。

养牛场滋长的企盼

一头老牛驮起夕阳的疲惫，两头黄牛深吻这片平庸的土地，抬头的姿态是遥远的企盼，唯有家园的富足才能遮盖额头经岁月穿越的那块补巴。

黑麦草，厮守田园，注定与牛儿们相濡以沫，在焦灼的炎夏，共同开启一个浸泡清凉的梦。

第一批，第二批，入驻黄泥塝的牛，哞哞地开始释放循环经济的气息。

割草，喂牛，套牛，打扫，消毒，干湿分离，做防疫，施农家肥，产业链，这些已不是传统的放牛娃那些悠然自得的流程了。

领头的孺子牛摸索着新的路子，手里担着黄泥塝百姓的老底铜板，用全新的生产和生活模式，从年头到年尾，企盼汗水换回丰硕的盛宴。

竹林，田间，没有理由不去铭刻一座牛与娃的雕像，画面延展了另一个黄泥塝新村的景象。

稻香里的汗流浃背

阳光在春日的田野赛跑，黄泥塝深深浅浅、浓浓淡淡地编织着梦想。

老农的脸上饱经风霜的皱纹如一条河，四季往来，岁月的锻打，把痛心的往事串成动情的颗粒汩汩漂流在岸边。

村头的池塘里鸭来鹅往，人们俯下身拾掇一片片回忆，那是隐含在稻花香里的汗流浃背。

挖泥成河，堆泥成基，塘中鲫鲤，田间水稻，蛙鸣荷香，垄上果蔬，土地流转，技术引领，当农耕文化撬动跨界整合，静谧的田园、温馨的村庄，炊烟和原野俨然成为一幅秀美的风光画卷。

正午的阳光，将自己火辣热情的一面，淋漓尽致地展现，此时仿佛只有成串成串的汗水，才配得上它隆重的出场。

被露水和汗水一起浇灌的庄稼，正在悄无声息地疯长，稻穗已开始弯腰，很快，粒粒珠玑的饱满，滋长着乡下人丰收的期盼。如此的成熟，便是他们幸福生活最有力的保障。

庄稼总是给人以期望和启迪，使愿望从萌生走向成熟，我们静心等待，犹如一个懵懂的孩子憧憬未来，在营造舒适而耀眼的环境中，品尝乡情的馨香，由衷地接受着奋斗而带来的赞叹。

约定的风向

一支笔，蘸一汪深情，涂鸦的作品，描绘着乡间的风情。

风，向哪里吹，埋下伏笔。我沿着田间阡陌，在你的目光里问路。走出市井的喧嚣，挖掘，乡愁的依恋。

原野的版面上，一垄垄谷子是一首成熟的诗歌，在分行里注满谦卑与方正，沾满了泥土的唇印。

在约定中奋进，雕梁画壁，落入风景。

人们生活在民俗里，好像鱼儿生活在水里。乡风民俗与乡村大地水乳交融。

家谱、书籍，展示古老的家风、孝道、礼仪和传统风俗，这些沉淀的标记，一一根植在村民的精神世界里。

围绕主题生长的，是约定的风向。村规民约，多层次的制约与塑造，渐渐呈现黄泥塝人新的乡村价值观。

若没有一场体验，来这里，相伴农家的炊烟，沿着清晰的风向，路过黄泥塝村落，以温润的韵脚，在一首意味深长的老歌深处，以思念提灯，听取田间的回音，憧憬一片片蓬勃的向往。

（原载于2018年9月10日《乡土文学》）

把写作融进工作与生活的苦与乐

各位前辈、老师、各位文友：

大家好！时光如梭，转眼又到了辞旧迎新的时刻。去年作协的总结会上我虔诚而惶恐的发言场景还历历在目，如今又一次在此与各位老师和文友们来分享感受，内心又一次小小地激动与感慨。请允许我先向为我一路走来给予关怀、指导、扶持、鼓励我的领导俐静部长、林主席及协会主席团的老师们、前辈们、映铮姐以及众多的姐妹们、好友们，致以内心最诚挚的敬意和谢意！是你们不遗余力地投以关注、培养和鼓励，让我坚持着文学道路的跋涉。

这一年来，自问惭愧，在文学作品的出产量上没有更多长进。也许工作的繁重忙碌又要成为自己的借口与理由。如果在座的近几年有从事过党建工作的，一定能感同身受任务的巨多和细密；如果有参与过脱贫攻坚任务的，一定能明白其中的艰苦与责任；如果有在企业单位主管经营业务的，一定知晓为单位创收和管理的压力；如果在座和身边有从事纪检监察工作的，一定懂得风险责任的承担，而我，这几年所从事的工作就是具体分管以上的所有内容，每一项工作任务都是年头至年尾有着开不完的会议，做不完的资料，跑不完的腿，加不完的班，操不完的心思。在这么多繁杂的本职工作以外，我还兼任着科协的副主席和作协的理事，听上去是多么复杂而又让人崩溃的事情。可是，时间一定是可以挤出来的，毕竟本职工作的艰辛不

会把你周一至周日的每一天的24小时都占据掉。人的谋生与生活需要理性与感性的结合与相融，工作中的锻炼恰好也为我在文学道路上作着积累与铺垫，其实工作与写作有着相互促进、相辅相成的作用，这一年我在参加市、县的征文比赛中偶获小奖，进一步坚定了写作的信心。有的时候，如果觉得工作是忙碌、紧绷和枯燥，那么写作是可以调剂情绪和注入新的精神力量；有的时候，与其埋怨叹息工作、生活中的种种无奈和郁闷，不如调整、放松心情，在写作中寻找自由与乐趣。另外，只要腾得出时间来，我都响应和参与协会的各类活动，因为活动的互动性，能让人释放心情，增扩视野，结识朋友，提升修为，在这里与一群热爱文学的创作者们一起共享大家庭的温暖。由此，忘却工作的艰苦，更为感恩工作与生活的每一段赐予，感恩生命中的每一位贵人。

今天，我更想分享的是关于脱贫攻坚文学创作的体验和感受。记得当我被拉进"感动开江脱贫攻坚事迹宣传群"时，有很多担忧，一是担心自己挤不出足够的时间与精力，二是缺乏底气，毕竟这样的题材和采写方式自己没有尝试和体验。参加此项工作的会议后，更加感觉任务的艰巨，质量要求高，压力大。在炎热的夏季，我带着一丝为难情绪，硬着头皮接受了任务，作协被划分成若干组分头采访。我负责了长岭镇采石桥村的邓孝春和广福镇双河口村的李德庆的事迹采写。没有做这些事之前，以为采写简单，其实一点都不容易，与主人公的沟通很关键，有擅长讲述的也有不懂得表达的，这得要我一遍遍地去引导发问，一遍遍地倾听，一遍遍地筛选话语是否有用，一遍遍地取舍提供的素材是否有用。在写李德庆《用爱撑起风雨飘摇的家》那篇稿子时，我有过好几次修改都未能定稿，给过一位朋友看了后，说："没有挖掘到感动人心的一面，结构层次、情节也应该重新整理。"于是，我又多次与李德庆夫妇沟通了解，通过几个回合的交流，他们也更自然地在我面前流露最真实的一面，向我诉说他们内心最真切的感受。我利用一个周末写邓孝春身残志坚事迹的那天，他主动打电话向我补充了很多他的故事情节。这些在脱贫路上的苦难者们所经历的磨难和对生活的热爱、执着与坚强感染着我。当晚，我完成邓孝春的稿子《绝不活在命运的阴影下》之后，制作了美篇分享到朋友圈和各群。第二天中午，我接到邓孝春打来的电话，他说："你的文章这么快就有很多人看到了，今天好心人为我捐来1000元钱，村干部已经送到我手上了，真的太感谢了。要不是你文章写得好，人家也不会这么感动和热心，所以我一定要向你好好道谢！我一定会好好珍惜你们的关心和扶持！"我在电话这头也一直激动开心地笑着，那一刻觉得自己完成一个任务的意义原来这么有价值，我在朋友圈写下一句："感谢一切有爱有温暖的力量！"

后来，《精神文明报》相继刊发了我采写的这两篇文章，同时，"新华网"也报道了邓孝春的事迹，采写李德庆的那篇文章还被期刊《龙门阵》选载了，这些都是我没有想到的结果，很惊喜，也庆幸自己参与了这样有社会价值意义的创作。因为采写，李德庆添加了我的微信，从此把我当成知心朋友，她说希望把我写的关于她的作品留作纪念，我也特意去过她家赠书，她说我把她写得很坚强，她自己都觉得感动、很励志，她对生活也更加有勇气和信心。所以，对我来讲，这些经历不仅是收获外在的宣传效应，更是内心的充盈，因为这样的创作经历让我对写作的认知加深，文学即人学，深入生活即是深入人心。写作来源于生活但绝不限于风花雪月，更应以作家的良知和正能量来感悟生活，将脚下这方热土的人文故事浓墨重彩地刻画，用心、用情创作出紧扣时代主旋律的文艺作品。

能走进文学这个圈子，找到写作的价值感，我觉得自己非常幸运，被前辈扶持着、带领着，我也一步步深感自己写作水平的局限和知识的匮乏、浅薄，在今后的创作中，我一定要努力做到沉下心来，虽然我是一名业余爱好者，但也要有效融合工作与生活，用心感悟，多学习精品力作，不断提升自己的写作水平，创作出打动人的文学作品。

最后，跨进猪年之际，祝福各位文友在猪年的文学创作更加猪（珠）圆玉润！金猪纳福，猪（祝）君开怀，猪（诸）事顺利！谢谢！

（此文为 2018 年度开江县作协总结会议上的获奖感言）

旗袍灵韵

烟雨江南的古桥之上，觅见一把油纸伞下的女子，着一袭旗袍，独倚栏杆，凝眸回望牵引一缕思愁，轻移莲步，定格于古典的旗袍雅韵；在迷濛水墨烟雨下，她的低眉敛目，举手投足间恍然倒回了几百年，在时光里，流转着，回荡着。

昏黄灯光下，悠悠琴声中，静品香茗，着旗袍的女人将青丝高挽，茶香水润，幽香满室，于娇媚中的风情仿若将中国几千年岁月积淀的隽永和优雅在这一刻集中体现。

碧海无穷荷叶间，淡粉红莲亭亭玉立，伫立其间的旗袍女人着一袭江南采莲水墨优雅修身旗袍，笑隔荷花共人语，烟波渺渺荡轻舟，映衬着莲花出淤泥而不染的高贵清雅。

想象着这些画面，不禁会想，到底是旗袍让女人变得韵味十足了？还是女人使旗袍有了灵魂？

旗袍，有着超然尘世的优雅，在袅娜多姿中蔓延开来，没有哪种服装能像一袭旗袍那样将女人的妩媚典雅、山水韵致律动无遗。中年女人的风韵，青年女子的青涩，一袭旗袍总能穿出百样风情，历久弥新。

旗袍是国粹，是中国的符号，只有东方女人穿上，才会有那数不清道不尽的东方气韵，它以其流动的旋律、潇洒的画意与浓郁的诗情，表现出中华女性贤淑、典雅、温柔、清丽的性情与气质。

旗袍拥有的美特别耐人寻味。那种美典雅、含蓄、柔媚、婉

约、韵味十足、大气。在三十年代的旧上海，那些躲在深闺里的女子，裹着素静的旗袍，手里捧着发黄的唐诗宋词，在书房里踱着碎步，清丽的宋词引起一抹缠绵婉约的相思，那双盈盈的眼里泛着淡淡秋波，莫名地伤感着，惆怅中透露着隔世的美，飘散着红颜蹉跎的哀伤叹息。

时光流转，女人的娇柔、细腻、妩媚、优雅、甜美，女人应该拥有的美难道只能停留在古老的梦中吗？现代女性生活在忙忙碌碌的快节奏里，总以为旗袍距离现代女性的生活太遥远。其实不然，如今的服饰经由设计师们的精心改良，丰富多彩的款式、质地轻柔的面料，使蝶变新生的复古旗袍可以走入日常的生活中，新的裁剪，不仅兼备古典韵味，也符合现代审美观与自主意识，完全可以加入日常装扮的行列，以新的芳姿定义现代女性的人生。

旗袍，是一种生活方式。旗袍本身的设计和样式就规划了东方女性的特色和美。能穿旗袍的女子不一定有娇美的容貌，但言谈举止一定端庄典雅，待人接物一定自信内敛。遇事一定沉着冷静，心底一定纯洁善良，并且含蓄中存一分气宇轩昂，温雅中有几丝骄傲矜持。着了旗袍，是温柔、宁静的，走起路来自然而然便袅袅娜娜，轻轻一回眸，便是一篇凝愁倾城的故事。

旗袍，有小家碧玉的娇羞，又有大家闺秀的柔美，还有身为女子的娇媚妖娆。那种美呀，绝不是一般庸脂俗粉的姿态，那是摄人心魂的魅惑。

你瞧，密密的盘扣，像一把把锁，把美丽藏匿，却又明明白白地显示着它的独特韵致，自然地与之本来固有的文化气息融为一体。

在古典与现代之间，旗袍的风韵凸显女人的内敛、含蓄、修身、婉约、高贵、温柔。

旗袍，岁月深处的一抹嫣红，在烟雨红尘中荣辱不惊，风情万种。这是一份只属于女人的幽婉雅致，属于女人波澜不惊的雍容。

光阴静好，穿上旗袍的女人，便有了水样的灵动与雅韵……

（原载于2016年《魅力开江》夏季版；2019年8月14日载于《中国供水节水报》）

荷事而觅

感知昨日，仿似前世。

你曾是天，我是碧荷伞叶里那滴清露。前世，一眸擦肩，惊艳了五百年的时光。珍视无穷宇宙天地缘，即使消匿尘寰融于万物间。

今生，我为青莲，却寻不见你的眼眸你的形神。思绪化作无尘的花瓣，在夜的深处遍撒香魂的清涟。

往事如尘封的日历，在晨的来临片片撕碎。在分离的日子疲惫地守望，我深信上天的恩赐必能重遇。

再度相遇，历劫一世。竟然，是在沉睡的冬夜，你踏雪而降。那一瞬感知，原来守望的是一袭梵音，播撒苦乐酸甜。在四季的风景里，邂逅满怀的幽香，从此，我撩起青丝如幕，束了三千思念，束了三生的痴缠。

历尽沧桑，匆匆地，你又狠心飘散。是不是，前世，今生，开始与结局，早已落笔写定？怅然的清眸里，隐藏不住情深款款的期盼。荷风淡淡，如花美眷，终究抵不过似水流年。时光如莲，宛在水中，寂寂无言；荷香袅袅，如梦似幻，唯留心中的颤栗是这花开得如此惊艳。因为，落在岁月里的尘缘，唯有绽放于眼前华丽的盛会，以期换你回眸一见。

绚烂的阳光映衬我亭亭玉立的袅娜身姿，无谓争奇斗艳，静享孤芳自赏。在如水的月色中我披上银装，让迷离的荷塘夜色柔软缱绻的时光，制造一个又一个浪漫的温馨之夜，只为牵引你关注的目光。

菡萏轻舞，美丽得众生倾倒，我却郁郁寡欢，黯然感伤。如何能让你见到我最美的时刻？这个夏日，我倾尽全力展示着我的娇媚，释放我的芬芳，唯愿锁定你温柔的目光。

雨，滋润寂寞与干涸，洗净铅华，看尽人情世态，我蕴涌在心中的呐喊一遍遍随荷风荡漾。

问世间，谁知晓，究竟有多少情，浅相遇，深相知；谁又知，究竟有多少情，虽走远，亦深眷。脆弱的我，最怕，山水相遇不相守，徒留碧波荡去的叹息。

我为君动凡尘梦，君为谁伴寂寞心？花动莲心，你不在，泪落粉腮。

今世，思念的琴弦在清风的路上鸣奏，未来，相逢几时应和？

任肝肠寸断，也许你爱恋的眼里始终不会有我的身影再现，也许在鲜艳的外表下，唯有将岁月的沧桑化为生命的深沉与厚重，深藏于根茎，来年再次为你绽放。

微凉夜空，彷徨的心听见一曲清音，浮生如草，风月花鸟，一笑尘缘了。梦里看花花非花，雾中似仙非仙缘。一切，冥冥之中早已注定，等待滚滚红尘里一往情深的检阅。

佛经中说，人间的莲花不出数十瓣，天上的莲花不出数百瓣，净土的莲花却千瓣以上。生命的归宿，只不过是历经分合险难，让光阴的打磨，清晰而透彻地认识生命的真相。

禅乃一枝莲，倾泻出生命的序曲，穿越时空的飞絮，感恩生命的宽厚，心如佛莲，不染淤浊，晓露晨风，自成逍遥的妩媚。有你微笑的模样，醉卧云水间，相视无言，便好。

一场幽梦与谁近，千古花魂独我痴。伫立在离你最近的荷塘边，日复一日，年复一年，一起看细水长流，任花谢花开，常守清欢。今生来世，觅你而来，因你而开。

（原载于2018年《魅力开江》荷花节专刊）

随想平安夜

浓雾之夜。麻木的周末。

十点多了,我关上办公室的门,第五个连续昼夜加班暂收工。一瞧,今夜是入冬以来白雾最为深重的一晚,对了,想来也是近几年圣诞平安夜最迷雾重重的一晚。马路上的车辆稀少,这景象,开车的可见度也太低了。被雾笼罩的城,仿佛一切热度都被寒冬侵蚀成清冷,这个圣诞平安夜如此安静。路灯的昏黄灯光似乎穿越浓雾也不如往昔那般直透,我很少见到这景象,但我又觉得这样的高冷路线里露骨了一种冬日的孤傲美,忽而又觉得藏匿了什么遗憾的悲憾,遐思,或是我连续加班已神经了吧。

短短的一段路途中,我竟然浮想联翩地把思绪回放到校园时期。十七八岁那阵,我在圣诞节来临之前盼望着的,居然是收到同学好友的书信和卡片。那年的圣诞节当天,当班主任捧着一堆信件和贺卡出现在教室门口,目光犀利地朝向我呵到:你瞧瞧你,一个人就有十几二十封!你的精力也太分散了吧?同学们都睁大眼张大嘴羡慕地望着我,我不好意思地低头却又迫不及待地上前接过老师手中的一摞信件。一张张圣诞贺卡上印记着我和昔日远方的同窗好友间的情谊,慰藉着岁末佳节时的思念与渴望。曾经青梅竹马的小伙伴寄来的那张贺卡,是小男孩牵着小女孩迎着山风奔跑在草地上的画面,色调柔和,诗意朦胧,十分温馨。这张卡后来成了我们失去联系前的最后收藏，我把那寄来的祝福、那画境、那几个汉字以及那一句英文都深深烙进了心底很多年。

成长中每个时期的圣诞节，都有独特的画面和情境。当然，商家营造的热闹场面使大人小孩们都在闪烁的圣诞树前驻足欣赏，在年末投以微笑和期待。

时光总是在一顶又一顶的红色圣诞帽里溜逝，曾经的圣诞舞会、平安夜聚会、圣诞狂购和狂欢，在圣诞老人的红帽子白胡子里翻腾过欢快的音符。而年轻彷徨的心，也曾在那些懵懂的年头捕捉过失望和迷惑，那些经历的事，际遇的人，终在时过境迁里浮沉渐退，随着岁月的积淀，心亦在起起落落中日趋平静。

直到这个圣诞平安夜的到来，我来不及停顿一下忙碌的工作，辞旧迎新的钟声就又要敲响了吗？

回到家，圣诞树彩灯亮着，我悄悄嘀咕：今年这孩子不知道对这棵圣诞树还像以前那么喜欢不？孩子爸说，现在怎么突然不能过圣诞节了，小孩子们觉得可爱的圣诞老人不见了没什么好玩的了。哦，对了，我之前也见过一些微信上发的关于弘扬传统文化过自己的节日，圣诞节不适合我们过，国人们是在耻辱中瞎倒腾了那些年？

我想也罢，反正这个圣诞也好元旦也好，对我来说也就剩下意味着寒冷、加班、岁末易老，繁重的政治任务和辛酸的工作压力一直没熬到头。

我听见女儿竟然从被窝中发出一声学猫咪叫的“喵喵”声，我朝她喝去：“你这家伙为什么这么晚还没好好睡？”她说：“嘿嘿，等你回来嘛。”我连忙跑去床头：“让妈咪亲亲你就快快入睡吧！”这孩子却一把扯上被子盖了头不让我亲，调皮的家伙，快快睡觉吧！

极少写日记了，我想起有那么一两个圣诞之夜也睡得很晚，以为作诗可表达什么落寞与惆怅，却没有留下什么有用的诗作，今晚竟想随笔落于日志，当然，我仍未表达到自己那些散乱错综的思绪，因为我只是记一下，这个不需明了的更深雾重而已。

（写于 2017 年 12 月 24 日）

刺情绣殇

不知为何，重拾刺绣。

搁置已久，那些角落里的甜蜜与忧伤，不经意间回到某年今时的场景。

绣那一扇的花枝，储藏过往，将一个个解不了的结幽居心口。

曾经有那么一段柔软的时光。周末的午后，倚窗而绣，专注手中的一针一线，音乐相伴，细细密密编织梦想的翩翩，心醉在思念与期盼的音尖。

置于绣盒的檀香弥散开来，那是你喜爱的味道，空气里氤氲着甜蜜的幸福。宁静地绣，用心地等，只因，彼此心中默然的关切与牵挂。

那些个日夜，刺了春风绣了夏夜，心执着地奔向七夕的星空，笃信那是一场真实而浪漫的花好月圆夜。

现实却是一份剔透的心寒，花开花落的片段，竟然那样的刺目蜇心。

几多故事周折，回忆终像一只冰冷的刺猬，扎得心滴血彻痛！那年的心已被刺得太痛绣得太深，再没了续绣的信心，再没了提得起放得下的勇气。

转瞬爱恨随风。

人生若如初相见，何事秋风悲画扇。

手中的刺绣一针一针，时光一分一秒，沿着针脚行走，你却不知,缎上缝出的密意,是遗忘与遮掩的宿命。

你怎知,这花扇,绣进的日日夜夜,该有多么凝重的祈愿;你怎知,每一次穿针引线,耗费的岂是眼力而是望眼欲穿的叹息;你怎知,一股丝线需要多少遍抽丝剥缕才能绣出花叶的活色,一如要止住多少遍思念与忧怨才能平复哀伤;你怎知,线滑落一次,心失落一回,情真意切却无所终,思怨愁苦亦无处依。

金丝编织辛酸日,粉面枯黄十指青。眼前引线思漂渺,以后牵缘愁怨零。

针弯针断线错乱,理不清线头,参不透错与对。

止住了残缺的回忆,却缝不了爱恨烙刻的情殇。

许久不再静静梳理情绪,此时此景,再次令蕴藏在心底的愁绪随着音乐慢慢开散来,那遥远的眷恋与凄楚,此刻那么深切幽怨。

心窗中,串串水晶珠玑,已化蝶片片迷濛。

默然不语,刺情绣殇……

谁解千丝万缕叹,怎释心结重重忧?

(原载于 2017 年 2 月《开江作家》)

紫藤心上

不期而遇，坠入了紫藤的海洋，如当年不经意间撞进了彼此的心怀。

倾泻，紫色的瀑布里，盛满细细的缠绵悱恻，记忆的轻纱隐隐再现。

时光深处，总有些无端的心绪，召唤我在时空的长廊，仰头与你娓娓相谈。

谁把这抹紫色涂在了云端，恰似前世的诺言，化作淡淡相思缕缕惆怅，痴缠藤蔓，挂满千万次默念。谁人疼惜，我曾把深沉的忧伤和不舍植种在紫藤的心上。

绿藤上，缠绕着我的梦和爱，任风摇曳无限感怀，如疼痛的诗句，字字珠玑。

架满天空的紫藤忧郁无语，芊芊的情丝为我捻成一根青藤，串串紫色的花瓣汇成缱绻的思念，我的梦密密匝匝地盛开，绽放得如此铭心刻骨，绽放得感天动地，绽放得寂寞满怀，瞬间诉尽繁华。

我唯有以这样动人的倾诉，才能捕捉到你的秘密。

梦错千年，回首沧桑。覆水难收，该以怎样的执念，寻回你浅浅的微笑，换得你深情的一回眸？

都说香风留美人，都说你为情而生，又为那爱而去，梦太美，梦易逝，总会有曲终人散，梦醒时分。

风中丝丝缕缕的香郁，犹如感动的回忆，让人很容易站在原地，以为还回得去。

叠加的心事，沉寂如风，我只能为你默默地守候在紫藤花下，编织无数的紫色梦幻，唯有在百转千回中被温柔的曾经唤醒。

我问紫藤，如何将花好月圆的心愿，在缥缈烟尘中铸就永远？唯把碎念浅吟，将过往渐渐地淡成一幅简单的画卷，虽然犹记盛极芳菲的模样，唯将怀抱交予枯萎的倔强。

花开是画，花落为诗。笑问风景谁曾惜，便有泪，决了堤。

该以怎样的情愫，将云淡风轻的期望，在时光辗转中沉淀？或者，千古绝唱话凄凉，留待世人在轮回中找寻，用紫藤花唤醒你的记忆。让这一片紫的海洋成为你归来的向导，让永生不灭的花儿成为世人眼中的永恒。

紫藤花开再次爬满心间。一番番风雨的历练，终究圆成一场场繁华与落寞的蜕变。

年华不再，唯有紫藤年复一年地花开花谢。有些地老天荒早已与他人无染，而不忍触摸的心情却在蔓延，永生永世烙刻的爱恋，如一帘幽梦，挂在满园的紫藤花心上。

（原载于2018年5月22日《甘宁界》）

新起点 新篇章

——写给跨入初中的女儿一封信

亲爱的宝贝女儿：

我的宝贝，从幼儿园毕业到小学毕业，十二年的时光，你已成长为一名朝气蓬勃的少年。跨进天立这所学校，是你自己乐意的选择，从暑期的夏令营，到开学前的军训，作为家长，我看到了曾被家人捧在手心上的你一次次的成长蜕变，妈妈一定要给你一个大大的赞！

小时候，你的内心一定有个美丽高贵的公主梦，要做一个美丽高贵的公主可并不容易。其实，这个世界不会有那么多公主，即便是真正的公主身份，她将有更多的承担与责任，吃旁人看不到、感受不到的苦头。一个没有内在美和人格魅力的女孩，不会有人认可她的美丽，更不会成为白马王子心目中的公主。所以，我的宝贝，当你跨入人生一个新的起点进入中学阶段时，正是抓紧学习、丰富知识、树立人生目标、提升自己内在涵养的时候，新的学校，新的篇章，妈妈希望你有一个全新的面貌来一步步达成自己的心愿。

妈妈看到了，你通过夏令营和军训得到的锻炼，无论自身的独立生活能力还是与集体共进退的精神，都有了非常大的进步，那天我们说过一句话："军训的苦头能吃下来了，以后的任何困难都不算个啥了！"所以，宝贝记得哦，往后的日子里，无论学习上、生活上都不可以有任何畏难情结，勇敢面对，迎难而上，不怕伤脑筋，不怕苦不怕累，妈妈相信你做得到！

宝贝，学习虽然是非常辛苦的，但在校园的生活一定苦乐相伴，知识的丰富，本领的累积，是今后唯一通往社会、立足社会并使自己的人生过得有尊严、有自由、有趣味的路径！妈妈期待的，不仅仅是你学习上的提高，更希望你树立起远大理想，做一个人格独立、内在高贵的阳光女孩。

十二岁的你，洋溢着青春的音符，也开始有了叛逆的个性，也许在我们家中是一种慈父严母的氛围，妈妈是越来越难得到你一个甜甜的吻和拥抱啊，因为你老说不喜欢我这个啰唆老太婆开口讲话。妈妈明白，这个阶段，你还不懂得我这样的家长爱的方式，妈妈也很乐意做你的一个好闺蜜、好朋友。当然长幼尊卑的前提和原则还是要有的，也许长辈的思维没有你们那样古灵精怪和活泼，但是你要知道，妈妈也是从一个花季少女走过来的，所以有什么话题都完全可以与我交流沟通的。十二岁，叛逆的青春，是个性的飞扬，但要分清是非，要懂得审时度势，要有原则底线；十二岁，可以爱憎分明，但不可被热血沸腾冲昏头脑，凡事多几分矜持，留几分清醒，多打几个问号，三思而行！妈妈期待你青春的逆袭，带着朝气、正气、果敢、善良和满腹的知识本领成功逆袭！

作为家长，妈妈还是得要嘱咐几句，希望跨入初中的你，参考以下几条去努力和完善自己：

要热爱学习，制定目标。为实现自己的目标找准恰当的学习方法，在实际的学习生活中彰显出自己的特色和本领。要好好理解统筹方法这个成语哦，就是要求每个人都要学会合理安排时间，统筹运用时间，让学习效益达到最高效。对自己要诚实，绝对不要不懂装懂，做到专心学习，不耻下问，日积月累，天天进步。

要自律自信,克制任性,克服拖延心态。妈妈以前因为你玩手机、看电视、做事拖沓而心急如焚,暴跳如雷,但这几天明显看到了你的转变,做事也有了时间观念,好孩子,继续坚持!记住,自律是做一个有出息的孩子和实现美好人生的基本条件!

要团结友善,珍惜校园生活里与师生的缘分。集体生活就是今后适应社会的准备状态,所以注重处理好与每个人的关系是需要不断学习和积累经验的。

要爱惜身体,正确认识"美"的含义。身体是革命的本钱,纠正平时不良的生活和饮食习惯,确保健康,女孩子不仅要有健美的身姿,还要知道"开卷有益""书香盈秀",要知道"书中自有黄金屋,书中自有千钟粟,书中自有颜如玉",这些名言警句都是古人遗留给我们炎黄子孙的真理。一个女孩子若能有书香垫底,品行和素养就不会差,人格和志趣就不会低。从外表的整洁,到内在的充盈,还有,读好书,写好字,养成每天不读几页书,就会寝食难安的阅读习惯,时间久了,你就会发现,你眼前的世界,会变得越来越宽广深邃。

宝贝,记得小时候妈妈跟你讲过关于你的名字"涵嫣"的意思吗?嫣然一笑百媚生,是一个女子给人以外表气质的印象,但最重要的是在你内心的涵养,要由内而外地散发出来,呈现出真正的美丽大方得体,这就需要你不断学习不断补充各类知识。做人,注重外在美,难免流于俗气;注重内在美,方显雅致。人生,从内到外,保持质朴淡雅的气质,才能悦人悦己。心善自然美丽,心慈自然柔和,心净自然庄严,宁静致远可以养志。

宝贝，要理解父母和师长对你殷切的期望和教导，是为了教会你怎样做个积极上进、坚强勇敢、正直善良的人。所以不要嫌妈妈啰唆哈，希望你耐着性子消化和吸收这些建议。妈妈期望你在以后人生的舞台，用心演好自己的角色，也请记住在舞台下的某个角落一定会有爸爸妈妈为你响起的掌声，因为你是我们这世上唯一的独一无二的至宝。

宝贝，你现在已经是初中生了，这是人生学习最关键的时期，初中的基础能否打得牢固，直接关系到高中的学业水平，坚信一分耕耘，一分收获。加油，我可爱的孩子，愿你在新的校园里，翱翔美丽的知识蓝天，去实现自己宏伟的梦想，前面的风景更美！

亲爱的宝贝，带着你的青春活力，扬帆启航吧！

爱你的妈妈

2019年9月7日

借一盏明灯，照我前行

——写在开江县作协二十周年之际

时光一扉一页地翻过，当祖国风雨兼程迎来七十华诞之际，开江县作协也走过了二十周年的历程，而我也幸运地从2015年至今共享了作协这个组织带来的温暖与成果。

拥有文学梦想与文学情怀的人很多，缘分的牵引让一个又一个写作爱好者汇聚于此。曾经，为搁浅的文学梦而茫然，为如何走出孤独而苦闷，为何以抒怀而怅然，在某些心路历程的转折点上，相遇一丝光亮，捕捉一份希望，组织的力量，是鼓励、是温润、是推动，作协始终在传、帮、带的使命里鼎力扶持，使我们这些新会员一点一滴地积累着勇气与力量，愈发地，让我感到如一盏明灯在照亮和培育着我们前行。

受林主席引荐加入作协之时，也正是我人生尚未走出困惑而犹疑许久之时，怯生生地，感觉纷杂的人生里勇气时而生出却又忽而丧失信心，感觉文学的净土曾距我相近而又难以获取拯救，其实，那都是自信不够坚定。在主席团和一些领导、好友的支持鼓励下，受前辈的鼓舞之下，我从忙碌的工作之余一次次由胆怯变为主动参与作协的各类活动，以文会友的乐趣一次次激发了我开启写作提升的门匙。2017年，我的写作兴趣和自信大增，写作之路开始小有所获，创作了散文、散文诗和诗歌近三十篇，相继在《精神文明报》《散文诗世界》《中国供水节水报》《散文诗博览》《西南商报》《我是公务员》《丽江文艺》《群众文化》《大巴山诗刊》《魅力开江》《开江作家》以及《中国诗歌网》等报纸杂志及网络平台上发表。身边的同事、朋友开始从另一个视角认识我，通过作协组织的活动，从把我们带出去到把名家请进来，都促进了我们与外界的交流与学习，使我对文学的态度有了新的认识和领悟。

在组织的培养下，我不仅不会因文学活动耽误繁重的工作，反而把写作融进了工作与生活，融进了家乡的建设，融进了时代的正能量传递，写作，带给我的是工作与生活中的持续发力。2018 年至今，我又相继在《精神文明报》《企业家日报》《共产党员》《西南作家》《达州日报》《达州晚报》《川东文学》《中国作家在线》《乡土文学》《巴山文艺》《中原诗文》《商洛作家》等各类报纸杂志及网络媒体上发表作品。同时，在市、县组织的各类征文活动中，曾获二等奖、三等奖。写作也辅助和提升了我的工作质量，促进了职场的综合运用，充实着我的生活。

通过学习和组织的培养，让我明白了创作来源于生活，可以描绘风土人情，可以寄情于风花雪月，但更应以良知和正能量来感悟生活，用心、用情创作出紧扣时代主旋律的文艺作品。通过参与各类主题的创作采风活动，在学习与互动中我不断增长知识，不断领悟，不断成长。2017 年和 2018 年的县作协总结会议上，我连续两年被评为“优秀创作人员”，并作为创作代表在本县及达州市作协会议发言交流。

组织的关爱和前辈的扶持没有停歇，让我也不可懈怠地前行。2018 年，我被推荐加入了达州市作家协会。今年，我开始筹备自己的散文集《月儿崖》，同时，受文学界前辈推荐，我已被吸收为四川省散文学会会员、四川省诗歌学会会员，有作品选入《2017 中国诗歌网络精品工程集》《中国当代优秀诗人选集》

和一些年选读本，获朝霞诗刊赠予“新世纪诗歌奖”及“中国当代优秀诗人”称号。

一步步走来，我在自己的文学成长之路上见证了作协发挥的作用，一名普通的文学爱好者从迷茫懵懂到逐渐拥有自信，借一盏明灯照前路清晰，就像一位蹒跚学步的小孩那样，拥有一双温暖而有力的双手扶持着，由此可知，二十年来作协的丰硕成果是必然的，二十年来的开江“文化县”这张名片在作协的传承中风雨未改，初心不变！衷心地希望，有更多的怀揣文学梦想的“我”，借这盏明灯，翱翔于广阔的文学天空。诚挚地祝福，开江县作协在二十周年这个里程碑刻画一个新的更高的起点，高高擎起这盏明灯，引领开江文学纵深发展，为祖国母亲的繁荣昌盛添砖加瓦！

（写于 2019 年 10 月）

金顶雾霭中浮游

向往着,与兜罗绵世界一遇。

夏登峨眉金顶,不期而遇的,却是那氤氲雾霭,难辨晨昏早晚,百尺浓纱帐,天地挂轻幡,极目不知川,顿感天凉露冷,水阔渺渺云烟。

瞳孔看不透望不穿这黎明前的暗淡迷离,忘了曾几何时为晴日。凌晨的雨滴敲打,诵经的音乐响起,身旁避雨的喇嘛念念有词,我不由自主合掌仰望。或悲或喜,或歌或泣,此刻皆从指尖滑落。

眼前的雾水,眼前的一切事物,在银白惨淡的天野间徐徐散落下来,瞬息化作淡淡的缕缕游云,浮游于一颗小心翼翼的心房。

普贤无边的行愿真能圆满十方三世诸佛和芸芸众生吗?轻轻地询问,默默地许愿,虔诚地叩着,拜着,你却不知,为谁而许,为谁而渡,不晓何时霭散,觅得云开风宁世事波平?那些不言于表的心痛,或许,唯有一泓雨水冲刷过的明镜知晓。

钥匙,决绝地掷入旁边的万丈深渊吧。为谁唱离歌,对谁说情话,给谁写天涯?某些缘分是如此美好,带给你紧紧的幸福相守;某些缘分很痛苦,让你经受挫折和心碎。红尘喧闹,只做无言低眉人,甚好。

山巅雾霭兮烟若澜,那一刻产生误入仙境的错觉,不是错觉,是冲破迷雾的悟,是流年里歌唱的彼岸芬芳。

我托举着心灯，从华藏寺的佛光中衍化一页页泛着泪花的典藏。

一念放下，万般自在。舍弃无意义的东西，轻装前行，清净淡然，不执着，不贪婪，则安宁无忧，喜乐悠然。

迷迷茫茫浮游在雾海，蓦然发现有你的不弃与守望，烟容如在颜，尘累忽相失。我将你的好，悉心珍藏，即便不言，亦心有灵犀。

信，所有的相遇，都是命中注定；所有的离别，都是早有安排。当泪水在沧桑中开出微笑的花，总有一个人是你值得的牵挂。

一曲轻舞，终迎雨霁天晴。

（原载于2020年9月2日《中国供水节水报》）

镯

饰品装扮中我并不怎么喜爱戴手镯。有一年旅游途中,老公见着各式各样的手镯说是要买给我,被我果断拒绝。

今年他在我生日之前不知去哪儿买了个银镯子回来,硬是让我戴上。

佩戴一段时间后,我发现做事不太方便,特别是写字有点碍事。

明天又要出差远行了,我动了心思打算摘下这镯。

晚饭后我去了手机营业厅充话费。旁边一位不相识的女人笑着对我说:"你这镯子好亮,你戴着真好看!"营业员也注意过来,也说真是好看!我笑了笑,没来得及回应什么,她又说了:"你这镯子是你老公带着女儿一起为你挑选的!"

"噢?"我有点惊讶,睁大眼睛。

"他们来为你挑选那天,说不要让你知道,买回去做生日礼物给你一个惊喜!"

我眼睛睁得更圆了,充满了疑惑。

她揭晓答案:"哈哈!他们是在我家店铺买的!我当时就觉得,哎哟喂,这样的老公真好,觉得你真幸福!还有你的女儿也是漂亮、可爱又聪明!"

"呵呵,是这样啊。"我笑着,再仔细瞧了瞧手上这只银镯子,一抬眼又见到营业员羡慕地分享着我的笑容,当然,这是她店铺的产品,她一定觉得棒极了,脸上还挂着几丝得意。

回去的路上，我又不由自主地摸摸手上这镯，突然觉得原来幸福感、知足感就是这么简单，只是一个日常生活中的小点滴。前些日子才跟老公吵闹过一次，还埋怨说日子过得太无奈。今天，此刻，我却是别人眼中幸福的影子。

让这镯伴我出行吧，不摘。

（原载于 2019 年 4 月 9 日《中国作家在线》）

老龙潭拾趣

据说,骑龙乡的老龙潭飞瀑,珠玑四溅,轻烟薄云,甚是秀美。

朋友却说,现已至秋冬,老天爷没下雨,瀑布无水,哪有啥子美景可观呀。

我们偏不信,四人相约请当地村民作向导,前往老龙潭。我们披荆斩棘穿行一片松树林,终于来到一片豁然开朗的溪流边。真是隽秀清美!听这溪流潺潺,娓娓到来的轻柔沁润着我的心,一扫路途跋涉中的疲倦。一些孩子不顾凉意仍然兴致勃勃地玩水嬉戏。两边的山林树木应着深秋的霜染出现了色彩的多变。

这时,同伴中有拾捡到一块花纹奇特的石头,大叫:“快看,这就是贝壳化石!”我们欣喜地凑在一块仔细鉴赏,果然,这石头上的纹路清晰可辨,好多好多的小贝壳形态都密密麻麻烙刻于这一长约15厘米的石头里,与石一体,像无数双眼睛与我们相望,似乎要诉说亿万年前海洋与火山的故事,期待今人的探索。

漂亮的化石激发了我们继续淘宝的兴致,大家猫着腰,在溪水里寻找更多形态分明造型好看的石头。就这样,一路沿溪水拾捡而上,袋子里已盛装了颇有分量的“贝壳化石”,算是小小的满足了。

越往上游寻去,石头、石壁越来越大,越平滑开阔,不觉间,

我们已来到了老龙潭瀑布跟前。谁说这个季节已不见瀑布的美？我们惊喜地欢呼雀跃起来。瀑布前一块巨大石屏,正适合我们拍照倚靠。身后的银练玉珠撞击着山石欢快地倾泻,瀑布高30多米,虽不及夏季那样湍急面宽,但别有一番洁白如玉、银河下泻、微雨纷落的仙境美态。仰头望石壁峰回,清溪蜿蜒九曲至岩壁一道豁口,倏然疾流而下,飞翠溅碧至潭中。来不及探询关于潭池中的传说,我却听带路人介绍,瀑布上端的那座造型弧圆的拱桥,原来是当地人为转换运势依山水而搭建的风水桥,这一搭,令这瀑布在蓝天下增添了横空幽然的曲线美,于山林中增添了一份雅致与情趣。

揣着拾捡的石头回家,再端详一番我那块贝壳石,发现立于灯光下像极了一只猿猴安静地休憩。回味着在瀑布前拍摄的照片,越发觉得老龙潭是一块宝地,四季俊美,蕴藏丰富,有风情有趣味,任何时候都不会令游客失望。

(原载于2017年11月23日《冬歌文苑》;收录于2018年《四季恋歌》散文集)

营山，时光里的风景

进士文化

石狮静卧，它的眼眸里充满着护佑与祈盼。云凤书院与白塔公园遥遥相望，这门前的牌坊刻着“进士之乡”，从道光年间穿梭于今时，文脉悠悠沁心入脑，使人思绪悠远。

神奇的回龙塔，九级阁楼，如帆船桅杆，乘风破浪，营山县由此文运出海。道光进士杨尚容，后生铭记史册留。举子赴试，点翰多人，文风正，朗水清，乐升平。

建学宫，修奎楼，办书院，置考棚，培文风，翰墨千秋，重教兴学，耕读传家根与魂。营山名宦志士，继往圣，开来学，赓续长盛不衰的文脉，照亮营山县一代又一代学子的科举仕进之路。57 名进士、200 余名举人、360 名贡生，“科第仕宦、甲于蜀都”之誉名符其实。

立于塔下，仰望白云从塔尖流过，百年时光交错，心生敬仰。高塔焉惧云遮眼？时代不负追梦人。

正因为只有一瞬，才让那种惊艳，化作了永恒的绝美。

红色音符

“桐子花儿开漫山岩，千人盼着红军来”，一曲《桐子花开》开启营山的红色音盒，勾起营山大地烽火岁月的记忆流传。

杨伯恺以笔为刀，留法归国传马列，农运燎原冠全川。红军桥的青石栏板浮雕再现营山父送子、妻送夫参军报国场面。

邓锡侯率军征战，奋勇抗日，执政川康，重教兴学；徐向前、许世友发起“营渠战役”，解放营山建立苏维埃红色政权；王定国、李布德等上万营山儿女参加军入伍投身地方革命武装。

马深溪畔，枪林弹雨；陈大寨上，刀光剑影；鹅项颈，勇擒盘山“虎豹”；玉皇观，围歼负隅“豺狼”。

在百岁红军王定国的故居，我感触红军女战士的坚毅勇敢；我惊讶，才女红军的兰心蕙质、艰苦卓绝的雪山草地长征路漫漫。

巍巍丰碑，红旗漫卷，不朽精神，薪火相传。烈士陵园里孩子们献上的菊花，含着泪与笑，追忆为革命流尽最后一滴血的义勇志士。

迎着喷薄而出的朝阳，红色热土的强劲脉动接续奋斗，正以崭新的姿态阔步向前。

知青岁月

龙坝村，一个让知青下乡时代活灵活现的追忆之地。

小镇石墙青瓦，赫然闪耀的五角星，人民公社的记忆纷纷复活。

低矮破旧的房屋，斑驳的街道，墙面醒目的标语，还有用盆盆桶桶接下屋漏雨的嘀嗒声，声声穿透那一辈人颤栗的心房，峥嵘岁月，虽苦亦乐，千般滋味涌上心头。

穿斗房里的斗笠、米缸，斑驳老旧的衣物，珍藏的纪念章，桌案上的学习笔记，写过的日记本，泛黄的老照片，一切显得那样弥足珍贵。

恍然间，上山下乡，田间耕种，操场跑步，饭堂排队打饭，广播室的回音，凉亭下的挥汗小憩，茅草屋前后的青苔野花，一切宛如当年模样，青春历历在目，青春已然远逝，回忆不曾抹灭。

布尔什维克的思想，在那个火红的年代，踩着冰天雪地去丈量理想的土壤，播种着忠诚与信仰，多少知青唯有无尽地缅怀那时的第二故乡。

造湖治水

踏步清水河水磨滩边，是不是总能听到一种力量如梁音缭绕？那是打夯、拉磙的号子声，响彻云天。

顶风冒雪，通宵达旦，挖土、碎土，井井有条；运土、挑土，川流不息。苦战一百天，拦水坝像山梁一样横卧在水磨滩上，营山不再干渴难耐。造湖成功的欣慰与感慨，欢呼声犹在耳。

幸福水库造福民众，“千里长渠万人管水”的精神全国飞扬，群策群力，依靠群众，潜力无穷，旱涝保收，人民生活不断滋养甘甜。

保护加恢复，水库变公园，营生态之道，护绿水青山。湖光山色，湿地群落，河湾众多，田园风情，自然质朴。

水潋波光万卷诗，春草绿、夏叶茂，秋五彩、冬萧飒，群峰竞秀，优美湿地，雾锁清水湖。

博物馆里的体验，乡愁是一湾浅水，乡愁是摇着小船，看白鹭翔林岸间，赏烟岚风色千屏画，风光无限。

（原载于 2023 年 8 月 9 日《散文诗精选》）

一叶小舟共翩跹

——在开江县作协2022年度总结会上的发言

各位文友:

2023年的钟声敲响了,时光不等不待,不知不觉地又划过了一年,回望2022年,感觉有很多的不容易,该怎样来总结呢?我的脑海里浮出这几个词:惭愧,直面,坚持,展望。

这一年不仅仅是文学之路缓而滞,也是因为工作、家庭、社会环境种种变化和艰难导致一切都不得不停停走走。一年下来,文学创作相比以往越来越少了,每到11月说要统计作品时就有一种惭愧却又急不上来的焦虑。虽然我还坚持在文学创作上并未止步,但是明显感觉马力不如从前,主观上的原因,其实就是一种懈怠,为自己找理由不如承认自己放松学习、自律性不强、统筹不够的事实。面对前辈的鼓励打气和组织上的重视,面对自己的内心觉得有愧,这一年很多本该计划完成的事却没有完成,比如自己计划中的作品数量以及涉及的题材,比如自己的散文集出版,比如走出去开阔视野。不管文学领域的小遗憾还是事业、家庭上的未能如愿,都不得不跟随时光的脚步,统统载入2023年这艘小船,那就由新年的新动力来推动这充满疲惫而又不甘轻言放弃的一叶小舟,继续滑翔吧。

勇于面对是必须的。每个人都很不容易,有共性的困难,比如,连续几年的新冠疫情,夏季的极热高温,也有更多基于自己工作、生活、家庭中的挫折和艰辛。我曾一度忙碌疲惫到不想说话不想动，因为应接不暇的公事、家事，真的让人无法再抽出精力去思考任何事情。特别是夏季高温时节，保障供水是我本职工作的忙碌高峰期，正遇孩子中考前后需要开几次家长会，家中还有两位绝症患者（公公患淋巴癌，小叔子肝硬化），需要我和爱人陪护并奔波于各个城市的医院。最疲惫的时候，公公由爱人送去成都医院做手术，我在家一边兼顾工作一边兼顾家中的婆婆和住院的小叔子，每天像打了鸡血一样，告诉自己不能趴下，因为很多人需要自己。持续两三个月后，直至小叔子离开人世，处理家中事务，安慰公公婆婆，每一天和大家一样还得克服高温天气、面对救火灭灾等问题，像打仗，每天有太多的担惊受怕。

生活对意志的磨砺往往会越挫越勇，越这样，越有必须坚强的韧劲，越有必须担当的责任感。太多的感受，的确来不及写下，但是放在心中积累沉淀，将会成为自己不断成长的精神营养。所以我后来挤出时间写了一篇散文《多变的秋》，从命运多舛的多事之秋描写大千世界的变化与家国情怀，再到个人情感的宣泄与收获，落脚于内心的，是依然不能放弃对生活的热爱和信心，依然充满期盼，虽然有很多始料不及的变化需要去面对，但要相信自己，爱自己、爱家人、爱工作，爱一切值得去珍惜和爱护的人与事。

我坚持，因为我也看到身边太多的人都在痛苦和艰难中咬牙挺过，身边很多亲朋好友家中的老人都在这个寒冬离世，但谁都没有理由停下脚步躺平，负重前行本来就是人应该经历的过程。

在过去的2022年，虽然忙累，困难重重，但作协这个组织还是召集大家参与过不少活动，取得丰硕的成果，这是一种永不停歇的姿态,是凝聚人心,是温暖的传递。回首看看,作协对我一直给予培养和激励,使我充满感激,自从加入作协,每一年的总结大会我都抽时间参加,不曾缺席。我也会继续用不同方式去感恩支持帮助过我的人,向大家学习,为大家服好务。

我会接续自己的目标和愿望的跋涉,希望在新的一年弥补过去的不足,统筹兼顾,分配好自己的精力,完成未如期完成的大事小事,去捕获新的快乐,追寻心中的理想之光。就像我最近的一篇文章《画个逗号》中提到的:“这世上没有完美,给你一个逗号,让你继续抒写属于你的人生。冬天可能是挺难熬的,大雪封门,天寒地冻,可在那之后,会有百花盛开的。只要你还没放弃,哪怕是灰烬中,也可能会发现光。”我的一些新年感悟,以此与大家分享共勉,在接下来的人生浪潮里,我愿与君以一叶小舟共翩跹。

最后,祝愿各位文友在兔年容光焕发,文学创作兔(突)飞猛进,钱(前)兔(途)似锦,好事连连!

田园三里织绮梦

“人生绮梦志高远,椽笔雅辞情激扬。灿烂夕阳图景好,桑榆美矣步康庄。”挥汗如雨的炎夏,三里田园一派繁忙景象。在这里,春耕播种的五彩水稻已生机勃勃;在这里,洒下的花苗争相成长奔放;在这里,勤劳的开江人民共同编织着“中国田城”的幸福绮梦。

春风十里,不如田园三里。“梁山坝子新宁田、种好一季管三年”,说的就是开江县城的地势平坦、土壤肥沃,素有“川东小平原、巴山米粮仓”美誉。开江一张蓝图绘到底,扩大田优势、展现田特色、弘扬田文化,珍惜和利用县域粮田底色,将“水稻田也是生态湿地和美景”真正融入城乡居民的田园梦想之中。

田在城中、城在田中,三里田园畅响三部交响曲。

“稻花香里说丰年,听取蛙声一片。”一部“稻香里”的交响曲欲将奏响,风吹麦浪黄绿相间,从城市高楼俯瞰“稻香里”的景象,由五彩水稻拼植出的“田城开江”四个大字赫然映入眼帘;灵动的水洼,是鱼虾蟹蛙们的甜蜜家园;伴着晨钟暮鼓闻着稻香,人们穿梭在线条柔美的田园七彩步带,或骑行,或奔跑,或漫步;从旱河整治到农田建设,极大地改善城市居民的居住环境,一场生态之旅从城市高楼中走出又即刻出入于脚下的金色田园之中,夕阳啊,把人们惬意满足的心情映衬得更美了。

“今宵绝胜无人共,卧看星河尽意明。”一部“星空里”的交响曲带出了宋代陈与义的《雨晴》诗意。雨后微凉睡好觉,在三里田园之中的海拔高地“星空里”，“天阶夜色凉如水，坐看牵牛织女星”，自然是纳凉赏景的绝好去处。与“稻香里”有一街之隔的“星空里”，栽满了一山坡的油葵，白日迎着太阳散发着灿烂的魅惑，引无数过客与之合影打卡，将每一卷欢声笑语刻录进岁月的光盘；入住别有韵味的精品民宿，这里还有妥妥的月夜竹影、荷塘月色可赏，将白天的辛劳收进星空下的静谧与浪漫，回味着，梳理着，创作着，憧憬着，田城创作窟诞生于此，“成渝远方，田城开江”更多的梦想擘画由此扬帆启航。

“山镇红桃阡陌，烟迷绿水人家”。一部“阡陌里”的交响曲翻越观音寨与牛山寺的城市与田园，将脉络交汇在牛山寺山峦之后的乡野间。“阡陌千里，泛波细浪；丛林翠竹，声响悠扬。猿啼虫鸣，飘香萦径；童子挂笼，抛球逐光。”苏轼笔下描绘的田野阡陌细腻风光，以及生命的喧嚣和美好便尽在此中。古香古色的村舍，土地平旷，一览开江田园风光，良田美池桑竹，在山的那一面又是千顷万顷的黄金熟稻田，河塘碧水荡漾，阡陌相交，炊烟袅袅，在秋日里有着写不尽的丰收景象和诗情画意。

惊觉世间人事虽如纵横阡陌，行走往返而又回归田间，宁静与祥和的美景使我们的思维豁然开阔，人生之路其实四通八达，而开江人民的田园绮梦更是在辛勤的耕耘下，不断演奏出一条条康庄大道的圆梦交响曲。

（原载于2023年7月21日《西南商报》）

冬日随想

大雪这天,晨起见到的竟是春日明媚般的晴空,仰望流云,拖着丝丝缕缕的温和与柔软,令人置身于夏秋缓缓,冬尽春来的妙境。我相信,今年度过的将是暖冬。

以为,可以舒舒服服地晒着太阳体味慢生活。但事实上,冬季伴随着岁末年尾的忙碌,总结,储藏,筹谋,大街上行色匆匆,辞旧迎新的双节又将临近了,时光总是在不经意间掠过了经年溜向了前方。

看雁去惊鸿,片片黄叶飘落,山寒水瘦,浓雾飘渺,许多绚烂与繁华,都成了无声的感叹。走进冬,在苍凉的底色之下,一些疲惫之意,无奈之举,不免使人的思绪悲春伤秋起来。

人生忽如寄,调剂心绪才会感受到温暖的治愈。蜡梅花开了,美得一塌糊涂,风露凌霜,她的清香在冬的冷冽之下愈发沁人心脾,果然是“梅花香自苦寒来,宝剑锋从磨砺出”。人生不也如此,没有经历冷若冰霜的感悟,怎会拥有春暖花开的喜悦。

冬天的韵律,虽有沉寂,却充满了深切的期待与向往。林徽因的诗句:“花有花香,冬有回忆一把。一条枯枝影,青烟色的瘦细,在午后的窗前拖过一笔画,寒里日光淡了,渐斜…就是那样地像待客人说话,我在静沉中默啜着茶。”品书温茶,读来便觉温暖的事物已然变得越发可爱而令人向往,暖阳,被窝,小猫咪,热气腾腾的火锅,香喷喷的烤红薯……

经年老友,围炉煮茶,谈笑之间,迎一场小雪的悄然而至。

忆少年时，讲烟火事，不再说地动天惊，只道人间寻常，饮风月无边，举杯共叙岁月与光阴。什么是时间？古人说，人生在世，如白驹过隙，忽然而已；时间是白发，十里长亭霜满天，青丝白发度何年；时间是流水，逝者如斯夫，不舍昼夜；时间是声音，雨打芭蕉闲听雨，道是有愁又无愁……时间还可以是很多形态，一弦一柱思年华，日出日落一念间。

四季更迭，一路前往。一些人走着走着，情感到了一定厚度，彼此之间说话看似平常，无需日日相见，偶尔相聚，便可放松下来秉烛夜谈；而一些事，在千变万化之间，弥留下来的是经得住考验的真理与秩序。我们身边的人相互关联却又走着各不相同的人生，有所交汇，却又构成各自的独立篇章。

冬天温暖的日光不可多得，那就在炉火里寻一份热烈；闲暇的时光不可得，但忙碌的充盈也是一种收获。生活中会出现一些事与愿违，但也会馈赠一些突然的惊喜，给你“柳暗花明又一村”的经历。所以啊，既享受红尘欢喜，也要能耐得住独自静默的寂寥。

盘点春夏秋冬又一载，我依然坚守一颗敬业之心，奋力拼搏；看着孩子一天天成长，尽量抽时间陪伴交流；帮助一些人，传递爱心；与家人共进美食，共同装扮新居。平静的心，乐得其所，简单的日常，是用温暖的点滴组装起来的珍爱。泰戈尔说，当我们热爱这个世界，我们才真正生活在这个世界上。我们每个人都会以自己喜欢的方式细数着漫漫长日，当我们开始真正爱自己，就不再挥霍自己的时间和生命，将日子变得简单而又温和。

冬天的幸福其实触手可得。除了砥砺前行，我们还可以用诗酒、用文字、用运动去熨平一些日子中的磕磕巴巴。我们也可以与那些绊脚的往事握手言和,记住与有缘的朋友在一起共度的冷暖悲喜。生活是柴米油盐酱醋茶,也可以是琴棋书画诗酒花。我们本就应该好好生存并生活着,把春荣秋谢草木飞鸿,都化作笑语闲谈,心中升腾起来的小欢喜,便是一种慰藉。

梁实秋在《人生不过如此而已》中写道:中年的妙趣,在于真正的认识人生,认识自己,从而做自己所能做的事情,享受自己所能享受的生活。我也觉得,中年最好的状态,就是笑容里多了风霜,而眼睛里依然有光。这便是最好的参悟,不失纯真,努力而又珍惜,才不致回想起来蹉跎岁月。

冬暖的治愈,如雪花飘落,覆盖着无尽的静谧与纯净,那是冬天带来的希望之光。我要以充沛的精力处理好手上的事务,在新年钟声敲响之时,书一幅美好画卷,在寒冷的冬日里,期盼着阳光的温暖,愿每个清晨醒来,拥有无尽的温馨与希望。

(原载于 2023 年冬季版《魅力开江》)

踏春寻伊千百度

一湾白雪飘春来

枯木逢春、万物复苏的车家湾，温婉的李花不张扬，亦不羞涩地默然绽放。

一株株洁白，一抹抹圣雪，一团团，一簇簇，花的海洋花的波涛。

万千树条，李花朵朵，纯净笑颜，娇俏地将你深情的凝望，美得动人心弦，不忍采摘一朵。

真怕有一丝的损坏扰了剔透的心怀，唯有春风最有资格撩动李树的裙摆。

一瞬间雪花飞絮漫天花雨，醉得游人啧啧惊叹！置身如斯仙境，若仙女驾祥云，驰骋灵空之间，抒怀忘忧，心旷神怡。

这一刻，忘记了想念，抛却了曾经远去的回忆，我明白正如这一季的雪白已不再是上一季的冰雪，我的心在圣洁中感染、融化，那是完美主义无法修补的流淌。

登高亦如人生。在前行的步履中辛酸苦累，在起伏的梯步中呼吸急促，却不知驻足回眸。原来每一梯步的高度，每一拐角的风景，竟有那么多不同的美。每一树李花于不同角度展露姿态，却又不约而同地泼墨了这山水画卷。

春姑娘唤醒我！漫步李花小径。春风解我惆怅，拂拭伤痛与迷茫。曾经郁邑的心门，挥舞热情，忧伤不染春光！

黄金花海若摆渡

挣脱了寒冷的束缚,破茧在温暖的怀抱。

昨夜,在灿烂的梦里,我挥洒裙袂,金色花海之中轻舞、飞扬。

今晨,踏一抹泥土芬芳,奔向万亩黄金花海。映入眼帘的惊讶,正是那般流光溢彩!

目不暇接,瑰丽烂漫!春风驿动,滋养着奔放的热情和迷醉的浪漫。我嗅着沁人心脾的花香,吮吸着大自然的馈赠,如梦如幻,如醉如痴。

灵动的花海,泼彩般酣畅,云霞般潇洒,火焰般淋漓。飘逸而温润,奔放而豪情,热烈而张扬。簇簇相拥,层层叠叠,蓬蓬勃勃,浩浩荡荡。爆发着,喷射着,汹涌着。

站在廊桥之上眺望,波涛翻滚的金黄,温暖醉人的阳光,流连忘返的赏花客,嬉戏追蜂的孩童,好一幅春满人间的田园诗画!

成群结队的赏花客,或在花间嬉戏,或在花径漫步,或在花间搔首弄姿。

在这海天一色的花海里,有的干脆在触手可及的蓝天白云下,枕着花香,静休小憩;有的干脆赤脚踩在绿油油的田间里,痒痒的,柔柔的,酥酥的,犹如母亲般的怀抱,舒适安宁。此时此景,置身花海物我两忘。真可谓:岁岁花黄岁岁尘,招蜂引蝶为真身。一朝待得风传讯,分色沾香多少人。

平凡至极的油菜花,带给人们无限的欢快与激情。她纯净淳朴,简约,平实,却不孤独;她昂扬奋进,傲雪迎春,执着,芳艳,却不妖冶;她魅力无限,春风乍起,其气势如潮水般涌来,铺天盖地，势不可挡；她蜕尽铅华，以一色金黄胜却姹紫嫣红，春天的花事，岂可少了她的婀娜与天然？

梦里橄园惊回步

记得某夜，月明星稀，银碾玉铺。从外地赶回途中，因为倦怠，坐在车里迷迷瞪瞪，隐约听到朋友谈笑风生。一会儿，车驶进了一片园子，《橄榄树》的音乐透过车窗，橄榄园，梦中的橄榄树！

我惊叹着，却不知这是哪儿？在园中漫步，仰望星空，环顾四周，醉了，真的醉了！像回到母亲的怀抱！

轻轻地吟唱：不要问我从哪里来，我的故乡在远方！为什么流浪……

那一夜，很美，美得迷糊。

今日再见橄榄园，顿感惊喜，故地重游，倍感亲切。

在明媚的春光里，橄榄林白鸽飞翔。通幽曲径中，橄榄绿笼罩山头。

这绿并不夺目却清新，这树美得低调而复古。幽静的园子里，朋友展望未来，梦想翩翩。橄榄树、银杏树，家乡的摇钱树。

一阵柔风抚过，橄榄叶沙沙浅唱。儒雅的橄榄树满载着文艺情结，弥散着痴缠与浪漫。

沉浸于园林，幽然清雅、沉静淡定、天人合一。

（原载于2016年春季版《魅力开江》）

后 记

这是我的第一部散文集，是在前辈好友的支持鼓励下孕育结成。写作于我虽是业余爱好，入文学圈也较晚，但写作给予我的价值与力量是毕生受用的。我是一个热爱生活的人，从记录感受到向往诗和远方，用文字一边抒发一边思考，汲取生活与工作中的益生菌，渐渐积累起来，做个分类整理。《月儿崖》共收录我创作的散文 80 余篇，约 15 万字。目录整理出来后，我不知该如何命名，想想家乡父老乡亲的期盼与希冀，干脆就把老家的一个地名“月儿崖”拿来用作书名吧，三个字，简洁便于记忆。

我的童年随父亲的军旅生涯开启了走南闯北的生活，亲情友情的温暖和童年的快乐贯穿在我的故事里，儿时的经历造就了我乐观开朗、细腻却又有点好强的多重性格。“记忆之窗”这个篇章里的故事场景变幻于河北、广西、四川，在城市、在乡间，透过我的成长足迹，呈现并分享给大家满满的幸福与珍爱。

和所有热爱大自然、热爱生活的人一样，读万卷书，行万里路。我喜欢游历四方，一花一草、美景、美食所激发的灵感，应及时记录回味。“四季走笔”这个篇章里，既有我外出游览各地景致的品鉴，也有对自己家乡的风光描绘，我觉得自己在对家乡的宣传上做得还不够。当然也还有很多自己向往而未去到过的地方,亦有因为工作或时间关系,游历归返却未及时整理成章等缘故,总感觉意犹未尽。我希望自己在退休以后,释放出更多时间与精力去漫游和畅想人间美好。

从“读”到“行”再到“写”,是一个过程,一个思考、消化、沉淀的过程。文字是精神粮食,也是灵魂洗礼,写作是梳理我们的思维,训练我们进行深度思考的能力,是提升认知的一大利器。因此,我的文学视野里不止于风花雪月,也紧密结合了时代的所思所行,虽然言辞有稚嫩之处,但体现出一种理性思索。杨绛先生近百岁之时在《走在人生边上》中,袒露了她对灵魂和人生的思索。静坐岁月的门槛,思索默观着时间的过往和当下的自己,这个尘世,我们来了,我们走过,我们留下什么印痕,我想我们面前树立的“善”“恶”,“施”与“受”等皆归纳于人生历程,人的思绪最终会考虑这些问题。《菜根谭》曰:真味是淡,至人是常。没有真正脱俗的不食人间烟火,而应看到,工作与生活不尽全是岁月静好,社会与环境也不尽全是福康安宁。所以,在“静夜思索”和“现实航行”的篇章里,我用或通俗或哲理的思考与文字相抵会,生死悲欢,信仰信念,创业辛酸,共渡难关……我以浅薄的文字描写人间百味,目的是以正能量敦促自己和后辈继续不畏前行。

“白日不到处,青春恰自来。苔花如米小,也学牡丹开。”文学路上,我是一朵尚处发芽的小苔花,有幸结识不少值得尊敬的作家诗人,借由前辈之提携关爱,我才经过扑腾,舞弄出了些稚嫩的文字聊以自慰,我期望自己笔耕不辍一直坚持下来。

这一路上我的感谢名单太多,仅为此书出版特别要感谢中国文艺评论家协会副主席李明泉老师和他的学生唐浩源先生、中国作家协会会员何世进老师为我的散文集作序,他们在百忙之中甚至是带病期间给予我极大的支持与鼓励;感谢西藏黄河诗书画院副院长戢祖建老师挥毫题写书名;感谢刘昌文大哥、林佐成主席以及很多给我指引和精神鼓励的老师、朋友们！感谢书中所及的人与事,丰富了我的人生,给予我创作素材的灵感,感谢所有帮助过我、支持我的朋友与读者!